人民共和國文化與文學叢書

四編　中國人民大學特輯

程光煒　李怡　主編

第 10 冊

重建「當代文學」
——新時期初期的當代文學史實踐

李　雲　著

花木蘭文化出版社

國家圖書館出版品預行編目資料

重建「當代文學」——新時期初期的當代文學史實踐／李雲 著
— 初版 — 新北市：花木蘭文化出版社，2016〔民 105〕
目 2+172 面；19×26 公分
（人民共和國文化與文學叢書 四編；第 10 冊）
ISBN 978-986-404-645-4（精裝）
1. 中國當代文學 2. 中國文學史 3. 文學評論
820.8   105012595

特邀編委（以姓氏筆畫為序）：

吳義勤 孟繁華 張 檸
張志忠 張清華 陳思和
陳曉明 程光煒 劉福春
（臺灣）宋如珊
（日本）岩佐昌暲
（新西蘭）王一燕
（澳大利亞）鄭 怡

ISBN-978-986-404-645-4

9 789864 046454

人民共和國文化與文學叢書
四 編 第 十 冊   ISBN：978-986-404-645-4

重建「當代文學」
——新時期初期的當代文學史實踐

作　　者　李 雲
主　　編　程光煒 李怡
企　　劃　北京師範大學民國歷史文化與文學研究中心
　　　　　四川大學現代中國文化與文學研究中心
總 編 輯　杜潔祥
副總編輯　楊嘉樂
編　　輯　許郁翎、王筑　美術編輯　陳逸婷
印　　刷　普羅文化出版廣告事業
出　　版　花木蘭文化出版社
社　　長　高小娟
聯絡地址　235 新北市中和區中安街七二號十三樓
　　　　　電話：02-2923-1455／傳真：02-2923-1452
網　　址　http://www.huamulan.tw 信箱 hml810518@gmail.com
初　　版　2016 年 9 月
全書字數　157249 字
定　　價　四編 11 冊（精裝）台幣20,000 元

重建「當代文學」
——新時期初期的當代文學史實踐

李雲 著

作者簡介

李雲，1981 年生，四川資陽人，中國人民大學文學博士，現供職於上海大學中文系，主要研究方向爲中國當代文學史及青年文學與文化。

提　　要

　　70 年代末 80 年代初編寫的一批「當代文學史」伴隨著「當代文學」學科在 80 年代的重建，基本被各高校採用作爲文科教材，它們對「當代文學」的講述已經在悄然之間轉換爲「知識」形塑了人們對「當代文學」的基本看法，但如果回到歷史現場，這批文學史在某種意義上更應被視爲一種文化政治的實踐，即在「文革」結束之後，一批與「思想解放」潮流密切相關的知識分子配合「社會主義現代化」的國家規劃參與和滲透到歷史書寫的各個環節中去，通過對「十七年文藝」的重述和對「新時期文學」的規劃，試圖重建一種新的「當代文學」，但伴隨 80 年代中後期的社會轉型，這批文學史在試圖挽救「當代文學」的同時，由於自身所攜帶的「革命」遺跡又已經面臨新的危機，成爲正在消逝的風景，這亦從一個側面呈現出「社會主義文學」的命運與 80 年代國家政治、知識群體和思想狀況的複雜關聯。

人民共和國文化與文學叢書
中國人民大學特輯　總序

程光煒　李怡

　　2005 年，中國人民大學文學院的中國當代文學史專業方面，將重點轉向了以「重返八十年代」為主題的當代文學史研究，這當然是中國大陸視野裏的「當代文學」。博士生課程採用課堂討論的方式，事先定下九個討論題目，分配給大家，然後老師和學生到圖書館查資料，自己設計問題，寫成文章後，分別在課堂多媒體上發表，接著大家討論。所謂討論，主要是找寫文章人的毛病，包括他撰寫文章的論文結構、分析框架、問題、材料運用，自然，他們最為關心的是，這篇論文究竟對當前的當代文學史研究有無新的發現和推動，至少有無提出有價值的質疑意見。因此，每學期總共十八週授課時間，安排一次課堂發表文章，另一次是課堂討論，這樣交錯有序進行。竟未想到，這種開放式的博士生研究課堂，到今年已進行了十一年，湧現了一批有價值有亮點的博士論文，湧現了若干個被大陸當代文學史研究界矚目的青年學者。據稱是大陸中國現當代文學研究界，為獎勵 45 歲以下青年學者而設置的具有很高學術聲譽的「唐弢青年文學獎」，最近連續三年，都有這個課堂上走出去的青年學者獲得。僅此就可以知道，雖然中間的過程困難重重，也有很多不必要的重複和彎路，仍然可以證明，通過課堂討論、大家集中研究中國當代文學史這種方式，事實上有一定的效果。

　　其實，在 2005 年以前，我們這個學術團隊中已有博士生在做《紅岩》、《白毛女》的研究，取得引人注意的成果。而以「重返八十年代」為主題的當代文學史研究，目的是以中國現代文學史自五四之後，八十年代這個又一個「黃

金年代」爲文學高地，在這個歷史制高點上，縱觀 60 年的中國當代文學史，並以這個制高點，把這 60 年文學拎起來，做一個較爲總體的評價和分析，建立這個歷史時段的整體性。今天看來，這個目的初步達到了。這套學術叢書，關涉到中國當代文學史的諸多領域，例如文學思想、思潮、流派、現象、紛爭、雜誌、社團等等，雖不能說每個題目都深耕細作，但確實有一些深入，某些方面，還有較深入的開掘，這是被學術同行所認可的。例如，《紅岩》研究、《白毛女》研究、「重寫文學史思潮」研究、「李澤厚與八十年代文學」研究、「現代派文學」研究等。另外賈平凹小說、路遙與柳青傳統、七十年代小說的整理、上海與新潮小說的興起、八十年代文學史撰寫中的意識形態調整、十七年文學等等，也都在這套叢書中有所反映。

　　毫無疑問，中國大陸的中國當代文學史研究，離不開「當代史」這個潛在的認識性裝置。一定程度上，文學史與當代史的表面和諧關係，實際也暗藏著某種緊張狀態。作爲歷史研究者，每個人都離不開、跳不出自己生長的歷史環境。但是，所有有識的歷史研究者都意識到，所謂學術研究即包含著對自身歷史狀態的超越。他們所關心和研究的問題，事實上是以他自己的問題爲起點的；也就是說，他們研究的學術問題，實際上就是他們自己所困惑的歷史問題。我們想這種現象，又不僅僅是我們的。借這套叢書在臺灣出版的機會，我們想表達的是：學術著作的出版，是一次展示自己學術見解，並與廣大學界同行進行交流切磋的極好機會。因此，十分期望能得到讀者懇切的批評和意見。

2016.2.22 於北京

目

次

緒　論

0.1　選題緣由和研究對象

　　隨著近年來「重返 80 年代」的研究和反思在各個領域的持續進行,「80年代」所攜帶的問題空間和豐富內涵也在逐漸被打開和釋放,不過,迄今為止,對於「80 年代」的考察,往往忽略了一個重要的重返途徑就是 80 年代寫作和出版的一批當代文學史。

　　被忽略的原因之一是因為當代文學史歷來被當作不證自明之物,如果將之視為一門提供關於當代文學知識的學科,作為教材的當代文學史的出版更易強化對當代文學史科學化性質的認識,不過「自從曼海姆和知識社會學的出現,我們業已認識到知識可能是建構在意識形態或利益的基礎上。我們亦察覺到特定的社會結構諸如大學研究或專業主義等怎樣組織知識的生產」〔註 1〕;如果將之視為歷史的一個分支,那麼歷史是提供客觀真相的中立神話也已經被各種後現代歷史理論打破。也就是說,我們不再應該僅僅局限於從單純的學科或歷史角度來看待當代文學史,而應該留意當代文學史在建制過程中與權力關係、社會變遷以及學術場域的相互糾結。具體到當代中國的語境,我更願意把當代文學史視作是與國家文學相配套的一種制度,一方面,它是塑造社會主義認同的重要教育手段,另一方面,它在某種程度上也起到評價、規範和引導文學創作的作用,例如,從 50 年代末期就開始出現

〔註 1〕沙姆韋、梅瑟—達維多:《學科規訓制度導論》,華勒斯坦等著:《學科・知識・權力》,北京:三聯書店,1999 年 3 月,第 12 頁。

的當代文學史，一個重要的寫作契機就是爲建國十週年獻禮。因而，負載著意識形態功能的當代文學史其實在規劃、編寫各個環節都涉及到不同力量的相互博弈與整合，也就成爲切入一個年代的有效視角之一。

被忽略的原因之二在於普遍存在的一種觀點：即認爲這批當代文學史基本是政治的附庸因而不具有考察價值。這種觀點其實聯繫著一種深層的認識裝置。去年，針對新中國成立 60 週年之際學界興起的「如何看待兩個 30 年」的討論，梁煜璋指出：「將『新中國成立 60 週年』這樣一個命題演變爲『改革開放前後兩個 30 年』的命題後，你就會發現一個嚴重的問題，它改變了從新中國成立這個發展的源點和邏輯的起點進而引出的一條『射線型』的發展軌跡，而是以突出改革開放這一主題的方式居中分出兩條『線段式』的發展單元或發展板塊。」〔註2〕這就提醒我們，不管我們是否意識到，「改革開放」已經成爲「文革」之後最大的「認識裝置」，主宰了我們看待和思考問題的方式。改革開放以來的中國如果用汪暉的話來說就是進入了一個持續性的和全面的「去革命過程」，「去革命過程」表現爲「工農階級主體的取消、國家及其主權形態的轉變和政黨政治的衰落等等」〔註3〕，如果投射到當代文學史的研究就是我們習慣了從「文學」標準出發對紛繁的文學現象甚至文學史寫作做出評價和判斷。

「文革」結束以來，從起初滿足各高校的教學需要到「重寫文學史」之後的不斷「重寫」，當代文學史寫作和出版的熱度持續不減，據統計，「20 世紀 80 年代之前，中國當代文學史屈指可數（僅有 5 部，平均每四年出版 1 部）；20 世紀 80 年代之後的中國當代文學史研究出現了高潮（共計 80 部，每年平均幾乎 3～4 部），尤其是 1990 年和 1999 年，每年出版 9～10 部。」〔註4〕劉再復曾經用西西弗斯神話來比喻文學史不斷被重寫的命運：「人類的悲劇有如西西弗斯神話，文學史撰寫這大約也逃不了這種悲劇。一代文學史家把一塊巨石推向山頂，大石又重新滾落了下來，沒有人能把文學史這塊大石固定在眞理的尖峰上。」儘管如此，他還是對中國的文學史寫作做出了如

〔註2〕 梁煜璋：《也談「兩個 30 年」——關於新中國成立六十週年的幾點思考》，參見當代文化研究網。

〔註3〕 汪暉：《去政治化的政治、霸權的多重構成與 60 年代的消逝》，《去政治化的政治 短 20 世紀的終結與 90 年代》，北京：三聯書店，2008 年 5 月，第 2 頁。

〔註4〕 王春榮、吳玉傑主編：《文學史話語權威的確立與發展》，瀋陽：遼寧人民出版社，2007 年 11 月，第 139 頁。

下判斷：「『五四』時期，因爲有倡導平民文學、反對貴族文學的時代氛圍，產生了胡適的雙線文學史觀念；到了三四十年代，階級意識席卷一切，全世界的知識者幾乎都激烈地左傾，於是，又產生了反映在聞一多的構想中，實際上是屬於左翼文學陣營主張的雙質文學觀念。到了 80 年代末，整個社會改變了階級鬥爭的思維結構，拒絕政治意識形態之手繼續操縱文學史寫作，這是很自然的。這種拒絕，包括拒絕以既定的政治意識形態爲構架原則和批評尺度，拒絕把許多活生生的作家變成政治意識形態性敘述的傀儡，拒絕把許多離文學本性很遠的作品描繪成文學的主流而使現代文學史變成現代政治史的翻版與注疏，拒絕以膜拜和暴露代替評述。這種拒絕，可能使新的文學史帶有兩種超越型：一是超越政治功利的世俗批評視角；二是超越政治意識形態性的世俗批評語言。」〔註5〕作爲 80 年代以「主體論」在「新啓蒙」思潮中佔據重要地位的領軍人物，劉再復的觀點無疑具有相當的代表性，這就是：「80 年代末」之前的文學史是在「政治意識形態」框架下寫作的並且提供的是「離文學文本性很遠的作品」，直到「重寫文學史」思潮之後，才出現了以「文學本性」和「世俗批評」實現超越的可能。雖然這種評價是針對現代文學史而發的，但其實也適用於當代文學史，例如：「我們的當代文學史與建國以來的政治運動、經濟變革等有著不可分割的聯繫，帶有濃重的政治色彩和超量的社會學內容，他們看到了當代文學的發展與社會發展所顯示的同步性，但在充分估計到社會現實對當代文學的決定性影響的同時，卻一定程度上忽視了文學自身獨立的特點」。〔註6〕當然，我並不是要否認這種判斷，這種判斷不僅的確觸及了當代文學史寫作的一些問題，而且也是特定的語境使然，正如陶東風在對文藝學中說到的：「批評者之所以如此捍衛文藝學的獨立性，捍衛『審美批評』的『正宗地位』並不是沒有原因的。考慮到『文革』期間『工具論』文藝學給文壇造成的災難，考慮到中國現代文學的自主性道路之艱難曲折，考慮到 80 年代的知識分子是通過正確文學的自主性、自律性而爲自己確立身份認同與合法性的，這種擔心與捍衛就尤其可以理解」〔註7〕，我的目的是想要指出這種在爲改革開放提供思想基礎的「新

〔註5〕　劉再復：《「重寫」歷史的神話與現實》，唐小兵編：《再解讀　大眾文藝與意識形態》，北京：北京大學出版社，2007 年 5 月，第 246 頁，第 249 頁。

〔註6〕　何國權：《科學的文學史觀的呼喚——談近年中國現、當代文學史學論爭兼評》，《浙江師大學報》（社會科學版）1993 年第 4 期。

〔註7〕　陶東風：《文學理論的公共性——重建政治批評》，福州：福建教育出版社，

啓蒙」思潮影響下所形成的以審美自律和人性指歸爲標誌的「去革命」認識可能已經牽制了我們觀察當代文學史的視線。如果繞開和擱置這個何謂「眞正」的「文學」史的裝置，我們又應該如何從 80 年代寫作和出版的當代文學史中發現和詮釋 80 年代的問題呢？

正是基於以上兩點盲視，我把研究對象劃定爲 4 部當代文學史：郭志剛等十所院校的教師共同編寫的《中國當代文學史初稿》（上、下）（以下簡稱《初稿》）、華中師範學院《中國當代文學》編寫組編寫的《中國當代文學》（1、2）（以下簡稱《文學》）、社科院文學所張炯主編的《新時期文學六年》（以下簡稱《六年》）和朱寨主編的《當代文學思潮史》（以下簡稱《思潮》），通過對其書寫主體、歷史敘事和最終命運的考察說明一群與「思想解放」思潮密切相關的知識分子配合「社會主義現代化」的國家規劃參與設計的「當代文學」在 80 年代中前期產生及邊緣的過程，從一個側面揭示社會主義文學命運與「80 年代」國家政治、知識群體和思想狀況的複雜關聯，同時亦證明如下判斷，即文學史與權力話語總是緊密地糾纏在一起。之所以選擇這幾本文學史，還需要作兩點說明：

第一，這批文學史的寫作時間正值 70 年代末 80 年代初，這一時間階段的重要性在於：首先，它與經歷了大躍進激進實驗之後進入「調整、鞏固、充實、提高」的「60 年代初」遙相呼應，從而暗示了這個階段作爲社會主義自我改革時期的國家性質，因而，我們或許更應該在延續而非斷裂的意義上來看待此時期的各種實踐，就當代文學史的編寫而言，明顯沿用了 60 年代初周揚負責文科教材編寫時擬定的方針政策和言論制度，這使得周揚在教材編寫中的特殊地位凸顯了出來，有助於我們展開文化政治的分析；其次，強調這一時間的還出於這樣一種理由，即我們今天在談論「80 年代」的時候很容易產生一種將「80 年代」同質化的傾向，但事實上，隨著近年來「80 年代」研究空間的進一步打開，一個多樣化的包含不同階段的「80 年代」在各種歧異、衝突、爭鬥中逐漸呈現出來，例如程光煒對 1979 年的多重接受以及 80 年代初期文學生態和政治環境的考察，又如去年羅崗、蔡翔、倪文尖三人所討論的「前三年」〔註8〕概念都是在警惕那種以 1985 年爲起始講述一個「光

2008 年 9 月，第 11 頁。

〔註 8〕蔡翔：重新回過頭去看這個所謂的「30 年」，我覺得還是應該有一個分段的敘述，比如怎麼來看「前三年」，這個「前三年」在文學史上應該有一個定義，

榮」的「80 年代」可能造成的遮蔽；當然，更爲重要的是這個時期正是當代文學史學科建設的興起階段，這意味著當代文學史從一種制度話語轉向學科話語的開始。

第二，這批文學史的編寫都是在國家規劃下有組織有計劃地進行的，通常被人視作「官修」教材或者至少是半官方性質的文學史，這就爲我們觀察文學史的建構提供了一個混雜著多重張力的視角，因爲就其編寫目的而言，明顯回應著撥亂反正、正本清源的歷史語境和國家敘事，這構成了一重張力；就其書寫主體而言，既有官方知識分子，也有身處教育體制的知識分子，而持不同立場的官方知識分子的力量博弈和普通知識分子的人生遭遇和審美趣味都決定了「當代文學」的話語姿態，這就又構成了多重張力，對這些問題的探討將涉及國家轉型時期的政治、思想、文學以及教育體制等等，有利於進一步開啓 80 年代的複雜面向。

0.2　文獻綜述和研究現狀

儘管對當代文學史的討論已經很多，但是以 70 年代末 80 年代初編寫的當代文學史爲專門考察對象的研究還比較少見，而且大都停留在學科內部的層次。不過，如果按照重要的學科事件來劃分階段，我們可以看出各階段的主題和重心是不一樣的。

第一個階段可以說是 1985 年之前，隨著這些文學史的陸續出版，相應的討論也在逐步跟進，由於缺乏專門的文學史研究理論和衍生視角，通常是在肯定其草創之功的前提下，借助寬泛的馬克思主義對其作出社會歷史的評斷，比較全面的如《文學評論》1984 年第 6 期發表的《評四部中國當代文學史》，文章指出：在粉碎「四人幫」「這一背景下起步的當代文學編寫工作。

就是從 1977 年到 1979 年。1979 年 3 月《文藝報》召開的文學理論批評工作座談會上，就提出了「文革」結束以來 3 年的文學運動的成就和問題，也就是關於「前三年」文學創作的總結。劉錫誠先生在他的《文壇邊緣上》有著很詳細的討論和史料貢獻。但是整個的 1980 年代，某種意義上，卻是建立在對「前三年」重新討論的基礎上，也就是說，1980 年代要回應的，實際上是「前三年」提出來的敘事主題和敘事方式。而 1990 年代實際回應的，又是 1980 年代的敘事主題和敘事方式，每一個時代，如果有「時代」的話，都在於如何回應前一個時代。參見蔡翔、羅崗、倪文尖：《當代文學六十年三人談》，《21 世紀經濟報導》，2009 年 2 月 16 日。

可以說帶有篳路藍縷的性質。」「這四部文學史不僅再現歷史，而且力求以辯證唯物主義和歷史唯物主義的觀點，對當代文學發展中的興衰作出比較符合實際的評價、分析。」其中，對於《初稿》的評述是：「第一本比較完備的中國當代文學史」，「該書有這樣幾點特色：一、系統地、全面地記載與評析了建國以後文藝運動與文藝思想鬥爭的歷史，有氣勢，有理論深度。由於把歷次文藝運動聯繫起來研究，從整體上分析彼此之間的相互影響、來龍去脈，就使人們對社會主義文學的曲折道路，對形形色色的文藝思想的流變能夠了然於心」；「二、嘗試著對『文革』十年的文學創作進行總結，還其歷史本來面目」；「三、在總結新時期文學方面付出了大量的勞動」。對於《文學》（第 1 冊）的評價是：「一本有特色、有創新的文學史」，「反映在三個方面」：「一、論及了一批以往文學史中沒有提到的作家作品」；「二、在編寫體例上，進行了一些新的探索和嘗試」；「三、在有關一九四九～一九五六年文藝論爭的論述中，努力貫徹歷史唯物主義的觀點，對一些重要的歷史問題，做出了比較合乎實際的評價。」〔註9〕

　　第二個階段是 1985～1988 年間。1985 年，黃子平、錢理群、陳平原三人提出了「二十世紀中國文學」的概念，被認為是「重寫文學史」思潮的重要開端，「二十世紀中國文學」對當代文學史一個重要的影響就是要打通近、現、當代的文學史分期，用「現代化」概念將之統攝為一個「上世紀末本世紀初開始的至今仍在繼續的一個文學進程，一個由古代中國文學向現代中國文學轉變、過渡並最終完成的進程，一個中國文學走向並彙入『世界文學』總體格局的進程，一個在東西方文化的大撞擊、大交流中從文學方面（與政治、道德等諸多方面一道）形成現代民族意識（包括審美意識）的進程，一個通過語言的藝術來折射並表現古老的中華民族及其靈魂在新舊嬗替的大時代中獲得新生並崛起的進程。」〔註10〕因此，這一階段對於當代文學史的評價由肯定轉向反思，雖然很少涉及到某一具體文學史，但無疑與我們的討論對象是存在關聯的。其中比較具有理論色彩的是《中國文學評論》1986 年第 2 期的《從哲學的高度反觀自身——對中國當代文學史研究中幾個基本觀

〔註9〕 王東明、徐學清、梁永安：《評四部中國當代文學史》，《文學評論》1984 年第 5 期。

〔註10〕 黃子平、陳平原、錢理群：《論「二十世紀中國文學」》，《二十世紀中國文學三人談》，北京：人民文學出版社，1988 年 9 月，第 1 頁。

念的思考》一文，論者結合已出版的當代文學史做了三個方面的考察：一是
從政治角度出發：「目前的幾本當代文學史，都將當代文學的歷史進程描述
爲兩個馬鞍形，以求與文藝運動和文藝思想鬥爭起伏更迭的軌跡吻合，而這
種軌跡實際又被簡述爲政治運動演進軌跡的投影。因此毫不奇怪，政治運動
史料的重要性遠遠超出了文學史料本身，《關於建國以來若干歷史問題的決
議》成了當代文學史寫作不可缺少的案頭經典。」；二是從歷史角度出發：
「文學要形象地反映社會生活，揭示歷史發展的必然趨勢。因而，社會生活
的歷史進程就理所當然地要成爲文學史的基本內容。這是當代文學史研究中
又一個基本觀念。這個觀念導致我們在追溯文學內容的發展時，將過多的注
意力投注在怎樣去編織出完整而生動的中國革命和建設的歷史畫卷上……
卻唯獨很難發現文學自身的發展規律。」「因而中國當代文學史就應該是當
代中國人的靈魂展現史。它應能展示當代中國的民族精神，民族性格、民族
心理特徵和民族審美習慣的發展變化」；三是從價值評價與科學認識出發指
出應達到二者的平衡。很明顯，一些觀點已經受到了「二十世紀中國文學」
的影響。﹝註11﹞除此之外，還有一些文章和討論涉及到了「當代文學史能否
寫史」以及當代文學的分期等，在此不再贅述。

　　第三階段是從 1988 年到 1999 年間，受到「新啓蒙」思潮和「重寫文學
史」的影響，對這批當代文學史質疑和批判的聲音較多，除了我前面提到的
一種審美中心主義和「去革命化」的認識裝置，學院體制和學科建制的逐步
完善也是導致這一現象的原因。質疑和批判可以說是前一階段反思的繼續，
集中於三個方面，一是審美性的缺失，例如，天津師範大學湯吉夫指出，「文
學史又不是思想史、文化史，文學是審美的，一定要加強文學本身審美特性
的研究，這正是已有文學史著作不同程度地有所欠缺的。」二是集體編寫的
弊端，江西大學陳公仲認爲，「缺乏學術個性，是現有當代文學史著作的通病。
大多數文學史沒有上升到史的高度，止於作家論，而且還有過於雷同的現象，
這與集體編寫教材的特性有關。」不過，除此之外，此時期還存在另一種聲
音，主要來自於「重寫文學史」的反對派和這批文學史的編寫者，例如 1992
年在武漢舉辦的中國當代文學史學術討論會上，陳荒煤、馮牧、朱寨、張炯
等人都在指出這批文學史問題的同時再次確認了其價值，如：「新時期出版的

﹝註11﹞劉小冬：《從哲學的高度反觀自身──對中國當代文學史研究中幾個基本觀念
　　　　的思考》，《中國文學評論》1986 年第 2 期。

當代文學史著作由於多在黨的十一屆三中全會後編寫的，一般都注意清除文藝領域的左傾教條主義和庸俗社會學的傾向和觀點，也注意抵制資產階級自由化思潮的侵蝕，沒有受到『重寫文學史』討論中某些簡單否定革命文藝的偏激觀點的影響。」〔註12〕

第四階段應該始於1999年，這一年，洪子誠的《中國當代文學史》和陳思和的《中國當代文學教程》相繼出版，引發了當代文學史研究的熱潮。一方面，延續以往的研究思路，這批當代文學史通常出現在與上述兩本或此後文學史的歷時性比照之中，通常被認爲「著作中濃厚的政治氣味，『人性』的確是太少了」，「大部分都是集體寫作，對文學運動、思潮流派的介紹。具體的作家作品的篩選及評價上有著驚人的相似之處；在歷史觀念、價值評判、編寫體例等方面都呈現出統一規範性。從總體上看，這些文學史寫作並沒有發生根本性的變化」〔註13〕等等；另一方面，借助新的理論資源，一些新的研究路徑開始出現，如關注其中的經典建構、文學史敘事、寫作主體等，具體涉及到這批文學史的文章包括昌切、李永中的《論十七年文學的文學史敘述──從〈中國當代文學史稿〉到〈中國當代文學史〉》一文，文章認爲，《初稿》的核心概念是「人民群眾」，構架是「人民群眾／社會主義」，敘述方式是「啓蒙理念與政治意識形態相交織」，已經擺脫了以往側重價值判斷的思維，嘗試用客觀化的視角來研究這批文學史；賀桂梅的《當代文學的歷史敘述和學科發展》作爲《中國現當代文學學科概要》的一個章節，系統地梳理了「當代文學」學科發展的歷程，其中也涉及到了《初稿》和《六年》的「分期」，不過限於其論述重心，僅點到爲止；近期出版的《文學史話語權威的確立與發展──「中國當代文學史」史學研究》也是從學科建制的角度出發展開研究的，並用一節對《初稿》進行了專門論述，此書將《初稿》稱爲「體制化＋學科化的『話語權威』」，但爲求全面，缺乏鮮明的問題意識。

需要說明的是，以上對這批當代文學史的研究分階段進行論述，主要是爲了敘述清晰和避免遺漏，其實，各階段並不存在絕對劃一的特徵。總體而言，我們至少可以歸納出這麼幾點：一是這批當代文學史從誕生開始就充滿爭議並且隨著語境的轉換，它們的權威地位也在逐漸喪失，這並不是說它們

〔註12〕 樊星：《深化當代文學史的研究──中國當代文學史學術討論會紀要》，《文學評論》1992年第4期。

〔註13〕 顏水生、田文兵、廖述務、康艷琴：《文學史觀與文學史寫作──對三部新型當代文學史的閱讀與比較》，《海南師範大學學報》2005年第4期。

不再具有價值，對於文學史的寫作而言這反而是個正常現象，正如單德興對
美國文學史的觀察：「在斷與續，變與常，異與同之間，一代代進行著『反動
／重演』的『歷史／故事』」〔註14〕，對我們而言，重要的是去探討對它們的
評價持續走低的原因；二是本來就極爲有限的研究又大都局限於學科內部，
在寫作體例、政治立場、階段劃分、語言風格上爭議不斷，反而可能迴避了
關鍵的問題所在，因而，跳出舊的研究框架極爲必要；三是缺乏關聯性的思
維，極少有人將這批文學史放置在 80 年代的整體背景之下進行深入解讀，在
這方面程光煒近年來「重返 80 年代」的一系列文章：《歷史重釋與「當代文
學」》、《怎樣對「新時期文學」作歷史定位》、《文學史與 80 年代「主流文學」》、
《重返 80 年代文學的若干問題》、《當代文學學科的「歷史化」》等通過謹慎
細緻的工作對這批文學史與文學批評、文學機構、文學制度、西學資源、當
代史之間的深層關係有精彩而獨到的把握，不僅推動了當代文學的學科建
設，也極大地實現了文學史研究的方法論轉換。

0.3　研究思路、方法與態度

在已有成果的基礎上，我的研究將按照四個部分展開。第一部分，從圍
繞著作爲高等學校文科教材的當代文學史的編寫接連召開的數次會議出發，
考察由於集體寫作模式的規約而形構的一個知識場域及其客觀結構。1978 年
6 月，教育部在武漢召開了全國高等學校文科教學工作座談會，會議重新肯定
了 1961 年確定的文科教學方針及貫徹這一方針所取得的經驗，也就是重申了
周揚主持高等學校文科教材編選工作時期關於文學教學和教材編寫的基本觀
點，同時這次會議還討論和初步制定了中文、歷史、哲學、政治經濟學、教
育學等專業的教學方案、教材編選規劃和文科教師培訓計劃，其中就包括了
《中國當代文學史初稿》和《中國當代文學》，分別由陳荒煤和馮牧擔任顧問，
具體指導編寫工作。7 月，由北京師範學院等二十幾所高等院校參加的當代文
學學術討論籌備會在北京舉行。會議期間，針對各院校在當代文學教學與科
研中遇到的一些問題，陳荒煤和馮牧對如何正確估價二十八年來的文藝戰
線；如何深入批判林彪、「四人幫」的「文藝黑線專政」論；如何評價粉碎「四
人幫」以來文藝領域出現的新氣象、新問題，發表了自己的看法。從這兩個

〔註14〕單德興：《反動與重演　美國文學史與文化批評》，書林出版有限公司（臺北），
　　　2001 年 10 月，第 37 頁。

會議可以進一步看出，周揚、陳荒煤和馮牧無疑是教材編寫過程中代表國家意識形態的核心人物。然而，所謂國家意識形態在 1978 年前後顯然不是鐵板一塊的確定之物，而充滿了不同力量和派別的交鋒。分析周、陳、馮在此一國家歷史轉折時期所持有的話語立場，將會看到「當代文學」在多重可能的闡釋空間下，最終選擇並發明了怎樣的歷史敘事，也就是說當代文學史的書寫並不是客觀知識的複製和再現，而是滲透了國家想像、文化權力的爭奪乃至於複雜的人事糾葛。除了涉及「凡是派」與「改革派」在對待「十七年」和「文革」歷史定位上的分歧之外，著重分析以周、陳、馮等爲主的「惜春派」和以林默涵等爲主的「偏左派」在對待「十七年文藝」（包括「文革」文藝）和「新時期文學」歷史定位上的分歧。這兩種分歧與對「當代文學」解釋權的爭奪有關，通過場域內部的爭鬥以及各種資本占位與配置的分析，我們可以看到周、陳、馮的話語最終成爲文學史敘述的「基奠性話語」。

　　第二部分著重考察「十七年文藝」的重構，首先指出此概念及其內涵在很大程度上是作爲文革的「他者」而生成和規定的，「文革」之後，人們對從此種意義上的「十七年文藝」充滿了懷疑和批判。起初，一種普遍的思路就是「回到十七年」，各種力量都迅速參與到對「十七年文藝」再認識的系統工程，並對此進行了追溯式的描述，試圖把被「文革」顛倒了的歷史再重新顛倒過來；其次，通過簡要梳理毛澤東對「十七年文藝」的同步設計和 60 年代初出版的幾本早期當代文學史對「十七年文藝」的同步描述，指出「十七年文藝」在同步建構中是不斷與資產階級文藝鬥爭而走向純粹化的無產階級文藝，表現在文學思潮上即是對階級鬥爭的肯定和對工農兵創作的強調；最後，對《中國當代文學史初稿》和《中國當代文學》進行解讀，指出這兩本文學史對「十七年」和「文革」的評價著重在思潮上揭示「左」傾思潮的發生、發展和演變，在作家作品的選擇上突出了「十七年」時期的專業作家包括部分右派作家及其創作，也就是說其重述並不僅止於「回到十七年」。新的「十七年文藝」一方面是與「文革」捆綁在一起的概念，另一方面又以知識分子的眼光重構了新的經典序列，顯然已經是 80 年代意義上的被納入改革的大敘述前奏的「十七年文藝」。它正是通過文學史的重新表述而實現了真正的死亡，從而成爲一段「必須被告別的歷史」。

　　第三部分分析此時期具有代表性的另外兩本文學史：《新時期文學六年》和《當代文學思潮史》，這兩本文學史基本完成了對「新時期文學」的敘述和規劃，也實現了「當代文學」的重心向「新時期文學」的位移。首先是揭示

「新時期文學」在概念上與「新時期」的親緣關係，指出「新時期文學」是一個被預設的概念，並強調「新時期」以及「新時期文學」並不僅僅應該放置在與「文革」相互剝離的視野中去理解，還應該考慮到歷史的複雜纏繞，尤其是與整個社會主義實踐的前後關聯；接下來分析作為一個半官方半學術的機構，同時又是文學史生產重要基地的社科院文學所及其中活躍的大量批評家，尤其是與老一輩批評家關係密切的中年批評家如何通過文學批評和文學史參與到了「新時期文學」這一知識體系構築的過程並藉此暴露新時期文學「起源」中的建構力量；最後通過對文學史文本的具體分析表明「新時期文學」根本方向是在「革命現實主義」的話語體系下，推進「社會主義文學」的向前發展；不過，隨著 80 年代對「現代化」的熱切想像和渴望，經濟體制改革被不斷推進的同時，思想體制層面的探索和嘗試則開始被控制和延宕，導致某些社會主義資源和價值的漸次被摧毀和遺忘。在這種趨勢之下，這批文學史作為「社會主義現代化」意識形態下新舊交替的話語產物，其所預言的「新時期文學」成為了歷史的飛地。

第四部分進一步探討這批文學史的意義和所面臨的危機。通過對「十七年文藝」的重述和「新時期文學」的確立，這批 70 年代末 80 年代初完成的「當代文學史」伴隨著「當代文學」學科在 80 年代的重建，基本被各高校採用作為文科教材，它們對「當代文學」的講述已經在悄然之間轉換為「知識」形塑了人們對「當代文學」的基本看法，但是，在某種意義上，我更願意將這批文學史看作一種文化政治實踐的產物，即在中國社會的轉型時期，一批與「思想解放」潮流密切相關的知識分子參與和滲透到歷史書寫的各個環節中去而重建一種社會主義意義上的「當代文學」的努力。就其意義而言，我認為這批文學史寫作主體所攜帶的與馬克思主義結合起來的人道主義是與「四個現代化」的社會主義方向相適應的一種激活社會主義的思想資源和文藝資源，顯而易見，它與傳統階級話語在 70 年代末 80 年代初的交叉混雜以致對後者的漸趨取代和覆蓋將涉及到諸多歷史問題的重評和改寫以及「新時期文學」方向的規劃和引導，從而也就形成了重建「當代文學」的一種可能，而同時，隨著「思想解放」與「新啟蒙」群體的分化，「社會主義現代化」終至過渡到資本主義市場化運作，工農兵為主體轉換為知識精英為主導，社會主義現實主義讓步於西方現代主義……這批文學史在試圖挽救「當代文學」的同時，由於自身的「革命」遺跡又已經面臨著新的危機，成為正在消逝的風景。

從研究思路可以看出，我所藉重的理論資源主要來自布爾迪厄的科學社會學和海登‧懷特的歷史敘事學。對於科學場的分析一直佔據布爾迪厄理論研究的重要位置。科學場的概念來源於著名的場域理論，場域「可以被定義為在各種位置之間存在的客觀關係的一個網絡（network），或一個構型（configuration）。正是在這些位置的存在和它們強加於佔據特定位置的行動者或機構之上的特定性因素之中，這些位置得到了客觀的界定，其根據是這些位置在不同類型的權力（或資本）——佔有這些權力就意味著把持了在這一場域中利害攸關的專門利潤的得益權——的分配結構中實際的和潛在的處境，以及它們與其它位置之間的客觀關係（支配關係、屈從關係、結構上的對應關係，等等）」〔註15〕科學場作為「場域」的一個分析實踐，除了與其它場域分享一些基本特徵之外，還具備自己獨立的特徵，「首先，科學資本是建立在認識和再認（承認）基礎上的一種特殊的象徵資本，不能把『科學資本家』與其它資本家混為一談。權力通過信譽發揮作用，它預期了接受者或服膺者的某種信任或信仰。掌握一定分量的資本的行動者能夠在場域中施加一種權力，從而影響那些相對來說佔有較少資本的行動者。……其次，『科學場』的『入場費』相對於其它場域而言是高昂的，這也是科學場域的『自律性』的保證。」〔註16〕正如徐賁所說：布爾迪厄「在得出普遍性結論時總是緊緊地把握住對具體法國對象的討論，這就使得他的理論表現出極明顯的法國性，也造成了它們跨文化語境轉換的難度」〔註17〕，由於不同語境和歷史現場的細部呈現往往會突破某些預設，我主要將之用於第一章當代文學史話語形構的說明並強調以下幾點意義：第一，同任何場一樣，權力場作為一個「元場域」始終制約著當代文學史的寫作；第二，當代文學史的生成不是建立在「共識」基礎之上，而是各種力量相互博弈的結果；第三，場中位置的變化以至合法性話語的生成取決於特殊的象徵資本。海登‧懷特的歷史敘事學則主要運用於第二、三章將文學史當作一個敘事文本進行細讀的工作之中，海登‧懷特打破了歷史與文學的邊界，認為歷史編撰「面對紛亂的『事實』，歷史學家必須出於敘事目的『對它們進行選擇、切分和分割』。簡言之，歷史學家原本作為『數據』構成的歷史事實作為一個語言結構因素必定經過第二次

〔註15〕布爾迪厄：《實踐與反思——反思社會學導引》，李猛、李康譯，中央：中央編譯出版社，1998 年 2 月，第 133～134 頁。
〔註16〕朱彥明：《布爾迪厄的「科學場」觀念》，《自然辯證法研究》2007 年第 1 期。
〔註17〕徐賁：《文化「場域」中的福樓拜》，《中國比較文學》2003 年第 4 期。

建構，而這個語言結構又總是出於特定的（顯在或隱在的目的）寫成的。在他看來，這意味著『歷史』絕不僅僅是歷史，而總是『為一歷史』，即出於某一基礎的科學目的或幻想而寫的歷史。」〔註 18〕這就提醒我在以歷史敘事學的眼光審視這批當代文學史時，必須注意兩個層面：一個層面就是眾多的文學事件和材料是如何被篩選、組織成一個「故事」的，由此進入第二個層面就是這些「故事」講述的方式和模型事實上與現實政治的形成了怎樣的呼應，對這兩個層面的追問既使一些歷史細節更為突顯，又暴露了深層的寫作機制，有助於建構起對文學史的完整認識。

當然，總體而言，福柯的知識考古／譜系學是論文問題生發和展開的一個基礎，最為重要的是基於「要關注局部的、非連續性的、被取消資格的、非法的知識，以此對抗整體統一的理論」的批判意識〔註 19〕，嘗試努力回到歷史現場，發掘歷史材料，以此實現與理論資源的整合。不過，在試圖堅持客觀理性分析的立場上我亦希望能在某種程度上達到一種「理解的同情」。這些都構成了我寫作本書良好的初衷。

〔註18〕　海登・懷特：《後現代歷史敘事學》陳永國、張萬娟譯，北京：中國社會科學出版社，2003 年 6 月，第 71 頁。

〔註19〕　福柯：《權力的眼睛　福柯訪談錄》，上海：上海人民出版社，1997 年 1 月，第 219 頁。

第 1 章　教材、學科與意識形態

1.1　場域的生成：從幾個會議說起

　　「文革」後當代文學史寫作所涉及的重要會議事實上為我們考察一種新的「當代文學」的生成劃定了一個特定的場域。因為「自上而下的制度化開會儀式是中國特有的政治運作模式。在當代中國，幾乎所有的重大變化都是通過開會發生的」〔註1〕。在抽象的層面上，會議負載著傳達以政策形式集中體現的意識形態內涵的功能，為各種具體化的實踐提供和制訂了理論指導和實踐規範；在直觀的層面上，會議則往往集結了來自不同領域的關鍵人物試圖就某一問題達成默契和共識。因此，會議所展開的臨時的地理空間表徵了各種話語和權力相互衝突和妥協的隱性的文化場域。我們可以看到，圍繞著作為高等學校文科教材的當代文學史的編寫，接連召開了數次相關的會議。我關注的是在這些會議召開的過程中，由於集體寫作模式的規約而形構的一個錯綜複雜的關係網絡亦即場域的初步呈現及其客觀結構。

1.1.1　教育體制與國家權力

　　1978 年 6 月，教育部在武漢召開了全國高等學校文科教學工作座談會，會議由教育部副部長高沂主持，中國社會科學院副院長於光遠和宦鄉分別發表了講話，到會的有 58 所高等學校的文科教學工作者和部分省、市的教育工

〔註1〕　王本朝：《中國當代文學制度研究》，北京：新星出版社，2007 年 6 月，第 239 頁。

作者。會議回顧和分析了文科教學的歷史和現狀，指出應該充分認識文科的地位和作用，正確貫徹理論聯繫實際的原則，堅持執行「百花齊放，百家爭鳴」的方針以及爲實現新時期的總任務，要把高等學校文科辦成培養馬克思主義理論人才和社會主義文化建設、經濟管理人才的重要基地並重新肯定了1961 年確定的文科教學方針及貫徹這一方針所取得的經驗，同時還討論和初步制定了中文、歷史、哲學、政治經濟學、教育學等專業的教學方案、教材編選規劃和文科教師培訓計劃〔註2〕。

　　高等學校文科教學之所以被提上議事日程一個顯而易見的背景是隨著「文革」的結束，高等教育經歷了重大的改革和轉折。1978 年 4 月，復出後分管科學和教育的鄧小平在全國教育工作會議上發表重要講話，要求提高教育質量，提高科學文化的教育水平，更好地爲無產階級政治服務；學校要大力加強革命秩序和革命紀律，造就具有社會主義覺悟的一代新人，促進整個社會風氣的革命化；教育事業必須和國民經濟發展的要求相適應；尊重教師的勞動，提高教師的質量。這些意見在「兩個凡是」的語境下無疑沿襲了一些慣用措辭，但卻在事實上否定和拋棄了「文革」所奉行的激進教育路線。蘇珊娜・佩柏認爲新中國成立後新的教育秩序包括三種不同的傳統，「從民國時期繼承的傳統是受現代西方啓發的學說嫁接在古代儒家基礎上的混合體。第二種傳統來自中国共產黨人他們自己作爲 20 世紀 30 年代和 40 年代農村邊區政府領導人的新近的經驗。第三種傳統在 50 年代才介紹到中國，當時新的共產黨政府在進行學習蘇聯的大膽嘗試。」〔註3〕在「十七年」和「文革」時期，後兩種傳統分別作爲「延安模式」和「蘇聯模式」在此起彼伏的融合與衝突中對中國的教育體制中發揮了持續而重要的影響。就高等教育而言，在建國初期被全面引進的「蘇聯模式」大致體現在兩個方面：一是單一的公有制模式的複製，所有大學皆爲公立；二是將中央集權的力度貫通到基層的大學組織。因此，「從總體上看，中國採納的主要是在 20 世紀 30 年代中期以後發展起來的斯大林體系。⋯⋯這一體系主要是以高度集權和國家對高等教育的嚴密控制爲主要特徵的」。〔註4〕在此種模式之下，「高等教

〔註2〕參見《人民日報》1978 年 10 月 3 日。

〔註3〕蘇珊娜・佩柏：《新秩序的教育》，R・麥克法誇爾、費正清編：《劍橋中華人民共和國史　上卷　革命的中國的興起　1949～1965 年》，北京：中國社會科學出版社，1990 年 8 月，第 168 頁。

〔註4〕李江源：《論我國大學制度變遷的「路徑依賴」》，《高教探索》2004 年第 2 期。

育的重心是培養一支具有高度紀律性的在新中國建設過程中的各個領域內所需要的專業隊伍。從政治方面講，這恰好與中国共產黨內部被認為是溫和派或務實派的觀念相吻合。然而，它卻與以毛澤東及黨內其它人試圖尋求一種更為激進的革命路線以改變社會的觀點背道而馳。」〔註5〕尤其是隨著中蘇關係出現裂隙，1958 年的「大躍進」開始重新接續此前在延安積累起來的某些教育經驗〔註6〕，試圖以此打破對「蘇聯模式」的全面複製，其中最為突出的實踐是：「各地區開始創建自己的高等教育中心，各省屬高校開設的專業範圍廣泛，且綜合化程度較高，在地方上取代了完全受控於中央的專門院校。與此同時，這些地方院校還開始探索、開放更為地方化的課程內容。政府也鼓勵高校建立小型的校辦工廠，並介入當地的生產建設。在那段時期，允許高等院校的學生參與編寫新的教科書，進行科研項目。地方參與已蔚然成風，教材多樣化，使得地區的不同特色找到表達的途徑」。〔註7〕這些本土化的嘗試不同程度地觸及到高度的中央集權、理論與實際相脫離、專家主導的等級制度等弊端，然而同時也因為過於強調和突出「教育為無產階級政治服務，為大眾服務」，「教育與生產勞動相結合」等理念而埋下了新的隱患。儘管在「大躍進」總體被認為失敗之後，高等教育部分地恢復到了「蘇聯模式」，但是，緊隨其後的「文革」由於激進政治勢力的掌權而徹底將「延安模式」推向了極端，學校成為無產階級繼續革命的對象，高等教育管理權全面下放。直到「文革」結束，這種局面才有了根本性的扭轉。1977 年 10 月 12 日國務院批轉教育部《關於一九七七年高等學校招生工作的意見》，標誌著全國統一高考制度的恢復，隨之而來的是高等教育的迅速發展，「蘇聯模式」也逐漸重新回歸。「1976 年以後，決定著教育制度性質的各種力量的對比情況同 50 年代反右鬥爭開始以前那段時間相似。那時，蘇聯式的結構和親西方的知識界主宰著正規學校制度」，表現之一是：「權力又回到學術權

〔註5〕許美德：《中國大學 1895〜1995 一個文化衝突的世紀》，許潔英主譯，北京：教育科學出版社，2000 年 2 月，第 116 頁。

〔註6〕所謂「延安模式」的要素包括：教育為無產階級政治服務，為大眾服務，強調教育與生產勞動相結合；集中控制與統一領導，對高等學校實行歸口管理，實行校長負責制或以校長為首的委員會制，辦學經費實行統收統支；強調對學生的思想政治教育，制定了一系列學生管理制度等等，李江源：《論我國大學制度變遷的「路徑依賴」》，《高教探索》2004 年第 2 期。

〔註7〕許美德：《中國大學 1895〜1995 一個文化衝突的世紀》，許潔英主譯，北京：教育科學出版社，2000 年 2 月，第 128 頁。

威手中，並集中在教育部領導的國家教育官僚機構裏」。〔註8〕

　　教育部成立於 1949 年，1950 年頒佈的《關於高等學校領導關係的決定》中規定：「全國高等學校以由中央人民政府教育部統一領導爲原則。」「中央人民政府教育部對全國高等學校（軍事學校除外）均負有領導責任」。高等教育部頒發的有關全國高等學校的建設計劃、財務計劃、財務制度、人事制度、教學計劃、教學大綱、生產實習規程以及其它重要法規、指示和命令，全國高等學校均應執行。全國高等學校各類專業實行統一的教學計劃、教學大綱和統編教材。〔註9〕可以說，教育部是國家權力全面滲透到高等學校的集中體現〔註10〕，「文革」中，參照「蘇聯模式」運行的教育部亦在相當程度上受到衝擊，1975 年 1 月得以正式恢復，同時，中央開始再度統一課程和規範教材。需要注意的是，除教育部這樣的行政機構之外，中國科學院這樣的學術機構也是介入課程與教材不可忽視的力量，因爲在「蘇聯模式」下，「所有重要的研究項目均由中國科學院及與之相關的機構來組織實施，而高等教育體系中的機構卻無從插手。這就意味著在大學裏進行研究工作很難受到支持，大學通常只是用一成不變的教科書傳授早已有定論的知識。」〔註11〕因此，這次全國高等學校文科教學工作座談會的主導力量和言論來自於教育部和中國社會科學院〔註12〕的高層官員，不僅清楚地表明高等教育被重新納入中央集中規劃和管理的軌道，也明確地傳達了國家意識形態的立場和需要：高等學校文科教學必須密切配合撥亂反正的政策——「在當前以至今後一個時期，特別要批判林彪、『四人幫』的各種謬論，研究『四人幫』的出現和

〔註8〕　蘇珊娜・佩柏：《教育》，R・麥克法誇爾、費正清編：《劍橋中華人民共和國史　下卷　中國革命內部的革命 1966～1982 年》，北京：中國社會科學出版社，1992 年 8 月，第 595 頁。

〔註9〕　林榮曰：《制度變遷中的權力博弈——以轉型期中國高等教育制度爲研究重點》，上海：復旦大學出版社，2007 年 10 月，第 115～116 頁。

〔註10〕　儘管自 50 年代始，另外專設了高等教育部，但是教育部一向被認爲並不注重基礎教育，實際上就是高等教育部，教育部與高等教育部隨政治形勢的幾經分合就很能說明問題。1952 年，教育部分爲高等教育和教育部；1958 年 3 月，兩部合爲教育部；1963 年 10 月，再次分爲高等教育部和教育部；1966 年 7 月兩部又合爲教育部。1970 年，成立國務院科教組，撤銷教育部；1975 年 1 月，重新成立教育部。

〔註11〕　許美德：《中國大學 1895～1995 一個文化衝突的世紀》，許潔英主譯，北京：教育科學出版社，2000 年 2 月，第 110 頁。

〔註12〕　中國社會科學院是在中國科學院哲學社會科學學部的基礎上於 1977 年 5 月建立的。首任院長爲胡喬木。

存在的歷史條件和歷史教訓，從理論上和實踐上闡明防止資本主義復辟的有效途徑。要研究社會主義革命和建設中提出的新問題，總結實踐經驗，探討客觀規律，爲黨和國家制定路線、方針和政策提供理論依據。要繼承我國的優秀文化遺產，吸收外國先進文化，研究我國各民族和世界各國的政治、經濟、科學和軍事各方面的歷史和現狀，繁榮和發展社會主義的科學文化事業」〔註13〕。

然而，儘管「高等學校文科教育肩負著爲國家培養馬克思主義理論隊伍、文化隊伍和管理隊伍的任務」〔註14〕，但在此之前卻並沒有與理工科教育分享同等的發展機遇。無疑，新中國急迫的現代化想像和焦慮使得無論是「蘇聯模式」還是「延安模式」都更爲強調科學技術的原則和實用人才的培養〔註15〕，因而，在社會主義經驗下振興高等學校文科教育爲數不多的可資借鑒的範本就是 60 年代初短暫的調整時期產生的文科教學經驗，因爲這一時期被看作是兩種模式「之間取得某種平衡似乎成爲可能」〔註16〕。1961 年 4 月，教育部和文化部在北京召開了高等學校文科和藝術院校教材編選計劃會議，這個會議意味著建國以來文科教學受到前所未有的重視和開始建構正常的運行秩序。會議總結和評價了 1958 年教育革命以來的文科教學工作，就有關文科教學的若干帶根本方針性的問題，如培養目標，教學、勞動和科學研究三者的正確結合，各種課程的比重和相互聯繫以及如何在文科教學中貫徹執行百花齊放、百家爭鳴的政策等重大問題進行了討論，此外還修訂了文科 7 種專業（語文、歷史、哲學、政治、政治經濟學、教育、外語）和藝術院校 7 類專業（戲劇、音樂、戲曲、電影、美術、工藝美術、舞蹈）的教學方案的草案，並且相應地訂出了 224 門課程的教材編選計劃，包括教材 297 種（其中文科 126 種，藝術 171 種）〔註17〕。不難發現，同樣

〔註13〕本刊評論員：《撥亂反正　辦好文科——高等學校文科座談會述評》，《人民教育》1978 年第 8 期。
〔註14〕《印發〈關於調整和發展高等學校文科教育的幾點意見〉的通知》，《中國高等教育》1984 年第 7 期。
〔註15〕關於這一點，「蘇聯模式」自不待言。毛澤東在「文革」時期曾指出：「我們仍然有必要保留大學，這裡我主要指的是理工院校。」參見《人民日報》1968 年 7 月 22 日。
〔註16〕許美德：《中國大學 1895～1995 一個文化衝突的世紀》，許潔英主譯，北京：教育科學出版社，2000 年 2 月，第 153 頁。
〔註17〕參見中央教育科學研究所編：《中華人民共和國教育大事記 1949～1982》，北京：教育科學出版社，1984 年 1 月，第 291 頁。

是對激進路線的修正和調整，78 年的會議在某種程度上是 61 年被中斷的實踐的延續，尤其是在教材編選方面，60 年代時任中宣部副部長的周揚領導下的工作經驗直接為 78 年的會議提供了參照。

「編選文科教材的任務是 1960 年 9、10 月間在中央書記處的一次會議上確定的。會後，書記處書記彭眞同志受總書記鄧小平同志的委託向周揚同志下達了這一任務，並要周揚同志談話立下軍令狀，限期解決文科教材。」〔註 18〕中宣部是中共中央主管意識形態方面工作的綜合職能部門，由中宣部來負責實施此項工作，表明文科教材編選應該被理解為思想教育的重要途徑，而不是一個純粹的學科事件，因此，教材編選必須與國家意識形態保持高度的一致。一方面就是在編寫過程中堅持強調「元理論」，即馬克思列寧主義、毛澤東思想的指導作用，周揚指出：「文科的許多學科有很強的階級性，其中的不少內容同革命鬥爭和社會主義建設有密切聯繫，有些還是馬克思主義的基本組成部分。因此，編寫文科教材，必須努力運用馬克思列寧主義、毛澤東思想的立場、觀點、方法，佔有資料，分析問題，研究問題；充分利用中外馬克思主義學術研究的優秀成果；反對修正主義，同時克服教條主義」〔註 19〕；另一方面則必須根據政治風向及時調整編選方針和具體原則，例如：1962 年秋，「毛澤東在全會上提出階級鬥爭要『年年講，月月講，天天講』，再次強調了『以階級鬥爭爲綱』的戰鬥原則。參加了中共全會的周揚立即將這一精神貫徹於教材的編寫工作」。〔註 20〕

即使存在如此的規範和約束，但 1961 年的會議甚至包括周揚本人仍然爲知識分子和學者專家所稱道，因爲會議的初衷和方向、按照會議精神運作的先期編寫以及周揚的言行作風都顯示了一種調和國家意志與學科規律乃至於個人風格的努力，甚至在某種程度上重心更爲偏向於後者。在周揚呈送中央書記處並總理的報告中，除了特別指出：「對教材的要求，是既要注意政治性和革命性，又要注意知識性和科學性，並使兩方面較好地結合起來」之外，還使用大量篇幅對教材編選的具體實施提出了幾點意見：第一，必須堅持黨

〔註 18〕郝懷明：《周揚語大學文科教材建設》，王蒙、袁鷹主編：《憶周揚》，呼和浩特：內蒙古人民出版社，1998 年 4 月，第 349 頁。

〔註 19〕周揚：《關於高等學校文科教材編選情況和今後工作意見的報告》，《周揚集》，北京：社會科學出版社，2000 年 9 月，第 115 頁。

〔註 20〕樊駿：《編撰〈中國現代文學史〉的若干背景材料》，《新文學史料》2003 年第 2 期。

內外新老專家合作的原則；第二，在編寫過程中必須保證學術爭論的自由；第三，集體編書必須實行主編負責制度，以保證每本教材觀點的一貫性和完整性。自願結合的集體編書，是一種好的寫作方式，問題在於運用是否得當。過去幾年，集體編書經驗中有好的一面，缺點在於過分強調集體，強調所謂「大兵團作戰」，強調短期突擊，忽視個人作用，尤其是忽視主持者和骨幹力量的作用；第四，必須建立由專家組成的專業組，分別領導各專業的教材編選工作；第五，需要統一計劃和調動組織全國的學術力量。〔註21〕顯而易見，這些意見力圖在國家權力的範圍內最大限度地保障學者專家的學術自主權〔註22〕，這也就清楚地表明在教材編選工作中的確存在一個外在於但同時又受制於權力場的學術場，權力場主要由中央文化管理機構和教育部門以及相應的政策傳達者和理論規劃者組成，而學術場則包括了各領域的權威專家和專業人員，儘管權力場與學術場之間的等級秩序是鮮明設定的，但並不表示權力場可以完完全全地操控甚至取代學術場。然而，眾所周知的是後來形勢的急遽變化卻改變了場域之間的相互關係和正常秩序，文科教材編選的龐大計劃先是試圖跟上不斷變化的政治風向最終隨著「文革」的全面爆發而被擱淺。因此，78 年的會議在撥亂反正的議題下，重申 60 年代初期的文科教學方針，提出了新的教材編寫計劃，其中，北京師範大學、北京師範學院、南京大學、武漢大學、吉林師範大學、上海師範學院、哈爾濱師範大學、華南師範學院、西北大學、武漢師範學院等十所院校以及華中師範學院接受教育部的委託分別承擔兩本當代文學史的編寫任務。

〔註21〕 周揚：《關於高等學校文科教材編選情況和今後工作意見的報告》，《周揚集》，北京：社會科學出版社，2000 年 9 月，第 117～120 頁。

〔註22〕 周揚不止一次地做出讓學術不受政治干擾的保證，據郝懷明回憶，文科教材編選計劃會議之後，在民族飯店召開的一個小會上，周揚拍著胸脯對專家、學者們說：「學術上你們負責，政治上我負責。」與會者聽了很受鼓舞。據當時在文科教材辦公室工作的徐汝京回憶，著名歷史學家范文瀾高興地說：「這下我思想解放了。」著名哲學史家馮友蘭教授還賦詩一首，表示他放下了思想包袱，願跟著黨為文科教材建設出力。另據樊駿回憶，周揚對《中國現代文學史》編寫小組「強調得最多的是不要受條條框框的束縛，寫史就要從歷史的實際出發，在此基礎上提出自己的意見。甚至說，大不了掉進修正主義的泥坑，到時候我把你們拉起來就是了」。參見郝懷明：《周揚為高校文科教材建設立軍令狀》以及樊駿：《編撰〈中國現代文學史〉的若干背景材料》，《新文學史料》2003 年第 2 期。

1.1.2 專業權威、學術團體與編寫組

1978 年 7 月，由北京師範學院、吉林師範大學、武漢大學、南京大學、華中師範學院、武漢師範學院、西北大學、華南師範學院、哈爾濱師範學院等 9 所院校發起，有北京大學等 20 幾所高等院校參加的當代文學學術討論籌備會在北京舉行。會議期間，針對各院校在當代文學教學與科研中遇到的一些問題，邀請陳荒煤和馮牧作了報告。他們對如何正確估價 28 年來的文藝戰線；如何深入批判林彪、「四人幫」炮製的以「文藝黑線專政」為核心的一系列反動謬論；如何評價粉碎「四人幫」以來文藝領域出現的新氣象、新問題，發表了自己的看法。〔註 23〕可以說，這個會議與當代文學史教材的編寫密切相關。

我們注意到，會議的發起者正是承擔編寫任務的主要院校，會議的目標和指向是「針對各院校在當代文學教學與科研中遇到的一些問題」，而報告的主要內容──「如何正確估價 28 年來的文藝戰線；如何深入批判林彪、『四人幫』炮製的以『文藝黑線專政』為核心的一系列反動謬論；如何評價粉碎『四人幫』以來文藝領域出現的新氣象、新問題」基本涉及的就是當代文學史寫作的範圍，特別需要指出的是兩位特邀報告人陳荒煤和馮牧實際分別就是兩本教材的顧問。

顧問的設置顯然來源於 60 年代初期教材編寫中的專業組模式──國家權力將政策和指令傳達給特定的專家並成立專業組，「設組長一人，副組長若干人，負責經常的具體領導工作」，「專業組的主要任務是：①擬定本專業的教材編選計劃；②對本專業的教材編選工作進行學術指導，解決編選工作中的重要問題；③組織書稿的討論、審查；④搜集教材使用中的意見，組織進一步修訂的工作」〔註 24〕。在這個過程中，正如賀桂梅所說：「一方面，專家作為某種自律性文化領域的權威與國家意志協商；另一方面，國家意志又借助專家的權威性而贏得其學理支持」〔註 25〕。所以，周揚認為：「建立這樣的組織十分必要，但它能否發揮作用，關鍵則在於組長」〔註 26〕，當時中文組的

〔註 23〕 參見《全國部分高等院校在京召開當代文學學術討論會籌備會》：《文藝報》1978 年第 2 期。

〔註 24〕 周揚：《關於高等學校文科教材編選情況和今後工作意見的報告》，《周揚集》，北京：社會科學出版社，2000 年 9 月，第 119 頁。

〔註 25〕 賀桂梅：《「現代文學」的確立與 50～60 年代的大學教育體制》，《教育學報》第 1 卷第 3 期，2005 年 6 月

〔註 26〕 周揚：《關於高等學校文科教材編選情況和今後工作意見的報告》，《周揚集》，

組長由馮牧擔任，充分表明組長應該是具備個人聲望的學術權威。與之相對照，儘管在實際工作和職權範圍上存在了諸多差異，但時任中國社會科學院文學研究所副所長的陳荒煤和《文藝報》主編以及中國作家協會黨組副書記兼書記處常務書記的馮牧無疑肩負著類似的任務——溝通國家意志和專業領域。「顧問」的身份和功能因此傳達了兩個重要信息：第一，就是顧問受制於國家意識形態，實現國家意識形態對教材的監控和介入〔註27〕，第二，也是更為重要的方面就是顧問還關聯著「某種自律性文化領域」，因而也就預示著曾經一度被壓制甚至於消失的這種「自律性文化領域」正在重新浮出水面，因為「外在的一般制約因素，並不是直接作用於置身在特定場域的行動者，而是借助於場域中的特定力量的特定中介作用」〔註28〕。正是在 1978 年教育部制定高等院校中文專業現代文學教學大綱，確定「當代文學」作為一門新的課程，這也就意味著「當代文學」作為一個獨立的學科的開始，更表明「一個相對穩定和範圍固定的場域」〔註29〕的形成。

次年 8 月，正式的當代文學學術討論會在長春舉行，參加會議的有北京大學、北京師範大學、南京大學、武漢大學等 72 所高等院校的教師，社會科學院文學研究所、文化部文藝研究院等單位的研究人員，以及《人民日報》、《文藝報》等 30 個單位的編輯和記者，共 180 多人。討論會收到了 65 篇學術論文，圍繞建國三十年來我國現實主義文學的成就和不足、鬥爭和發展、經驗和教訓以及與此有關問題進行了廣泛、深入地討論。會議期間，成立了「中國當代文學研究會」。經過代表們的充分醞釀和協商，選舉產生了理事會，推選茅盾為名譽會長，馮牧為會長，周揚、林默涵、陳荒煤、賀敬之、沙汀、胡蘇為顧問，公木、韋君宜、朱寨，張炯，鄭惶，胡采、秦牧為副會長，秘書長由張炯兼任〔註30〕。「一個學科聯合會在某個學科場域內激活了某

　　　　　北京：社會科學出版社，2000 年 9 月，第 119 頁。
〔註27〕程光煒指出：「中國作協和社科院文學研究所是新中國成立後根據政治思想宣傳需要而建立的兩個文化、科研單位」，「這兩個單位，成為體現意識形態願望和『主流文學』性格的前哨陣地」，見程光煒：《當代文學在八十年代的「轉型」》，《文學史的興起——程光煒自選集》，開封：河南大學出版社，2009 年 4 月，第 214～215 頁。
〔註28〕皮埃爾・布爾迪厄：《科學的社會用途——寫給科學場的臨床社會學》，劉成富、張豔譯，南京：南京大學出版社，2005 年 8 月，第 14 頁。
〔註29〕皮埃爾・布爾迪厄：《科學之科學與反觀性》，陳聖生、涂釋文、梁亞紅等譯，桂林：廣西師範大學出版社，2006 年 4 月，第 108 頁。
〔註30〕參見《中國當代文學學術討論會在長春舉行》，《吉林大學社會科學學報》

種類似共同體的東西」〔註31〕，就像 1979 年 8 月 25 日編印的《中國當代文學學術討論會紀要》中所說：「與會代表一致認為：這次學術會議，是從事我國當代文學教學和研究人員的第一次盛會，是大家自動發起、聯合組織的較大規模的學術活動，是交流科研成果、探討學術理論的好形式。會議發揚了學術民主，促進了學術交流，它對於今後廣泛、深入地開展當代文學的教學和研究工作，是一次有力的推動」。〔註32〕當代文學史的寫作理所當然亦在此「推動」範圍內，正如十院校編寫組後來的回顧：「為了進一步解決編寫過程中遇到的一些難點，編寫組成員又於一九七九年八月參加了在長春舉行的全國當代文學學術討論會，與參加會議的文學研究和教學工作者一起就有關問題進行了探討，從而使本書的編寫工作能夠比較順利地進行。」〔註33〕

　　顯而易見，當時距離「文革」結束雖然已有一段時間，但《關於建國以來黨的若干歷史問題的決議》尚未作出，對許多重大曆史事件和重要歷史人物還沒有最終蓋棺定論，而當代文學史又是當代歷史的組成部分，因而，要生產出合法知識唯一的途徑就是通過集體磋商來進行，這種機制實際是 50 年代以來逐漸形成的一種文學史「集體寫作」的學術生產體制，即「由於主流意識形態加緊實施其話語權力控制，學術生產強化『現實政治服務』的功能，在這種時潮下，學術研究尤其是人文社會科學的研究就越來越服從體制化管理，學者多半把學術研究當成『任務』，甚至主要是代表階級與黨派發言，研究過程只能淡化個人色彩，突出所謂『公認』的觀點」〔註 34〕的附屬產物。這有點類似於科學社會學的觀察：「科學的事實只有由該場域的全體來做，而且大家要合作使其做成一樁被認識和被承認的事實，那樣才稱得上圓滿完成的科學的事實」〔註 35〕。當然，在當代中國的語境下，集體磋

　　　　　1979 年第 5 期以及《當代文學學術討論會在長春召開》,《東北師大學報（哲學社會科學版）》1979 年第 3 期

〔註31〕皮埃爾・布爾迪厄：《科學之科學與反觀性》，陳聖生、涂釋文、梁亞紅等譯，桂林：廣西師範大學出版社，2006 年 4 月，第 79 頁。

〔註32〕劉錫誠：《在文壇邊緣上──編輯手記》，開封：河南大學出版社，2004 年 9 月，第 327 頁。

〔註33〕郭志剛主編：《中國當代文學史初稿》（上冊）（前言），北京：人民文學出版社，1980 年 12 月，第 2 頁。

〔註34〕溫儒敏：《學術生產體制化與五六十年代的現代文學史寫作》,《中國現當代文學學科概要》，溫儒敏、李憲瑜、賀桂梅、姜濤等著，北京：北京大學出版社，2005 年 1 月，第 105 頁。

〔註35〕皮埃爾・布爾迪厄：《科學之科學與反觀性》，陳聖生、涂釋文、梁亞紅等譯，

商儘管也是努力在求得科學的事實，但更爲基本的還是求得與國家話語保持一致。

　　至此可以總結，圍繞當代文學史的編寫，一個特定的知識生產場域的界限和結構開始逐步明晰起來。編寫組成員作爲場域中最爲基本的行動單位始終處於雙重規約之下：一方面他們必須保證始終在國家權力劃定的軌道上運行，並貫徹和落實意識形態的需求；另一方面他們又必須不斷地與同行反覆交流，並吸納較爲普遍的學術觀點和意見，而這兩方面都是以顧問陳荒煤與馮牧爲中介的，因爲無論是來自權力場還是學術場的聲音在某種程度上都最終經過二人的判斷與裁決才能過濾轉換爲編寫組實踐的原則。如同布爾迪厄所強調的：「從場的角度思考就是從關係的角度思考。從場的角度思考，就意味著要對有關社會世界的整個日常見解進行轉換，這種見解總是只注意有形的事物。個體，是由某種出於原生性的意識形態的興趣所賦予我們的與現實的存在關係；團體，則是在表面上僅僅被暫時的、或持久的關係所定義，這些關係是其成員之間的某種正式的或非正式的關係；它甚至可以被理解爲成員之間的某種正式或非正式的關係」〔註36〕，之所以將編寫組放置進場域中進行考察，原因在於我試圖闡釋清楚當代文學史生產中的所涉及的歷史變遷和多重力量，而對兩種傾向保持警惕：第一種就是把教材編寫簡化爲簡單的國家權力滲透過程，而忽略學術場的自律性，甚至把陳荒煤和馮牧理解爲意識形態的代言人而無視他們身份和行動的複雜性和豐富性；第二種就是把意識形態看成是封閉和靜態的固定之物，而缺乏對歷史細節的洞悉，「其實『官方』在當時的身份並不清晰，不過它肯定不是我們往往誤解的一體化的政治：四人幫或者極左派；它恰恰是四人幫的敵人，也就是在文革結束後分裂成的以華國鋒爲首的『凡是派』和以鄧小平爲首的『改革派』的混合體」〔註37〕，因此，所謂的「主流意識形態」在 79 年前後仍然處於一個充滿變數的轉折過渡之中；而這些一般的政治經濟狀況必然通過場域而作用於置身於內部的成員也由此導致某種張力的出現。

　　　桂林：廣西師範大學出版社，2006 年 4 月，第 122 頁。

〔註36〕皮埃爾・布爾迪厄：《文化資本與社會煉金術──布爾迪厄訪談錄》，包亞明譯，上海：上海人民出版社，1997 年 1 月，第 141 頁。

〔註37〕謝俊：《可疑的起點──〈班主任〉的考古學探究》，《當代作家評論》2008 年第 2 期。

1.2　內部的分歧：對「當代文學」的不同理解

　　前面說到「當代文學研究會」的成立「激活了某種類似於共同體的東西」，這很容易讓人注意到場域內協調一致的一面，但不能忽略的卻是即使是在會場上也充滿了不同觀念的交鋒，如果按照《紀要》作一個簡單的整理即可說明：

中國當代文學學術討論會觀點摘要		
對建國後17年文學中的現實主義發展情況的看法	雖然受到「左」的和右的干擾，經歷了曲折的過程，但基本上貫徹了無產階級的革命路線，成績是主要的，現實主義是主流	
	文學創作、理論批評存在著嚴重的反現實主義傾向。主要表現在：「片面強調文學為政治服務的性質」，「誇大文學的政治性，貶低文學的真實性」	
	不能用現實主義或反現實主義這個概念籠統地評價「十七年」的文學現象，應該對具體現象、具體問題做歷史地具體地分析	
對「文革」10年和近三年文學情況的看法	「文革」10年	「四人幫」推行了一條封建法西斯文化專制主義的極「左」路線，大搞陰謀文藝，10年中文學的主要傾向是地道的反現實主義，是古今文學史上罕見的大倒退
	「文革」10年的文學與「十七年」文學的關係	早在1957年就形成了一條「左」傾文藝路線，「文革」10年的極「左」文藝路線，是在已有路線上的惡性發展。兩者只有程度上的差別，並無本質的不同
		「十七年」「左」的思潮泛濫，發展到「文革」10年，「四人幫」統治文壇，才形成了一條極「左」文藝路線。兩者有必然的聯繫，但又有性質上的差別
		在文藝理論批評上，「文革」10年和「十七年」有密切聯繫，雖然性質不同，卻是一脈相承。在創作上則區別較大，聯繫較小，性質也完全不同
	近三年	不僅恢復了現實主義傳統，而且在題材、主題、人物等方面都有所突破。特別是加強了文學和人民的聯繫……這是一個新的開端，一個很好的潮頭，預示著我國社會主義文學大繁榮的時代必將到來
對1956年到1957年文藝運動的看法	對反右鬥爭的估價	不僅是「擴大化」，而是根本搞錯了
		是必要的，不能否定，當然，方式方法不盡妥當，造成了「擴大化」
	實質性問題	一次「巨大的思想解放運動」，它「帶來了文學藝術的春天」，「卻悲劇性地流產了」
		不同意把1956年和1957年看成是一次思想解放運動

儘管除此之外還涉及到「兩結合」的創作方法、文藝與政策的關係等等，但主要的爭議則集中在這三個方面，概括起來就是如何評價「十七年」和「文革」以及「近三年」的文藝創作和理論批評兩個問題，更進一步來看，這兩個問題其實又牽涉到如何理解「十七年」和「文革」以及「近三年」整個中國的社會主義實踐和歷史經驗，而這恰恰又是當時社會各個層面都在探討和思考的焦點。對於這些問題的認識和處理無疑形構了中國當代文學史書寫內在的作為前提而存在的思想框架或者說認識裝置，因此，必須把對爭論本身的關注放置到會場之外的空間，梳理文藝界和思想界內部圍繞話語權力和象徵符號所產生的分歧，以此來透視影響到知識生產場域的深層無意識結構，正如孫歌在分析日本學術界出現的有關「昭和史」書寫方式的爭論時所意識到的：「這場論爭的真正價值在於，它為後人提供了一些反觀自身的重要線索，提供了把握歷史書寫分歧點的有效視角。但是這些視角只有在對於文獻的綜合解讀中才能夠呈現，它們並不曾在那場論爭中被直接生產出來。」〔註38〕

1.2.1　文壇共識的破裂

　　1979 年通常被認為是一個頗富歷史意味的轉折年代，剛剛結束的十一屆三中全會宣佈：「全國範圍的大規模的揭批林彪、『四人幫』的群眾運動已經基本上勝利完成，全黨工作的著重點應該從 1979 年轉移到社會主義現代化建設上來。」毋庸置疑，伴隨此一歷史轉變應該出現的是各行各業「團結一致向前看」的大好局面，然而，對於文藝界而言，由於共同擁有的慘痛經歷和遭受了重大挫折而在轉折時期取得的廣泛共識卻開始消散甚至瓦解，之前潛藏和累積的各種異見猶如冰山一角逐漸暴露並且日益激化。

　　分歧較為明顯的公開是在 3 月召開的「文學理論批評工作座談會」上。據時任《文藝報》編輯部副主任的劉錫誠回憶：

　　　　「文學理論批評工作座談會」是《文藝報》主持召開的。會議的議題之一，是總結三十年來文藝工作的經驗教訓。作為組織者，馮牧和孔羅蓀兩位主編，在會議的後期，邀請「文革」前擔任文藝界領導工作、「文革」中受到嚴重迫害、「文革」後仍在文藝界擔任

〔註38〕孫歌：《關於現代史書寫的基本問題——日本現代知識界「昭和史論爭」的啟示（簡稿）》，《新史學　多學科對話的圖景　上》，楊念群、黃興濤、毛丹主編，北京：中國人民大學出版社，2003 年 10 月，第 25 頁。

著重要領導職務的陳荒煤、林默涵、周揚三位老領導到會講話。他們每人講了半天。21 日是陳荒煤講，22 日是林默涵講，23 日是周揚講。他們講話之後，代表們進行座談會討論。陳荒煤和周揚的講話，都沒有引起什麼大的爭論。在 23 日上午的討論中，代表們對林默涵同志的講話，主要是對十七年文藝工作的成績和問題，發表了一些不同意見。我認爲，也可以理解爲是對林默涵同志觀點的批評與商討。

……

　　默涵的講話分爲三個部分：第一部分，關於總結三十年的經驗問題。有爭議的就是這一部分。他的講話說：「（在十七年的文藝工作中）我們肯定有『左』的錯誤，但是這裡面也有複雜的情況。我們一方面犯『左』的錯誤，一方面又感到有『左』的問題，多次提出克服『左』的錯誤。」「認爲『四人幫』的極左路線就是從十七年的『左傾』文藝路線發展起來的，這個問題值得商榷。我感到現在還很難論定，因爲這和政治路線是分不開的。」〔註39〕

林默涵對歷史的把握之所以遭到質疑必須還原到當時的語境中去理解。十一屆三中全會代表的路線已經「明確拋棄『左』傾主義及其變種」〔註40〕，由於「重新解釋黨的歷史和學說是導向三中全會的一個中心論題」〔註41〕，因而，「十七年」和「文革」存在的主要問題其實已經基本被定位爲一個「左」的問題，相應地，文藝領域亦呈現出同樣的狀況。林默涵模糊的表態給代表們造成的印象卻是「十七年文藝工作的錯誤主要是右」，同時，代表們還尖銳地指出：「否認或者迴避我們十七年文藝工作中的『左』的缺點、錯誤和林彪、『四人幫』『左』傾機會主義路線之間有著某種聯繫，是不可能很好總結 30 年來的歷史經驗教訓的。」〔註42〕

林默涵與代表們的衝突可以簡單歸結爲如何解釋「十七年」文藝的性質，即「十七年」文藝究竟是「左」還是「右」的問題。而此前在相當一個

〔註39〕劉錫誠：《文壇舊事》，武漢：武漢出版社，2005 年 5 月，第 134～135 頁。

〔註40〕羅德里克・麥克法誇爾：《毛的接班人問題和毛主義的終結》，R・麥克法誇爾、費正清編：《劍橋中華人民共和國史　下卷　中國革命內部的革命 1966～1982 年》，北京：中國社會科學出版社，1992 年 8 月，第 383 頁。

〔註41〕詹姆斯・R・湯森、布蘭特利・沃馬克：《中國政治》，顧速、董方譯，南京：江蘇人民出版社，2007 年 5 月，第 97 頁。

〔註42〕劉錫誠：《文壇舊事》，武漢：武漢出版社，2005 年 5 月，第 134～135 頁。

時期內對於「十七年」文藝的主要焦點集中於對「文藝黑線專政」論以及「文藝黑線」論的討論上。1966 年轉發全國的《林彪同志委託江青同志召集的部隊文藝工作座談會紀要》稱：文藝界在建國以來，「被一條與毛主席思想相對立的反黨反社會主義的黑線專了我們的政，這條黑線就是資產階級的文藝思想、現代修正主義的文藝思想和所謂三十年代文藝的結合。『寫真實』論、『現實主義廣闊的道路』論、『現實主義的深化』論、反『題材決定』論、『中間人物』論、反『火藥味』論、『時代精神匯合』論。等等，就是他們的代表性論點，而這些論點，大抵都是毛主席在《延安文藝座談會上的講話》中早已批判過的。電影界還有人提出所謂的『離經叛道』論，就是離馬克思列寧主義、毛澤東思想之經，叛人民革命戰爭之道。」「由於《紀要》是以中共中央的文件下發的，事實上就成為『文化大革命』爆發後文藝工作的綱領性文件。隨著『文藝黑線專政』論的出臺，許多優秀的文藝作品，不是遭到錯誤批判就是被打入冷宮，廣大文藝工作者也由此遭到打擊迫害，本應百花齊放的文藝界一片凋零」〔註43〕，因此，文革結束之後，文藝界重建合法性的首要突破口就是必須展開對「文藝黑線專政」論的批判，文藝界幾乎所有的人都加入到了這場批判之中。

1977 年 11 月 20 日，《人民日報》編輯部邀請文藝界人士舉行座談會，堅決推倒「文藝黑線專政」論。參加座談會的首都文藝界人士有：茅盾、劉白羽、賀敬之、謝冰心、呂驥、蔡若虹、李季、馮牧、李春光等。到會人員中，除了李春光是當年的造反派外，其它人，全部是文革前文藝界的老同志和名流。到會者指出：所謂「文藝黑線專政」論，是「四人幫」強加在文藝工作者和廣大人民身上的精神枷鎖和政治鐐銬。它全盤否定毛主席革命路線在文藝戰線上的主導地位，篡改文藝路線鬥爭史，否定「十七年」革命文藝的成就，摧殘「文化大革命」前所有優秀的文藝作品。「文藝黑線專政」論是林彪、「四人幫」反對毛主席的革命文藝路線、推行其反革命修正主義文藝路線的重要理論支柱。只有砸碎「文藝黑線專政」論這個沉重的精神枷鎖，肅清它的流毒，才能真正貫徹「雙百」方針，繁榮社會主義文藝事業。〔註 44〕《人民日報》的這次舉措迅速促成了整個文藝界對「文藝黑線專政」批判的積極

〔註43〕　羅平漢：《春天　1978 年的中國知識界》，北京：人民出版社，2008 年 9 月，第 175 頁。

〔註44〕　劉錫誠：《在文壇邊緣上──編輯手記》，開封：河南大學出版社，2004 年 9 月，第 37～38 頁。

推進。同年 12 月，《人民文學》發起了「向『文藝黑線專政』論開火」的在京文學工作者座談會。「關於『十七年』文藝的評價，是與會人士發言中談論最多的問題之一」〔註 45〕，就此問題發言的包括李曙光、馮牧、李準、吳組緗、韋君宜、秦牧等等，值得注意的是尚未恢復職務的周揚和林默涵等「十七年」文藝的主要領導也在會上發表了相關講話。其中，周揚的看法是：

> 建國以後，毛主席對文藝非常重視，親自領導了、過問了文藝工作和文藝鬥爭。毛主席對「十七年」的文藝的評價，主要是肯定的。周（恩來）總理對執行毛主席的文藝方針、路線，花了很多的心血，給予很大的關懷。這種情況，怎麼能說是『黑線專政』呢？而且「十七年」中有很多好作品，即使江青誇耀的八個樣板戲，也是屬於「十七年」的，怎麼能否定呢？「四人幫」和胡風、右派、蘇修等敵人是一致的，否定「十七年」。他們把「十七年」說成「黑線專政」，目的是反對毛主席、周總理，我們這些人，不過十他們的靶子。

> 「十七年」有沒有缺點、錯誤？有，有劉少奇路線的干擾破壞，也有我們路線性的錯誤。錯誤由我主要負責，他們打擊我是爲了反（周）總理。三年困難時期，我授意寫了《爲最廣大的人民群衆服務》的社論，說文藝服務的對象除工農兵外，還有知識分子，這就錯了。第一次文代會上，爲工農兵服務的口號提得很高，第二次文代會就不那麼高了。第三次文代會由於反修，又提得高些。說明爲工農兵服務的思想，在我們頭腦中紮根不深，脫離群衆，同工農兵結合得不夠好。其次，在知識分子改造的問題上，在對待遺產的問題上，也有錯誤。

> 毛主席作了兩個批示之後，我們眞心誠意想解決這些問題，誰不想把工作做好？我們進行了整風，「四人幫」卻說是「假整風」。你可以說整風還不徹底，爲什麼要說成是假的呢？1956 年底到 1966年初，我向中央寫了個報告檢查自己的問題，送到政治局通過，準備公開發表，但被「四人幫」壓下了。他們總不會准人家革命，不許檢討，而是要打倒！〔註46〕

〔註45〕 劉錫誠：《在文壇邊緣上──編輯手記》，開封：河南大學出版社，2004 年 9月，第 46 頁。

〔註46〕 劉錫誠：《在文壇邊緣上──編輯手記》，開封：河南大學出版社，2004 年 9

　　如果將周揚此番言論與林默涵在此前後的觀點相對照，可以發現，無論是在對「四人幫」的定性、「十七年」文藝的主要問題還是毛澤東的「兩個批示」，二人的結論都是基本一致的，而且也代表了當時文藝界大多數人的共識〔註47〕，一切都在謹慎的措辭中將反思局限於揭批「四人幫」、否定「文革」的範圍之內，這無疑是受制於「凡是派」當權的政治狀況。然而，隨著「在 1977 年 7 月的十屆三中全會到 1978 年 12 月的十一屆三中全會之間這段較短的時期內，權力關係發生了變化」〔註48〕。1978 年 5 月 11 日在《光明日報》刊出了由南京大學哲學系教師胡福明初稿，王強華、馬沛文、孫長江等人修訂的文章《實踐是檢驗真理的唯一標準》有力地否定了「兩個凡是」的路線，引發了全國範圍的關於真理標準的討論。隨著討論的不斷推進，文藝界在維持著表面共識的局面下也在發生著微妙的分化。

　　對「文藝黑線專政」論的批判繼續深入到了「文藝黑線」論。為配合真理標準問題的討論，1978 年 11 月 20 日至 25 日，《文藝報》、《人民文學》、《詩刊》三個刊物召開了編委聯席會議。會議主持人，時任中國作協黨組書記的張光年提出：「在深入批判『文藝黑線專政』論的同時，必須把構成這個謬論的前提──『文藝黑線』論徹底批倒，連根拔除，不能有任何遲疑」〔註49〕，贏得了與會者的共鳴與響應。從發言記錄來看，批判「文藝黑線」本身並沒有引來異議，但是稍加留意即可看出在這次會議中林默涵的發言就已經與其它與會者的發言產生了裂隙，關鍵詞落在「文藝黑線」的重要組成部分「黑八論」上，林默涵認為：

　　　　「四人幫」用來指責我們的「黑八論」，是他們「文藝黑線」
　　的重要內容。所謂「黑八論」，是「四人幫」拼湊起來的，大部分是

月，第 55～56 頁。

〔註47〕當然，在共識之外也存在不同的聲音，「當時，從上到下仍然存在著一種奇怪的觀點：『文藝黑線專政』論可以批、應該批，毛主席的革命文藝路線適中占著主導地位，但文藝黑線還是有的，『十七年』文藝存在著一條文藝黑線。」但這種聲音主要來自文藝部門的權力層，如中宣部部長張平化等，就文藝界而言，由於關係到自身的合法性，在批判「文藝黑線專政」及「文藝黑線」上基本是共識大於分歧的。

〔註48〕羅德里克‧麥克法誇爾：《毛的接班人問題和毛主義的終結》，R‧麥克法誇爾、正清編：《劍橋中華人民共和國史　下卷　中國革命內部的革命　1966～1982年》，北京：中國社會科學出版社，1992 年 8 月，第 380 頁。

〔註49〕張光年：《駁「文藝黑線」論》，《人民日報》1978 年 12 月 19 日。

我們批判過的，而且是把內容加以歪曲了。「寫真實」論。寫真實，
我們是沒有意見的。我們所批評的，是認為只有寫黑暗面才是真實。
這一點，請看周揚同志的《文藝戰線上的一場大辯論》的第三部分。
可是「四人幫」和我們不同，他們是一概不要真實。「現實主義廣闊
道路」論（秦兆陽），我寫了文章。我不同意說現實主義是不一樣的。
現實主義是不變的。「四人幫」發展到不要現實主義。「現實主義深
化」論是馮雪峰提出的。與胡風的理論有共同性。現實主義要深化，
就只有寫黑暗面。二次作協理事擴大會的報告，就沒有讓雪峰做，
而是茅盾做的。「中間人物」論，是中宣部文藝處批評的。認為只有
寫中間人物才有教育意義。我們認為這個論調是不對的，還是應該
提倡寫英雄人物。我們並不是不要寫中間人物，但說文學的主要任
務是寫中間人物，是不對的。我覺得批評還是對的。但「四人幫」
接過去，根本不能寫中間人物。「反火藥味論」。也是我們批評過的。
只是內部講的。當時講的是出口的影片，不要淨搞那些戰爭片。「真
人真事」論，搞得荒唐不堪。這是起碼的常識。我們認為，真人真
事不是不能寫，寫真人真事的作品也有很多好的。《鋼鐵是怎樣煉成
的》、《卓婭和舒拉的故事》就是寫真人真事的作品，寫得就很好。
這要看作者掌握的材料。「四人幫」批「真人真事」論，把大量的群
眾創作給毀了。工農兵作者還不能脫出真人真事，不許寫真人真事，
就是不要群眾創作。「無差別境界」論，是周谷城提出的哲學方面的
問題。《文藝報》也批評過。這些論調都是我們批評過的，「四人幫」
卻反過來，加在我們頭上，說是我們提倡的。〔註50〕

陳荒煤、韋君宜、馮牧都迅速地對林默涵的解釋作出了回應，陳荒煤是
從《文藝報》的功能談起的：「《文藝報》過去針對文藝界，發表過不少文章
和意見，部分是錯誤的，大部分是正確的。但由於『四人幫』的破壞，弄得
混淆不清。如『黑八論』問題，《文學評論》發表的一篇文章；《解放軍報》
約我們文學所一位同志寫了一篇文章，我不同意發，我給《解放軍報》打了
電話，認為過去的批判是過了頭的。過去的批判，現在來看，是不是『黑八
論』？過去的批判是不是強加的？」與陳荒煤類似，韋君宜也表示：「對過

〔註50〕劉錫誠：《在文壇邊緣上──編輯手記》，開封：河南大學出版社，2004 年 9
月，第 146～147 頁。

去的『黑八論』的批判，有沒有可以研究的地方？編輯部要拿來再看一看。
『四人幫』把『黑八論』當成敵我矛盾來打。這幾論是否夠得上敵我矛盾？
例如『中間人物』論，當事人現在還健在。過去挨批的作品太多了。現在，
許多作家寫信來，要求再版，要求落實政策。有的就自己寫文章。到現在，
挨批的作品還沒有平反。有些該談的，應在刊物上談談，如彭永輝的《紅色
的安源》。」馮牧的發言比較具體，他說：「『十七年』批『中間人物』實際
上是批了趙樹理、周立波、馬烽這些人，對他們的創作是有影響的，他們後
來的創作就不能不考慮考慮了。現在，是研究一下『十七年』，包括 30 年的
作家作品的時候了。研究『十七年』的關鍵是《文藝八條》。《文藝八條》至
今還沒有平反……再一個關鍵是 1957 年的反右派鬥爭。……用實踐檢驗一
下，當時根據作家的作品和言論劃定他們右派，行不行？秦兆陽的《論現實
主義廣闊的道路》是不是敵我性質？包括孔厥，也應該實是求是地加以研
究。……對『十七年』文藝來自『左』、右的干擾，要重新看一看。被『四
人幫』搞亂了的作家和作品，要根據『實踐』來檢驗和澄清。」〔註51〕

　　顯而易見，此前文藝界的共識是建立在對「十七年」的同質性認識上的，
即把「十七年」假設為一個合理的歷史存在和理想的社會形態。「撥亂反正」
通常就被理解為撥「文革」之亂而返「十七年」之正。問題在於，「十七年」
實際上也存在著兩條路線的鬥爭並且隨著形勢的起伏而呈現出不同的階段，
林默涵和陳荒煤等人對「十七年」文藝的不同闡述就從一個側面揭示了整個
「十七年」發展的不平衡性和內部的差異性。林默涵堅持維護的是在「十七
年」時期開展文藝批判與運動的合法性和正當性，這些批判與運動與激進的
政治派別是緊密聯繫在一起的，而每到一個意識形態的鬆動和調整時期，溫
和的政治派別就會對此進行某種程度的限制和否定，「文革」的爆發中斷了這
種內部張力的持續存在，陳荒煤、韋君宜、馮牧等人的思考就接續了後一個
向度，試圖質疑和超越「十七年」的主導框架。因此，指認「十七年」的錯
誤究竟是「左」還是「右」，「文革」的爆發是否與之相關，不僅是一個學術
問題也是一個政治問題，表徵著不同的立場和姿態。也正是在這個意義上，
我們需要進一步考察，「十七年」是在什麼樣的政治狀況和思想條件下漸漸呈
現為一個充滿爭議並能夠公開討論的話題和對象的？這也是幫助我們進一步

〔註51〕劉錫誠：《在文壇邊緣上——編輯手記》，開封：河南大學出版社，2004 年 9
　　　　月，第 149～151 頁。

理清分歧的實質以及走向的一個有效途徑。

1.2.2　思想解放的邊界

眞理標準的討論通常被認爲開啓了思想解放運動的潮流並爲之提供了理論依據。所謂「思想解放運動」是指：「70 年代末期以降，在中國共產黨內部和中國社會發生了一系列有關社會主義、人道主義與異化問題、商品經濟、價格改革、所有制（產權）等問題的理論探討，從不同角度對中國改革的方向展開爭論。」〔註 52〕「從後來刊出的李春光等人的回憶來看，那時的思想解放運動與上層官員的關係非常密切。」〔註 53〕

1979 年 1 月 18 日至 4 月 3 日，十一屆三中全會結束後，在北京召開了理論務虛會。這次會議集結了大量來自體制內的理論精英，無疑是推動思想解放進程一個重要的步驟，同時，它的意義還在於提倡全面而公開地重新審視包括「十七年」和「文革」在內的整個社會主義歷史並觸及到了毛澤東思想和毛澤東個人在其中的是非功過。開幕詞和結束語都是由當時兼任中宣部長的胡耀邦作的。徐慶全回顧說：「事後看來，會議從時間和內容上都開成了前後兩個階段，頗堪體味。春節前爲第一階段，由中宣部和社科院召集，中央和北京的理論工作者一百餘人，以及各省市聯絡員參加，中心議題爲撥亂反正，否定『兩個凡是』。會開得很好，思想解放，暢所欲言，擴大和深化了眞理標準討論的成果。如一些與會學者探討了例如怎樣看待『文化大革命』？怎樣看待『文革』前的十七年？『四人幫』究竟是『左』還是右？『無產階級專政下繼續革命』的理論究竟是對還是錯？有些學者還探討了新老個人迷信問題、廢除領袖職務終身制問題、新中國成立後的社會發展問題，等等。即使有些學者提出過如下觀點：要正確地毛澤東思想，不要錯誤的毛澤東思想；要毛澤東思想，不要毛澤東的思想……雖然表達上沒有後來的規範，但中心意思仍是對毛澤東言行，應堅持其中正確的部分，揚棄其中錯誤的部分，也並非奇談怪論或大逆不道。春節後爲第二階段，改爲以中共中央名義召開，參加者也增加了各省、市、自治區宣傳部門負責人，與會的新老

〔註 52〕汪暉：《去政治化的政治　短 20 世紀的終結與 90 年代》，北京：生活・讀書・新知三聯書店，2008 年 5 月，第 21 頁。

〔註 53〕汪暉：《去政治化的政治　短 20 世紀的終結與 90 年代》，北京：生活・讀書・新知三聯書店，2008 年 5 月，第 71 頁。

兩攤人馬分別開會，中心議題也改爲批判林彪、江青的極『左』罪行。學者們原先準備的專題發言稿，因已文不對題而被取消。」〔註 54〕這種類似於「放」和「收」的主題轉換實際暗示了在上層精英內部可能存在的話語紛爭，而 3 月 30 日鄧小平所作的《堅持四項基本原則》的講話則鮮明地表明了「思想解放」所存在的界限。儘管如此，理論務虛會仍然促成了這樣一種時代風尚和政治局面，即上層官員、思想精英通過論辯和討論的方式反思和總結歷史經驗，「爲社會變革提供了包括政治合法性、思想資源和政策原則等一系列要素」，在此過程中，可以看到，「知識分子曾經在 70 年代末和 80 年代成爲極爲活躍的政治力量，沒有在任何重大社會事件中缺席，甚至常常成爲社會變革的引導」〔註 55〕。與意識形態緊密相聯的文藝界也作爲重要的組成部分不可避免受到這股歷史潮流的折射，「思想解放」作爲被廣泛操持的熱門話語和思想武器頻繁地出現在了各種各樣的會議、期刊和講話之中。如果我們將文藝界的代表性人物同時期涉及到「思想解放」的言論作一個簡要的分析，可以發現他們對於「思想解放」的理解是各不相同的，這也是文藝界產生分歧的重要根源，由於涉及人物眾多，我只簡述馮牧和林默涵的觀點。

　　1979 年 2 月 8 日，馮牧應邀在人民文學出版社舉辦的小說創作座談會上作了一個報告。在報告中，他先是高度讚賞了正在召開的理論務虛會，認爲：「這是去年三中全會、中央工作會議在思想領域的繼續和發展，這裡沒有禁區，包括對偉大領袖和導師毛主席的評價，對史無前例的文化大革命的評價，包括前一段的路線是否正確，『繼續革命』的命題是否正確，都在探討之列。然後他特別指出了「思想解放」的涵義：「所謂思想解放是指什麼？我們從哪裏解放出來？解放到哪裏去？……我們要從三個方面解放出來：一是從林彪、『四人幫』的枷鎖中解放出來；二是從『兩個凡是』派的思潮那裡解放出來；三是從多年的僵化、形形色色的唯心主義、形而上學、官僚主義中解放出來。解放到實事求是那裡去，從必然王國解放到自由王國那裡去。」他重點闡述的則是對文藝界「思想解放」的看法：「解放思想，在我們文學藝術界有哪些問題需要重新考慮呢？文藝界有很多老大難問題，好事者編了個順口溜：『一二三四五六七八。即一條黑線，兩個批示，三舊，四條漢子，五一六

〔註 54〕 徐慶全：《風雨送春歸——新時期文壇思想解放運動紀事》，開封：河南大學，2005 年 12 月，第 177～178 頁。
〔註 55〕 吳國光：《改革的終結與歷史的接續》，《二十一世紀》（香港）2002 年 6 月號。

通知，六條標準，七×××，文藝八條等等。」對此，他逐條進行了剖析，尤其講到了「兩個批示」和「六條標準」，由於這兩個問題都關係到對毛澤東的評價，曾經是不能觸碰的禁區，又是當時各方熱議的焦點，因而更能看出馮牧思想解放的程度，其中不乏言辭尖銳之論，如：

> 我們不是破除現代迷信嗎？毛主席對我們文藝工作做了十分深刻的、系統的、光輝的指示，這是不可抹殺的。但不能把毛主席的隻言片語、甚至根據間接的材料感想式的、甚至錯誤的指示，當成不可改變的毛主席文藝思想的重要組成部分。過去，我們總是說，毛主席的批示還是一分為二的，總是說我們「如不改正」、「有可能嘛！」還不敢提出異議。現在提出自己的看法，對不對，讓歷史來檢驗吧！
>
> ……
>
> 現在，是把六條標準、還是把馬列主義的基本原則──實踐，作為檢驗文藝作品的唯一標準呢？我認為應該是後者。實際上，六條標準中的一條──「有利於社會主義陣營的團結」，由於現在形勢的變化，已需要修改。而且，這六條標準，也不能衡量所有的文藝作品，你說「有利」，我說「不利」。如小說《傷痕》，你說有利，我說不利，怎麼辦？……有一個小青年在「民主牆」上給我貼了一封公開信，嚇了我一跳。原來，他建議我轉給中宣部。他建議：（1）廢除「六條標準」作為尺度、框框來衡量文藝作品的好壞；（2）廢除「因人廢言」，廢除對作者的政審制度。我很欣賞這兩條。

在此基礎上，他再次提出「要好好總結 30 年來或者 60 年來的經驗教訓」。特別需要指出的是，對於兩個流行的說法：「反右鬥爭基本上是對的，但有擴大化」以及「『黑八論』都是我們批過的，是『四人幫』強加給我們的」，馮牧表示了不同意見：「公安部 63 個右派全劃錯了。這就不叫『擴大化』，而是『全劃錯』」，「好像批過了的都是批得對的，這個說法我看不對。」〔註56〕不難看出，這兩點在某種程度上都是林默涵所持的觀點。那麼，林默涵對於「思想解放」又是如何看待的呢？

與馮牧報告幾乎是同一時期，1979 年 2 月 15 日，林默涵在理論務虛會

〔註56〕劉錫誠：《文壇舊事》，武漢：武漢出版社，2005 年 5 月，第 117～122 頁。

議上作了《關於毛主席對文藝工作的兩個批示》的發言，通過披露大量的歷史細節，他揭示了「兩個批示」出臺的全過程，認爲「兩個批示是江青在毛主席面前誇大文藝工作中的缺點，說了不符合事實的壞話的結果。」〔註57〕這個結論顯然仍然處於揭批「四人幫」的語境之下，儘管他也提到「兩個批示是毛主席親筆寫的」，但對毛澤東是否存在錯誤卻缺乏直接的回應而顯得含糊其辭：「我們不能也不必象教育上的『兩個估計』那樣，從某人的筆記本上找出主席不同的話來作根據進行判斷，而是要根據事實來進行分析，辨明是非，要看這兩個批示是否符合文藝界的實際情況。應當像鄧副主席所說的，凡是不符合實際的，不管是誰人批的，都可以而且應該推翻。如果非要找主席的話作根據，豈不是以『凡是』來反『凡是』嗎？這說明我們一方面批兩個『凡是』，一方面腦子裏還有兩個『凡是』在作怪。」〔註58〕與馮牧相比，林默涵向前邁出的步伐似乎並不大，況且他發言的時段應該說還屬於理論務虛會「暢所欲言」的第一階段。在後來的一篇文章裏，林默涵正面闡述了對「思想解放」及其界限的理解：

> 我的理解，解放思想和「實事求是」是一回事。解放思想決不是胡思亂想，胡思亂想與實事求是恰恰是相違背的。⋯⋯
>
> ⋯⋯
>
> 思想解放有沒有邊際，有沒有限制呢？當然是有的。什麼邊際、限制呢？總的說，一個是不能違背馬克思主義的基本精神、基本原則，一個是不能違背客觀實際。從今天來說，邊際就是兩個，一個是堅持四項原則，一個是促進「四化」，因爲四項原則就是從馬列主義的基本精神來的，「四化」建設是中國今天最大的實際。如果違背四項原則，又不符合「四化」建設的要求，不能促進「四化」、促進安定團結，那就不是解放思想。我們判斷問題，只能根據這個客觀標準，不管你主觀上在怎麼想。小平同志說：「解放思想決不能夠偏離四項基本原則的軌道，不能損害安定團結、生動活潑的政治局面。全黨對這個問題要有一個統一的認識。如果像『西

〔註57〕林默涵：《關於毛主席對文藝工作的兩個批示》，《林默涵劫後文集》，北京：文化藝術出版社，1987 年 6 月，第 62 頁。

〔註58〕林默涵：《關於毛主席對文藝工作的兩個批示》，《林默涵劫後文集》，北京：文化藝術出版社，1987 年 6 月，第 65 頁。

單牆』的一些人那樣，離開四項基本原則去『解放思想』實際上是把自己放到黨和人民的對立面去了。」這不能不引起我們的注意。
〔註59〕

顯而易見，如果說馮牧偏重的是「解放」，那麼，林默涵偏重的則是「限制」，兩人關於「思想解放」限度的認識無疑出現了很大的錯位，而且這種錯位並不僅僅表現於個人，也代表了當時文藝界的整體狀況，更為重要的是，這種錯位的加劇使我們注意到分歧的另一向度——對「近三年」文藝存在的不同意見，因為「思想解放」的限度不僅影響到對於過去的反思，更密切關係到對當下的看法。正如李潔非對分歧的總結：「分歧由何而來？約言之，大的方面有二。一是怎樣看待十七年文藝——一部分人認為，『文革』的左毒，其來有自，早在十七年期間文藝就有左的根源；另一部分人卻只批判『文革』，不承認十七年文藝的主要教訓是左，他們這麼看是出於一個理論，即『幫派文藝』不代表『毛主席革命文藝路線』，而十七年基本上是執行毛主席革命文藝的路線的，所以不是左。二是怎樣看待當前的文學狀況——一部分人認為，粉碎『四人幫』以來，文學順應歷史和民意，成績很大，發展健康；另一部分人卻只能接受粉碎『四人幫』後頭一年的文學狀態，對於1978年以後的狀態都不能接受了，具體講，是不能接受『傷痕文學』（當時也有稱『感傷文學』的）之後的發展，而今天我們都知道『傷痕文學』正是『新時期文學』的起點」，「顯而易見，分歧背後是要不要『思想解放』的問題」。〔註60〕

的確，自78年8月《傷痕》發表以來，文藝界在「近三年」方面的分化就已經開始了。「關於『傷痕文學』的爭論，逐漸在理論上升級為『歌頌與暴露』的爭論。」「這場爭論，發展到1979年初，又導致了『文學向前看』和『歌德與缺德』的討論」〔註61〕。沿著爭論的發展脈絡來看，文藝界的領導層中對立的雙方與在對「十七年」文藝產生爭論的雙方組成人員是基本一致的，典型的如周揚、陳荒煤、馮牧等人為支持讚賞的一方，而林默涵、劉白羽等人則被視為反對批評的一方，有人分別以「思想解放派」或「惜春派」

〔註59〕林默涵：《關於文藝工作的過去和現在》，《林默涵劫後文集》，北京：文化藝術出版社，1987年6月，第131～133頁。
〔註60〕李潔非：《風雨晚來方定——張光年在「文革」後》，《典型文壇》，武漢：湖北人民出版社，2008年8月，第225頁。
〔註61〕劉錫誠：《在文壇邊緣上——編輯手記》，開封：河南大學出版社，2004年9月，第107～108頁。

和「保守派」或「偏左派」爲之命名。

指出文藝界兩個派別的存在，並不是要對之進行一種表態式的研究，說明哪個派別更爲高明，而是試圖還原文學史編寫者所面臨的歷史場景以及思想資源。因爲分歧揭示給我們的一個重要事實就是：文學史書寫的內容和對象並不是一個「客觀存在」之物，同一段歷史可以因爲不同的評價標準和闡釋框架而變得迥然相異，因此，最爲關鍵的並不在於如何表現這個歷史時期的基本實踐，而在於如何去確定和指認構成當代文學史的基本歷史實踐。正如著名教育學家 M・阿爾普認爲存在著一門教科書政治學：「通過教科書呈現的內容和形式，我們可以看出現實世界是如何構成的，更爲重要的是，我們可以看出浩如煙海的知識是如何被選擇和組織的。教科書體現了雷蒙德・威廉姆斯所說的『有選擇的傳統』的內涵是什麼──它只是某些人的選擇，致使某些人對法定知識和文化的看法。通過這樣的傳統，某一群人的文化資本獲得了合法地位，而另外一群人的文化資本卻無法獲得這樣的地位。」〔註62〕所以，如果僅僅停留在對充滿歧異的話語形態進行初步的披露並不充分，還需要進一步確定面對歷史敘述的多重可能性，文學史編寫者所認同接納並最終轉化爲實踐的觀點源自和偏重於哪個派別。也就是說，接下來我將要分析在兩個派別的交鋒和爭鬥中哪種話語佔據了文學史書寫的支配地位，這種話語的正當性又是如何在特殊的情境下被建構和認可的。

1.3 交鋒和博弈：一種話語的上升

文藝界表面一致下的分裂狀態在很大程度上與對「當代文學」解釋權的爭奪有關，這很容易讓人聯想到布爾迪厄對社會學界的觀察：「由於社會學家所提出的關於社會世界的表徵（REPRESENTATION）被賦予了科學的權威，因此，不管他們願不願意，也不管他們是否意識到他們都捲入到符號鬥爭之中，這種符號鬥爭涉及到其它從事符號生產的專家，他們都謀求確立有關社會世界的觀點和劃分的合法原則。」〔註63〕正是通過那些持續不斷地隱性較

〔註62〕 M・阿爾普、L・克麗蒂安－史密斯主編：《教科書政治學》，侯定凱譯，上海：華東師範大學出版社，2005 年 8 月，第 4 頁。

〔註63〕 皮埃爾・布爾迪厄：《科學的社會用途──寫給科學場的臨床社會學》，劉成富、張豔譯，南京：南京大學出版社，2005 年 8 月，第 21 頁。

量或直接衝突，一種關於「當代文學」的主流權威話語才得以被合法地確立下來並轉換成爲文學史敘述，而所謂「合法」的一重含義是指其勝出的關鍵因素必然有賴於某種評判機制發揮效應，因爲「內部鬥爭在某種程度上由外部制約來仲裁」〔註64〕，而外部制約往往指向的是政治邏輯；同時，從某種「相對自主性」角度出發，「合法」的另一重含義又「意味著在交往、認識和批評等工具在場的狀態下，它不難得到承認、生效」〔註65〕。因此，我所關注的就是依據這二重含義著眼於考察場域的鬥爭過程以及各種資本與資源的占位與配置，進而揭示一種話語的上升。

1.3.1　政治力學的視角

毋庸置疑，第四次文代會是改變雙方力量對比關係的一個重要節點。1978 年 5 月召開的文聯三屆全委第三次擴大會議的《決議》指出：「會議決定在明年適當的時候，召開中國文學藝術工作者第四次代表大會，總結建國以來文藝戰線正反兩方面的豐富經驗，討論新時期文藝工作的任務和計劃，修改文聯和各協會章程，選舉文聯和各協會新的領導機構。」〔註66〕從這段話可以看出，作爲「文革」後文藝界萬眾矚目的第一次盛會，第四次文代會對文藝界尤其是正處於分歧之中的領導階層而言顯然具有非同尋常的意義，首先，它涉及到爭論的核心，即「總結建國以來文藝戰線正反兩方面的豐富經驗」，在這樣權威的會議上發布的對此問題的陳述必然會帶有某種「蓋棺定論」的性質，成爲「重新塑造理解社會變化的敘述眼光和意義結構」；其次，它涉及到對當前和未來文藝界發展趨勢的規劃以及文藝組織機構權力的重新分配和集結，如同任何一次文代會一樣，它「並不是文學界的內部會議，而是一次文學的政治會議，會議的組織、議程和會議報告都經過了精心籌備和安排，帶有濃厚的官方色彩和政治形態。」〔註67〕這一點至關重要，

〔註64〕皮埃爾・布迪厄：《藝術的法則　文學場的生成和結構》，劉暉譯，北京：中央編譯出版社，2001 年 3 月，第 301 頁。

〔註65〕皮埃爾・布爾迪厄：《科學之科學與反觀性》，陳聖生、涂釋文、梁亞紅等譯，桂林：廣西師範大學出版社，2006 年 4 月，第 118 頁。

〔註66〕《文藝界撥亂反正的一次盛會──中國文學藝術界聯合會第三屆全國委員會第三次擴大會議文件發言集》，北京：人民文學出版社，1979 年 1 月，第 24 頁。

〔註67〕王本朝：《第一次文代會與中國當代文學的發生》，《廣東社會科學》2008 年第 4 期。

因為在此前例舉的一些觀點中，我們可以發現雙方有一個共同的傾向就是互相指認對方偏離了馬克思主義和毛澤東思想。對「惜春派」而言，「偏左派」對「十七年」教條式的理解，無疑是「極『左』線的餘毒」，這與伊格爾頓在評述本雅明的歷史觀念時的說法頗為相似：「只有通過過去和現在的徹底斷裂，通過被他們相互偏離所淘空的空間，才有可能將前者與後者猛烈地掛上鉤。任何試圖直接而溫和地復原過去的努力都是徒勞的，只會無奈地淪為過去的同謀」〔註 68〕；而對於「偏左派」而言，「惜春派」無疑在搞「非毛化」和「自由化」，正如「盧卡奇在那本著作中所得出的結論是，馬克思主義的最根本的範疇史總體，換言之，馬克思主義思想的最根本的力量在於其能夠——或決心——把一切聯繫起來，並將所有那些相互分離的領域——如經濟學和文學——重新聯繫起來，而中產階級思想則致力於維護其割裂狀態。」〔註 69〕也就是說，雙方都在努力為自己爭取政治正確性，而所謂「政治正確性」的標准其實取決於政治形勢和風向。如果分歧中的哪一派佔據了第四次文代會的發言權就意味其受到意識形態部門的認可而佔據了文藝界的主導地位，也就理所當然地擁有了對「當代文學」解釋的絕對權威。

起初第四次文代會有一個籌備組，其實就是之前的恢覆文聯各協籌備組——組長為林默涵，副組長為張光年、馮牧（兼秘書長）。不過，局面很快發生了變化，「黨的十一屆三中全會後，胡耀邦被任命為中共中央秘書長兼宣傳部長，這之後，他為文藝界撥亂反正做的一件大事，就是推動召開中國文學藝術工作者第四次代表大會，總結建國 30 年來文藝戰線的經驗，明確新的歷史時期文藝工作的任務，為新時期我國社會主義文藝復興創造積極的環境和社會條件。」〔註 70〕。作為「思想解放」的重要推動人物，胡耀邦的出現對於「惜春派」的意義不言而喻。首先就是增設周揚為文代會籌備組成員。在 1979 年 1 月的文藝界和文藝部門有關負責人會議上，胡耀邦表示：「關於文藝界的一些問題，請允許我多做一些調查，再發表意見。但有一點是肯定的，就是今年一定要召開全國第四次文代大會，參加的人約 3000 人左右，文聯和各協會的籌備組要積極做好準備工作，要寫好一個工作報告，總結 30 年來的

〔註68〕　特里·伊格爾頓：《沃爾特·本雅明或走向革命批評》，郭國良、陸漢臻譯，
　　　　南京：譯林出版社，2005 年 10 月，第 56 頁。
〔註69〕　弗雷德里克·詹姆遜：《洞穴以外——解密現代主義的意識形態》，《現代性、
　　　　後現代性和全球化》，北京：中國人民大學出版社，2004 年 6 月，第 224 頁。
〔註70〕　蕭劍南：《胡耀邦與第四次文代會》，《福建黨史月刊》2002 年第 2 期。

經驗，特別是黨領導文藝工作的經驗。除了原有的籌備組的人員，請周揚同志也參加大會的籌備活動。」〔註71〕周揚的復出使第四次文代會的籌備工作在結構和力量上產生了很大的變動。「大約5月底或6月初，按照胡耀邦的指示，周揚在文聯和各協會恢復籌備小組的基礎上，成立四次文代會籌備領導小組，自任組長，林默涵任副組長，專門負責文代會的籌備工作。後來，胡耀邦又決定，夏衍、陽翰笙也參加領導小組的工作。」〔註72〕這裡包含了一個重要信息，即周揚取代了林默涵成爲籌備組的核心，這也預示著文代會的重中之重，即總報告的起草也將隨之發生變化。

「大約在周揚5月10日赴日本以前，胡耀邦即決定，文代會的報告由周揚主持起草。6月上旬，按照胡耀邦指示，周揚接手報告的起草工作，而這時，林默涵將排印好的報告稿送給周揚」。〔註73〕林版報告普遍被認爲「起草者仍然沒有擺脫舊有的框框和思路，這顯然與當時引領文藝界思想解放潮流的周揚思路不吻合。」〔註74〕如報告的第一部分在回顧「我國社會主義文學藝術走過的道路」中認爲：「三十年的文藝發展史證明，毛澤東同志爲我們黨制定的發現社會主義文學藝術事業的路線和基本方針，是經得起實踐檢驗的，是完全正確的。在黨的領導下，在毛澤東同志和他的親密戰友周恩來同志的直接領導和親切關懷下，我們找到了文學藝術和文藝工作者與億萬人民群眾眞正結合起來的唯一正確的道路。」〔註75〕，周揚特別對「眞正結合」和「唯一正確」表示了質疑，此外，對於領導文藝的經驗教訓中提到：「建國以後，我們開展了對於資產階級、修正主義文藝思想的鬥爭，這種鬥爭是必要的，勢在必行的，但在開展鬥爭的過程中，有時沒有嚴格區別學術、藝術問題和政治問題的界限，錯誤地批判了一些文藝工作者、作品和文藝觀點；有的甚至混淆了兩類不同性質的矛盾，把人民內部矛盾當作敵我矛盾來

〔註71〕徐慶全：《風雨送春歸——新時期文壇思想解放運動紀事》，開封：河南大學，2005年12月，第171頁。

〔註72〕徐慶全：《風雨送春歸——新時期文壇思想解放運動紀事》，開封：河南大學，2005年12月，第175頁。

〔註73〕徐慶全：《風雨送春歸——新時期文壇思想解放運動紀事》，開封：河南大學，2005年12月，第190頁。

〔註74〕徐慶全：《風雨送春歸——新時期文壇思想解放運動紀事》，開封：河南大學，2005年12月，第199頁。

〔註75〕徐慶全：《風雨送春歸——新時期文壇思想解放運動紀事》，開封：河南大學，2005年12月，第192頁。

處理；」〔註76〕，周揚的批註是：「這些思想鬥爭，為什麼『必要』、『必行』，要說出道理來。問題也不只是混淆了兩類矛盾」〔註77〕；報告的第二部分「社會主義新時期文學藝術的任務」中，有這樣的描述：「目前，林彪、『四人幫』造成的人民文化生活的極端貧乏的狀況已經根本改變了。但是，總的來說，我們的文藝工作和人民群眾的要求還有很大的距離。文藝創作題材單調狹窄，是一個突出的問題；文藝作品的形式、風格還必須多樣化；作品的數量不多，思想和藝術質量還不夠高；一些作品還不能完全擺脫平庸、刻板的舊框框和老套套。」〔註78〕平心而論，林版報告在總結三十年的文藝經驗中未必缺乏對於歷史的反思，在講到新時期文藝的狀況時實際上也說出某種事實，但為什麼沒有得到周揚的肯定，問題的關鍵正如程光煒所分析的：「按講，林默涵一直是他信任的人，兩人是那種「志同道合」的關係，而且『文藝觀』在很長一個時期裏也是比較一致的。它之所以值得討論，主要是『歷史語境』在他們兩人的關係中發生了變化。也即說，與其是兩人「關係」變了，還不如說是「語境」變了。」〔註79〕這種語境即是以毛澤東的逝世作為一個轉折點，中國政治結束了革命時代而轉向新的現代化模式。第四次文代會就是在一種強大的「改革共識」之下，試圖將文學發展的重心轉移到與以經濟建設為中心相適應的軌道上來，在此基礎上，其實也就設定了評判文藝界人士「保守」與「進步」的標準。

起草小組改為由周揚負責，林默涵、馮牧和陳荒煤主持，在對林版報告修改爭執不下的情況下，重新起草一份新報告。在周揚準備的報告提綱開頭，他即指出報告的目的所在：「總結經驗——三十年正反兩方面，不是為總結而總結，而是為了解決當前和今後的實踐問題，為了推動當前的工作，使之更好地適應當前形勢發展的需要，工作重點轉移的需要。」〔註80〕因此，在同樣的兩個問題上，提綱設想與林版報告明顯出現了差異，在「對三十年如何

〔註76〕 徐慶全：《風雨送春歸——新時期文壇思想解放運動紀事》，開封：河南大學，2005 年 12 月，第 193 頁。

〔註77〕 徐慶全：《風雨送春歸——新時期文壇思想解放運動紀事》，開封：河南大學，2005 年 12 月，第 194 頁。

〔註78〕 徐慶全：《風雨送春歸——新時期文壇思想解放運動紀事》，開封：河南大學，2005 年 12 月，第 194 頁。

〔註79〕 程光煒：《「四次文代會」與 1979 年的多重接受》，《花城》2008 年第 1 期。

〔註80〕 徐慶全：《風雨送春歸——新時期文壇思想解放運動紀事》，開封：河南大學，2005 年 12 月，第 208 頁。

估計」上，周揚認爲：「十七年並沒有一條左的路線，有主席、總理在。但我們從領導思想的角度講，有過左的錯誤，也有過右的錯誤，左的錯誤，左的錯誤是更多的。」；在「對當前文藝形勢的估計」上，周揚認爲：「文藝工作的新氣象。還不能說是文藝復興，但預示了這種復興。不但突破了『四人幫』，也突破了十七年。應該充分地加以肯定。第一肯定，第二引導」。〔註81〕這些說法無疑是與十一屆三中全會以來的主導政治方向保持了相當的一致。當然，這並不意味著提綱的所有想法和具體細節都代表了所謂「惜春派」的觀點並能得到完整而確切的落實，事實上報告的最終成形是綜合多方意見相互妥協權衡的產物，但是相對於林版報告，它無疑更大程度上地將天平傾向了「惜春派」。更爲重要的是，第四次文代會基本是由彼時代表黨和國家意識形態的胡耀邦來推動的，這意味著文代會並不是一個自主性的會議，它必須在中宣部的領導下來進行，宣傳和配合黨的文藝政策和任務。在整個過程中，胡耀邦始終對周揚委以重任，陳荒煤與馮牧等人亦在報告的起草中扮演了關鍵的角色，這使得他們的意見因爲符合政治權威話語而具有更大的合法性並通過文代會在文藝界傳播推廣而成爲主導性的話語力量。

鑒於第四次文代會的特殊意義，可以說周揚等人佔據了上風，但是由於與政治邏輯的緊密依附，爭鬥並不僅止於此。徐慶全曾指出：「『惜春派』和『偏左派』之間拉鋸式的較量，貫穿了整個 80 年代。這種較量的大的背景，來自於中央高層。一位中央高層領導人在總結 80 年代的歷史說：就意識形態領域來說，是單年反右，雙年反左。這也是文藝界在 80 年代的總體表現。一般說來，中央高層對意識形態領域的控制收緊，『偏左派』就占上風；反之，則『惜春派』就占上風」〔註82〕，據此，他對兩派從 1979 年到 1984 年間的衝突按年份進行了一個系統梳理，清楚地展示了雙方在政治局勢的不斷變遷之下持續博弈的過程。不難看出，僅僅依據政治尺度，我們其實很難判斷哪種話語在文學史寫作中佔據支配地位，因此，我們的視角還應該兼顧到文藝界內部，因爲「場域在很大的程度上，是通過自己的內在發展機制加以構建的，並因而具有一定程度的相對於外在環境的自主性。」〔註83〕

〔註81〕徐慶全：《風雨送春歸——新時期文壇思想解放運動紀事》，開封：河南大學，2005 年 12 月，第 208～209 頁。

〔註82〕徐慶全：《轉折年代的文學與政治》，《粵海風》2008 年第 6 期。

〔註83〕戴維・斯沃茨：《文化與權力 布爾迪厄的社會學》，陶東風譯，上海：上海譯文出版社，2006 年 5 月，第 146 頁。

1.3.2　個人聲望與隱性團體

　　布爾迪厄科曾指出：科學場中存在著兩種權力形式，它們與兩種科學資本是一致的：一方面，是一種人們所稱的「世俗權力」（或「政治權力」），這是一種制度的或制度化的權力。這種權力與科學機構、實驗室或行政部門的領導者，以及各種分類會和評審委員會等下屬機構所佔據的優勢位置是緊密聯繫在一起的。這種權力與作用於生產資料（合同、聲譽、崗位等）以及再生產資料（任命權和任職權）的權力也是緊密聯繫在一起的。另一方面，它是一種特殊的權力，一種或多或少獨立於制度化的權力的「個人聲望」。這種個人聲望幾乎完全建立在所有同行或他們中最神聖的那一部分人認可基礎之上的。這種認可並不具體，也沒有制度化（尤其是，那些通過互相尊重的關係而聯繫在一起的「隱性團體」）。〔註 84〕這個觀察對於新時期初期的文藝界也是適用的。

　　如果從世俗權力的角度來看，兩派均為文藝界高層，「偏左派」一方，林默涵 1977 年恢復工作為文化部副部長，黨組成員，1978 年擔任全國文聯及各協會籌備組組長，1979 年當選中國文聯副主席，1982 年擔任文化部顧問，1983 年任文化部藝術委員會主任，1984 年任全國藝術科學規劃領導小組副組長。劉白羽「文革」後歷任解放軍總政文化部副部、部長；「惜春派」一方，周揚復出後為中國社會科學院顧問，中宣部主管文藝的副部長，文聯主席，陳荒煤和馮牧在之前曾提到過分別擔任中國社會科學院文學研究所副所長和《文藝報》主編以及中國作家協會黨組副書記兼書記處常務書記，可以說雙方所擁有的權力資本不相伯仲，而真正發揮更大作用的則是由個人威望、重要媒介以及相應的圈子所構成的象徵資本。

　　首先應該提到的還是周揚，作為中國當代文學舉足輕重的人物，周揚的地位自不待言同時卻又充滿爭議。爭議的一個主要原因在於他「文革」前後的巨大轉變。在建國後的「十七年」，周揚被認為「扮演了為一個極左文藝思潮推波助瀾的角色」，主要表現在：「一是以政治運動方式解決文藝問題。延安文藝整風，儘管有成功之處，但它開創了用政治運動方式解決文藝是非問題的先例。建國後，毛澤東同志又將這一錯誤經驗加以推廣和引伸，先後在 50 年代發動了電影《武訓傳》批判、《紅樓夢》研究批判、胡風文藝思想

〔註84〕皮埃爾‧布爾迪厄：《科學的社會用途——寫給科學場的臨床社會學》，劉成富、張豔譯，南京：南京大學出版社，2005 年 8 月，第 38 頁。

批判，反右派鬥爭，等等。作為黨在文藝路線的負責人，周揚忠實地執行了毛澤東這些指示，領導了這些遠遠超出文藝界限的政治鬥爭」；「二是為錯誤的文藝方針路線提供理論基礎。從 60 年代開始，毛澤東給全黨布置了反對修正主義鬥爭的任務。在文藝界，也如法炮製，搞了一場『批修』鬥爭。為了給這場『批修』鬥爭鳴鑼開道，周揚在第三次文代會上作了《我國社會主義文學藝術的道路》的報告。這個報告儘管有個別部分內容可取，但大部分宣揚的均是左的文藝思潮；為錯誤的『大躍進』、『反右傾』辯護，為向文藝界的『現代修正主義』開刀作輿論準備。」〔註85〕可以說，周揚與「十七年」文藝界幾乎所有的運動和悲劇難脫干係。在親身經歷了「文革」的巨大災難之後，「他對自己過去『左』的錯誤，做了真誠的反省。他在『文革』後文藝界的第一次聚會，文聯全委擴大會議上說：『我是一個在長期工作中犯過不少錯誤的人，但我不是堅持錯誤不改的人』。之後，大會、小會、差不多每會都要檢討。對於過去因他工作關係受到冤屈的人，逢人要道歉。這種檢討、道歉不是敷衍，不是姿態，是發自內心的，是一種具有歷史內涵的認識。」〔註 86〕曾與周揚共事的於光遠這樣評價說：「那時我聽說在周揚作這種反省時，有人還認為周揚不應該那麼做，因為許多整人的事並不是周揚自己決定的，而是中央決定的，周揚無權去檢討。」「周揚這麼做我認為是很正確的。儘管當時『運動』中出現的事情有當時的大背景，周揚卻沒有因此推卸自己個人的責任。他能這樣做說明他是一個正直的人，是有原則的人。也說明他是一個服從真理的學者，而且他作檢查和道歉也不是不冒一點風險的。那時在意識形態部門還有一股不小的勢力阻礙他改正錯誤。」〔註87〕的確，事實上周揚在「十七年」親手打倒了一批人並非完全出自自願，例如在反右的問題上，張光年曾回憶：「那個時候，他不止一次跟我說：『我們是在夾縫中鬥爭啊！』他做好事或者壞事，都是真誠的，對黨忠誠，忠於毛主席。他也是一個熱情的人，不是冷酷的人，談到一些朋友被打成右派後的不幸遭遇，常常含著淚珠。」〔註 88〕但周揚並沒有據此為自己辯解，這種深刻的懺悔姿態是使「文革」後周揚贏得大多數人諒解和尊重的一個重要原因。除此之外，

〔註85〕古遠清：《一個文藝理論權威走過的曲折道路——周揚試論》，《固原師專學報（社科版）》1989 年第 2 期。

〔註 86〕顧驤：《晚年周揚》，上海：文匯出版社，2003 年 6 月，第 6 頁。

〔註 87〕于光遠：《我在中宣部工作時對周揚的一些瞭解》，《炎黃春秋》1997 年第 9 期。

〔註 88〕張光年：《談周揚——張光年、李輝對話錄》，《新文學史料》1996 年第 2 期。

作爲具有深厚的理論修養的馬克思主義批評家，周揚對於當代文藝的反思亦達到了深刻的地步，並且在思想解放的潮流中屢次突破禁區，重建了在文藝界的威望。他 1979 年的報告《三次偉大的思想解放運動》被認爲「將當時進行的思想解放運動與『五四』運動、延安整風運動並列，稱作是現代歷史上的第三次偉大的思想解放運動」，並「以無可辯駁的邏輯力量，將那場偉大的思想運動，奠定在堅實的理論基礎之上。」〔註89〕尤其是 1983 年，「他在幾個人的協助下，完成了對當代文學的思想解放影響很大的長篇論文《關於馬克思主義幾個理論問題的探討》，提出了社會主義條件下的『異化』問題。周揚重提的『異化』理論，是導向人道主義的『出海口』。」〔註 90〕除了這些反省、清理工作，周揚對文藝界的新生事物和新生力量也基本持開明態度，極力保護，如對「《苦戀》事件」的表態上，周揚始終主張事態不要擴大化。正是由於以上諸多因素，周揚重返文壇後，在很多方面，其個人聲望甚至遠遠超出了「十七年」，這在第四次作代會上可以看得很清楚：

　　　　在大會開幕式上，出現了一幕激動人心的景象，當主持會議的人宣讀了周揚同志在醫院中打來的祝賀電話（經別人代擬），立刻爆發了名副其實的暴風雨般的掌聲，掌聲灌滿了大廳，像春雷般湧動，大家誰也不願意放下手，掌聲一直延長了兩分鐘，有人作了統計。……

　　　　1 月 3 日，馮驥才、陳建功、李陀、鄭萬隆、王安憶、史鐵生、烏熱爾圖等 9 位中青年作家，聯名寫了一封熱情、眞摯的慰問信，對周揚同志表示敬意與想念。

　　　　……

　　　　許多代表聞訊要求聯署，他們遂將信抄在大紙上，掛在餐廳的門口，在信上簽名的人越來越多，一些耄耄之年的作家如鍾敬文、汪靜之等也都簽了名，中青年作家代表的信擴大爲老、中、青了。在信上簽名有三百六十四人。

　　　　同一天，出席會議的上海、江蘇等十一個省市代表團，也聯名寫了一封致周揚同志的慰問信，信中說：「粉碎『四人幫』以來，您一貫以撥亂反正的精神，實事求是地態度，全力爲文藝界的解放思

〔註89〕顧驤：《晚年周揚》，上海：文匯出版社，2003 年 6 月，第 7 頁。
〔註90〕程光煒：《在兩個世界之間——周揚與當代文學》，《文學想像與文學國家——中國當代文學研究（1949～1976）》，開封：河南大學出版社，2005 年 5 月，第 216 頁。

想，批判極左思潮，發揚藝術民主，探索改革、前進的道路，發表了
許多精闢的文章和言論，為愛惜人才、培養人才、鼓勵人才做了大量
工作。您對自己在『文革』前工作中的缺點，曾多次懲治地進行了自
我批評。這種嚴於律己的高尚品德，使人深受感動。……」〔註91〕

當時，周揚已經臥病在床，其在新時期的影響力可見一斑。

再來看馮牧，劉錫誠對馮牧有這樣一段描述：「經歷過『『文革』劫難後
的馮牧，在痛定思痛中認識得到昇華，在『第三次思想解放運動』這一偉大
時代洪流中，奮勇當先，用全副心血為中國新時期文學，為思想解放運動『鼓
與呼』，以前所未有的勇氣與『左』的思潮進行鬥爭，把被顛倒了的歷史重新
顛倒過來，是一個富有鮮明性格和學者風範的文藝評論家。新時期以來，他
熱情扶持一大批新起的作家如張潔、諶容、劉心武、李陀等走上文壇，培養
和帶起了以《文藝報》為核心的一批文學評論家活躍於文壇，在新時期的主
戰場上劈荊斬棘。」〔註92〕這段描述概括了馮牧在新時期的主要活動，其中
涉及到與其個人聲望相聯繫的一個重要資源就是就是馮牧所掌握的媒介——
《文藝報》，正是圍繞以馮牧為主編〔註93〕的《文藝報》，組成了以編輯、評
論家和青年作家為主的一個在新時期異常活躍的圈子，這個圈子的存在又反
過來推動和印證馮牧在新時期文藝界的地位。創刊於1949年9月25日的《文
藝報》，長期以來作為中國文聯和作協的機關刊物而存在，對中國當代文學的
生成和發展有著無可替代的影響。「文革」後，《文藝報》於1978年1月復刊，
在某種程度上延續了它過去的功能，正如王堯評論說：「此後的《文藝報》成
為新時期文藝的主要媒體之一。特別是在新時期文藝的第一個十年發揮了接
觸的組織和引導作用，促進了新時期文藝秩序的形成」〔註94〕，但復刊後的
《文藝報》又顯示出了與過去不同的一些特點，對此，《文藝報》編輯閻綱充
滿激情的回憶更易將我們帶回那個火熱的歷史現場：

編輯部人員不多但工作效率極高。大家擠在一個大房間裏，
熱氣騰騰，像個大磁場，乘興而來，盡興而返，不知疲倦地議論，
不遺餘力地編寫，連飯都要打回來吃以便接上剛才的話茬，那份上

〔註91〕顧驤：《晚年周揚》，上海：文匯出版社，2003年6月，第124～125頁。
〔註92〕劉錫誠：《文壇舊事》，武漢：武漢出版社，2005年5月，第100頁。
〔註93〕另一主編為孔羅蓀，限於本文的關注重心，在此主要考查對馮牧在《文藝報》
的活動。
〔註94〕王堯：《承受之重〈文藝報〉》，《美文（上半月）》，2006年第3期。

勁、那份融洽，在《文藝報》的歷史上絕無僅有。「文藝黑線專政」論的大清算，《文藝八條》的大翻案，「天安門詩鈔」的大鬆綁，「黑線人物」的大翻身，三中全會思想的大解放，真理標準的大討論，理論工作務虛會的大爆炸，政治與文藝關係的大清理，群情激昂，口誅筆伐，《文藝報》氣壯山河。它既是敢於弄潮的參謀部，又是對外開放的文藝沙龍，不少中青年批評家來這兒做客神聊，聊著聊著一篇文章的題目就有了。我們的主編馮牧，同時領導的另一個驍勇善戰的部門——文化部理論政策研究室就在馬路的對過，江曉天、顧驤、劉夢溪、鄭伯農、李興葉等一幫筆桿子，像一家人似的，經常走動，言必「思想解放」，語多「文壇動向」，激昂慷慨，捶胸頓足。我們歡呼「天安門詩歌」揚眉劍出鞘，我們策劃否定爲政治服務的「工具」論，我們討論作家「干預生活」問題：「歌德」還是「缺德」，我們爲革命現實主義吶喊請纓，迎接「傷痕文學」的潮頭「來了，來了！」我們專訪「右派文學」作家，驚呼短篇小說的新氣象、新突破和中篇小說的新崛起，甚至理直氣壯地爲冤重如山的作家和作品平反，其勢如地火奔突，如狂飆之卷席，葳蕤春意遍於華林。我們舉辦了好幾期「讀書班」，聯繫和扶持一批文學評論新作者如黃毓璜、童慶炳、劉思謙、吳宗蕙、蕭雲儒、謝望新、李星等，把那些文革前寫評論現在考慮要不要繼續寫（是不是「今後洗手不幹」）的中年評論家如單復、王愚、潘旭瀾、宋遂良等邀請來京參加「讀書班」，授命撰寫重頭文章，這批中青年評論力量在新時期爲創作披荊斬棘，蔚成大國。我和謝望新不約而同地把「讀書班」譽其名曰「《文藝報》的黃埔軍校」，直至今日，大家談論起來仍然激動不已，「你是『黃埔』三期的吧？」「永遠忘不了那個『黃埔』」。〔註95〕

　　顯而易見，《文藝報》這種活躍的局面與馮牧開明和寬鬆的編輯方針是有很大關係的，如果說閻綱的回憶在這一點上更多爲我們勾勒出集結在《文藝報》工作場所內的一批評論家的活動，那麼這種類似的情形亦通過一些作者的回憶擴展到了以馮牧的私人領域爲中心的文藝交遊，也就更爲突顯了馮牧

〔註95〕閻綱：《從〈人民文學〉的爭奪到〈文藝報〉的復刊》，《文藝爭鳴》2009 年第
　　　　10 期。

的意義。楊匡滿說:「當年在作協、《文藝報》的『走資派』中,和我往來最多最密切的數馮牧。原因是多方面的,馮牧交友多,年輕朋友多,培養的青年作家多。他單身一人,常常足不出戶可什麼消息都知道。他那裡總是高朋滿座,政界、文學界、戲劇界,老、中、音都有,還常出現對他有好感,追他的女性。你在他那裡可以自由自在,跟在郭小川那裡一樣,可以見什麼翻什麼,見什麼吃什麼。」〔註96〕王蒙也曾提及:「他特別熱情地幫助一些青年作家,而一些青年作家確實是常常把馮牧看做自己的靠山。他的家總是賓朋滿座,熙熙攘攘,大家的話題只有一個,怎麼避開各種干擾,怎麼樣爲文學爭取一個更大的藝術空間,更好的創作氣氛,怎麼樣讓作家得到更好的發揮。」〔註97〕不難看出,以馮牧爲中心顯然形成了一個「文人圈子」,這個作者群體相互交集的空間在某種程度上進行著將文學與政治剝離的嘗試,卻與《文藝報》在意識形態方面的地位和功能相互背離,所以,《文藝報》甚至一度被認爲是「同仁刊物」,據說,1980 年,「劇本座談會之後,《文藝報》所受到的指責越來越多,越來越凶。其罪名如:對青年作家只捧不批,冷落老作家,對帶有傾向性的作品和評論,不進行批評,不敢碰,旗幟不鮮明,搞小圈子……」〔註 98〕但這並不有損馮牧的聲譽,反而從另一個角度塑造了馮牧在一個過渡年代的正面形象,王蒙就給予了馮牧如此之高的評價,也代表了當時很多人的看法:

> 馮牧有一種重要性,至少是在近十餘年以來,他的意見受到文學界也受到各個方面的尊重。誰都不會忘記黨的十一屆三中全會前後,他爲傷痕文學吶喊呼號,爲思想解放運動而披荊斬棘的情景。長時期以來,他是中國作協的一個雖然從行政職務上並非最高,卻是讀作品最多,聯繫作家最廣,關心文學事業的發展最熱烈專注,陷入各種矛盾最多,被致敬與被罵差不多也是最多,對於文學事業的責任心最強,發表意見最多,或者可以從某種意義上說,他是最專職、最恪守崗位、最受罪也最風光、最盡作家的朋友與領導責任、最容易興奮也最容易緊張的評論家——組織家。〔註99〕

同馮牧一樣,陳荒煤在復出後不僅爲作家作品平反落實政策而多方奔

〔註96〕楊匡滿:《我和馮牧》,《鴨綠江》(上半月) 2006 年第 7 期。
〔註97〕王蒙:《難忘馮牧》,《中國作家》 1995 年第 6 期。
〔註98〕劉錫誠:《文壇舊事》,武漢:武漢出版社,2005 年 5 月,第 140 頁。
〔註99〕王蒙:《難忘馮牧》,《中國作家》 1995 年第 6 期。

走，還爲傷痕文學的發展推波助瀾，例如蔣子龍的《喬廠長上任記》發表以後，面對天津方面對蔣子龍指責，他任主編的《文學評論》和《工人日報》聯合召開座談會，他在會上力挺蔣子龍，蔣子龍在「荒煤文藝生涯 60 年研討會」上發言，主要內容就是回顧陳荒煤對他在困難時刻的支持。〔註 100〕除此之外，他的個人聲望還建立在出色的領導才能和低調平和的生活態度上，朱寨對此有過回憶：

> 十年混戰，攪亂了人際關係，有些人事糾葛，還牽涉到他以往的熟人和學生，他都秉公處理，一一解開了那些亂麻般的糾葛，恢復了一個學術團體的正常機制，果斷地投入了撥亂反正、正本清源的思想鬥爭激流。在推翻「四人幫」製造的「國防文學」口號和所謂「四條漢子」上的冤案，清算「文藝黑線專政」謬論方面，處於率先地位。同時編輯出版了兩卷本《周恩來與文藝》，重樹周總理領導文藝工作的典範。大家私下議論起來，都稱讚他在組織領導上的經驗和才幹，「不愧當過多年的部長」。
>
> 　其間，我曾多次隨他出外開會。常是在簡陋的會場上，同中、青年文學工作者們坐在一起，探討當前的文學現狀，研究如何清除「四人幫」的思想流毒，開闢文藝的新域。同與會者一起到食堂就餐，中午與人在四五張床位的房間休息，同大家一樣堅持到會議結束。他從未以領導者自居，也不倚老賣老，還像當年與我們那些青年學生相處時一樣。一些中、青年文學工作者們談論起來，也都說他平易近人。這不是從旁觀察來的印象，而是在共處並進中親切的感受。而在另外一些上主席臺、排坐次、上鏡頭的會議場合，我見到他卻有意地躲避，默默坐在臺下，悄悄站在後排。〔註 101〕

不能不提及的是，周揚與陳荒煤、馮牧之間作爲淵源已久的上下級、師生輩，以及陳荒煤與馮牧之間的深厚友誼等種種錯綜複雜的人際關係極易爲外界所注意，因此也被視作是所謂「惜春派」的一個派別或團體。由於對文藝的共同看法，導致他們在很多問題和事件上的表態採取了相同的姿態和立場，不僅贏得了文藝界大部分人包括當時文藝界最具權威的夏衍、張光年等

〔註 100〕劉錫誠：《文壇舊事》，武漢：武漢出版社，2005 年 5 月，第 97 頁。
〔註 101〕朱寨：《伴隨著時代的行吟——記荒煤同志》，《中國作家》1992 年第 6 期。

人的理解與支持，同時還與政治集團內部的開明領導取得了一致。

與之相對的是，被稱之為「偏左派」的林默涵和劉白羽等人同樣作為堅定的馬克思主義者亦並非缺乏擁躉，而且其所堅持的觀點在今天回過頭來看未嘗沒有合理性，但是在一個在強調新舊斷裂的年代，他們明顯地被建構為僵化落後、不識時務的「落伍者」、「保守派」。批評家曾鎮南的陳述很能說明問題：「不知是從什麼時候起、怎樣形成的成見，在我腦子裏，總覺得默涵同志比較『左』，他是只反右不反『左』的。」「我再舉一個小一點的例子。我曾經聽說過，默涵同志思想僵化得很，他反對『傷痕文學』，反對作家揭露生活中的陰暗面，至今還在倡言大躍進時代提出的革命現實主義和革命浪漫主義兩結合的創作方法，文藝觀念實在是太陳舊了。讀《劫後文集》時，我便比較注意默涵同志這方面的意見。我發現，默涵同志的意見並不是像人們替他歸納的那樣簡單。」〔註102〕報告文學家錢鋼也記錄了在 80 年代末的特殊語境下與劉白羽一次會面時的細節，很值得深思：

　　　　我心情沉重，向他傾訴個人的境遇。我說，有人又開始整人，搞階級鬥爭，像「文革」。

　　　　「但是，」他嚴肅的目光盯著我，說，「那些年輕人的舉動，不是更像『文革』嗎？」〔註103〕

當然，我的意圖並不在於否定「惜春派」的歷史意義為「偏左派」做翻案式的結論，而只是順帶觸及到歷史趨勢複雜的生成機制及其深層的根源。畢竟，無可爭議地，「惜春派」由於摸清了時代潮流的脈動而在文藝界達到了佔據支配地位的程度，其文藝觀點也因此得到了文藝界最廣泛的認同。我們最後還需要追問的是「惜春派」及其觀點是否也能夠得到當代文學史編寫者的認同？

1.3.3　「惜春派」與當代文學史的編寫

儘管學術場與文學場分屬不同的場域，但在「學院」制度還不十分完善的情況之下，二者不同程度的存在交叉，一個可以切入的視點就是其共同的主體歸屬。

〔註102〕曾鎮南：《瞭解他，學習他──記林默涵同志》，《文藝理論與批評》1994 年第 1 期。
〔註103〕錢鋼：《劉白羽先生瑣記》，《南方周末》2005 年 9 月 15 日。

　　眾所周知，「文革」期間首當其衝的就是教育戰線和文藝戰線的知識分子。1966 年 5 月，中共中央政治局會議通過了《中国共產黨中央委員會通知》（即「五一六」通知），作爲「文化大革命」爆發的綱領性文件，它要求全黨「高舉無產階級文化革命的大旗，徹底揭露那批反黨當社會主義的所謂「『學術權威』的資產階級反動立場，徹底批判學術界、教育界、新聞界、文藝界、出版界的資產階級反動思想，奪取在這些文化領域中的領導權。」在接下來的十年中，「知識分子頭戴『資產階級知識分子』這頂沉重的大帽子，還被惡溢爲『臭老九』。凡是有所成就的知識分子，幾乎全成了『反動學術權威』，成爲被批判、批鬥的對象，更多的知識分子被下放到各類『五七』幹校勞動改造，嚴重挫傷了他們的積極性、創造性。」「文革」結束，正是繼教育領域的「兩個估計」被徹底推翻以後，文藝領域的「文藝黑線」專政也得到了進一步的澄清，與此同時，伴隨著 1978 年鄧小平在全國科學大會上提出「科學技術是生產力」和「知識分子是無產階級的一部分」的著名論斷，「知識分子不僅摘掉了戴在頭上多年的「『資產階級』帽子，而且他們的地位和作用重新得到了全社會的認可」。〔註 104〕然而，知識分子問題並不僅僅表現爲「文革」時期的悲劇，實際上聯繫著整個左翼思潮最爲激進的部分，甚至可以上溯到延安時期甚至更早的 30 年代。當思想解放運動持續深入的時候，正如徐友漁所指出的：「中國思想界在 70 年代末面臨著一個極爲艱巨的歷史任務，這就是：徹底清算毛澤東主義，揭露文化大革命的法西斯專政性質，探討文革的一發生和釀成大禍的制度性原因；清算『鎮反』、『反胡風革命集團』、『反右』等各項政治運動反人性的本質和對全民族的傷害；清算大躍進、人民公社的危害，總結其教訓。」〔註 105〕對這些問題的深入探討，實際觸及到了知識分子問題更爲深層的根源，即激進政治派別中推向極端的民粹主義，在「五一六」通知中，有一個關鍵的術語就是「領導權」，這很容易讓人聯想到葛蘭西——「對於領導權理論來說，高級文化與人民大眾文化的關係問題是最具現代特點的中心問題之一」〔註 106〕，自延安整風以來，知識分子不斷被整肅的重要原因即出自與「工農兵」結合的必要，通

〔註 104〕　羅平漢：《春天　1978 年的中國知識界》，北京：人民出版社，2008 年 9 月，
　　　　　　第 4 頁。
〔註 105〕　徐友漁：《社會轉型與政治文化》，《二十一世紀》（香港）2002 年 6 月號。
〔註 106〕　陳越：《領導權與「高級文化」——再讀葛蘭西》，《文藝理論與批評》2009
　　　　　　年第 5 期。

過不斷地將自身的資產階級因素剝離消解,才有真正成為廣大的「人民群眾」的一分子的可能性。因此,有人指出:在一定意義上說,整個「思想解放」就是一個精英化運動,其主要內容是對「文革」時期的「民粹主義」(工農兵崇拜)的否定,恢復知識分子的社會文化地位。「尊重知識,尊重人才」取代了「知識越多越反動」成為這個新時期的標誌性口號之一。當然,精英主義對於民粹主義的這一勝利並不是知識分子憑自己的力量完成的,它不也是在知識場內部實現的,而是改革開放這個自上而下的社會實踐的組成部分。新時期改革取向的政治權力和知識分子結盟,通過否定那個民粹主義而建立自己的合法性。〔註107〕在這個意義上來講,正視知識分子問題就必然涉及對民粹主義和精英主義相互博弈的深遠歷史脈絡的梳理和反思,而對此的不同看法也正是文藝界的「偏左派」和「惜春派」的又一重大分野,僅以「《簡報》事件」為例即可說明。曾在北京文藝界掀起軒然大波的文化部電影局 1979 年 5 月 18 日編印的《電影工作簡報》中《北影廠學習鄧小平同志重要講話中所提出的一些意見》一文稱:

> 有的同志說,現在有個說法,強調「寫作家熟悉的」。其實質是反對文藝為工農兵服務的方向。文藝創作還是要有領導,題材還是需要平衡。現在有一種新潮頭,就是專寫教師和知識分子,寫工農兵的少了。工農兵誰來寫?現在許多劇本和其它作品,多是寫愛情、傷痕一類。這樣下去,毛主席的革命文藝路線不是也會被否定了嗎?〔註108〕

這篇《簡報》作為「偏左派」的代表言論很快得到了「惜春派」的回應,文化部文學藝術研究院理論政策研究室在《文藝思想動態》13 期上發表的《一份值得研究的〈簡報〉──理論政策研究室座談會紀要》一文中說:

> 同志們指出:首先,作家要反映的生活,必須是自己所熟悉的,這是文藝創作的規律,是一個帶有常識性的問題,怎麼能扯到否定工農兵方向呢?!這種觀點的實質是對我們的文藝隊伍的看法問題。解放 30 年來,我們的文藝隊伍在黨的培養和領導下,發生了非常大的變化。今天,它已成為一支無產階級的文藝隊伍,作為知識

〔註107〕陶東風:《精英化──去精英化與文學經典建構機制的轉換》,《文藝研究》2007 年第 12 期。

〔註108〕劉錫誠:《文壇舊事》,武漢:武漢出版社,2005 年 5 月,第 124 頁。

分子，已經成為工人階級的一部分。這其中，許多人來自工農兵。在我們看來，寫熟悉的當然包含著寫熟悉的工農兵，這又有什麼不可以？怎麼能說，寫自己所熟悉的，就是不寫工農兵呢？況且工農兵的文化生活需要是多方面的，絕不能把為工農兵服務，曲解為只寫工農兵。以《簡報》的觀點，知識分子仍然是「四人幫」所誣蔑的「臭老九」，和工農兵毫無共同之點，寫教師、知識分子以及作家熟悉的其它人，就是不歌頌工農兵，「反對」了文藝的工農兵方向。

〔註 109〕

這種分野顯然與大部分知識分子的歷史記憶和社會心理息息相關，很容易牽動知識分子敏感的神經，「偏左派」的看法，「對『文革』後人們的感情來說，這種敘述確實在某種程度上『傷害』了他們本已破碎、傷殘的心靈。客觀上，它還起著重返歷史『深淵』的不好的作用。」〔註 110〕如「《簡報》事件」之後，不少知識分子認為這是文藝界的「一股寒流」，如作家陳登科就記錄了當時的心情：

今年春天，又從「左」邊吹起了一股冷風時，有的擔負著文藝領導工作的同志，在這場生氣勃勃的文學運動面前，卻不是滿腔熱情地加以支持和引導，而是指手畫腳，甚至對揭露「四人幫」罪行的作品非常反感，這不能不使人感到愕然。我是比較孤陋寡聞的，可耳朵裏也聽到不少，說什麼「文學界現在還是右的傾向」，「又出現了一九五六年的情況」，「背離了毛主席的文學方向」，「其實質是奪權」。還指責一些作品為「傷痕文學」、「暴露文學」，「比反革命傳單還壞」，等等。這些指責，儘管大都沒有見諸公開的文章，但作為內部指示和文件，不脛而走，有那麼一批吃「運動」飯的，靠揮舞棍子過日子的人們，奔走相告，喜行於色，善於見風使舵的文痞和文僚們，預言又要來一次反右運動了。這實在叫人聽了不寒而慄。

〔註 111〕

儘管這是來自文藝界內部知識分子的聲音，但是不能不說亦能代表包括當代文學史的編寫者在內的剛剛獲得平反的各條戰線的大部分知識分子的傾

〔註 109〕劉錫誠：《文壇舊事》，武漢：武漢出版社，2005 年 5 月，第 127 頁。
〔註 110〕程光煒：《「四次文代會」與 1979 年的多重接受》，《花城》2008 年第 1 期。
〔註 111〕陳登科：《陳登科文集》第 8 卷，北京：燕山出版社，2003 年 10 月，第 319頁。

向。正如祝東力在論及相關問題時曾說到的：「左翼知識分子儘管獲得馬列原著的支持，並表達了對社會轉型的負面效果的憂慮或預感，但卻無法面對創痕累累的社會情緒，而這種情緒正是人道主義興盛的土壤」〔註112〕，「惜春派」及其觀點顯然更符合一個時代的主流趨勢，因而更能夠引起知識分子群體的共鳴，相應地，「惜春派」對於當代文學的敘述更易被接納爲文學史的主流話語。

當然，除了梳理知識分子主體普遍的社會心理之外，「惜春派」與當代文學史編寫更爲直接的聯繫還在於「惜春派」的代表人物從不同的方面介入了當代文學史的寫作，因此也最大限度地實現了其自身觀點對文學史的滲透，在前面部分也曾有提及。作爲 60 年文科教材編選工作的領軍人物，「周揚當年主持高校文科教材建設，充分發揮老專家的作用，總結他們多年來積累的知識，體現當時我國學術研究的最高水平，作爲文化積累的一個階段性成果，爲後人留下了一筆寶貴的精神財富」〔註113〕，使很多知識分子記憶猶新，更樹立了周揚在文科教材編選方面不可撼動的權威地位。作爲「官修教材」的編寫顧問，陳荒煤和馮牧的作用也就更爲具體直接。陳荒煤對於當代文學學科的促進功不可沒：1979 年，高等學校中文系的教師和中國社會科學院文學所的研究員在上海成立中國當代文學研究會籌備組的時候就曾得到他的鼓勵和首肯〔註114〕，另據王平凡回憶：「荒煤同志到文學研究所後，在撥亂反正的同時，把科研工作列爲首要任務。1979 年 2 月，他受院領導委託，召開了『全國文學學科規劃會議』。在這次會議上，制定了文學研究所當年工作規劃和以後八年的工作規劃。1980 年，全所在學習貫徹第四次文代會精神的過程中，在原來制定的八年規劃的基礎上，又提出了『1981～1990 年』的十年科研規劃，並確定了重點研究著述項目。荒煤同志特別強調要研究這樣一些問題：五四以來新文學运動的歷史經驗；探討當前文學的創作問題和理論問題；探討社會主義文學的經驗和特殊規律；研究馬克思主義文藝發展史；研究毛澤東文藝思想；運用馬克思主義觀點整理和研究我國文學遺產和民間文學、少數民族文學；研究中國當代文學的特點、特殊發展規律等理論問題。」〔註115〕

〔註112〕祝東力：《精神之旅》，北京：廣播電視出版社，1998 年 4 月，第 58～59 頁。

〔註113〕郝懷明：《周揚爲高校文科教材建設立軍令狀》，《炎黃春秋》2007 年 12 期。

〔註114〕劉錫誠：《文壇舊事》，武漢：武漢出版社，2005 年 5 月，第 91 頁。

〔註115〕王平凡：《沙汀、荒煤對文學研究所建設和發展的貢獻》，中國社會科學院文學研究所編：《歲月熔金——文學研究所 50 年記事》，北京：中國社會科學出

除此之外，他更直接參與了《中國當代文學史初稿》的指導和審閱工作；馮牧亦對自己擔任顧問的《中國當代文學》付出了大量心血，1979 年 7 月 12 日至 19 日《中國當代文學》審稿會在武昌舉行，馮牧從北京專程前去參加會議。在聽取大家的發言以後，他就編寫該書的指導思想，如何總結三十二年來社會主義文學事業的基本經驗和教訓，特別是怎樣敘述十年動亂時期的文學，怎樣寫好新時期的文學，以及如何反映文學運動和文學發展歷史上的重大事件和鬥爭，如何評價分析作家作品等問題作了重要講話。據此，與會人員又繼續對教材的編寫和修改工作針對中國當代文學的一些重大問題，發表了意見並修改了編寫大綱，擬訂了修改方案。〔註116〕

可以說，「惜春派」的觀點實際已經成為「文革」後一批當代文學史寫作的基奠性話語。

我之所以在第一章嘗試從場域角度進行思考，是因為與現代文學的編寫不同的是，當代文學史的編寫爭論更多集中在對寫作內容的具體把握上。如果將之視作一個文本，我們可以看到「不同的利益群體都對這個曖昧的文本都做出了在自己視域裏的誤讀和曲解，而事實上每一個評判都可看成福柯的話語理論中的『衍射點』，它們應具有相同的地位卻又互相排斥，提供了各種的可能性，但最後卻只有一種呈現，一種被權力話語的策略所安排。」〔註117〕，而場域中力量的爭奪與對比其實就是一種話語佔據主導地位的過程，亦是一種新的「當代文學」被召喚出來的過程，也正是在這個過程中，我們看到了「文革」後一批當代文學史的真正作者，即權力的書寫者。

版社，2003 年 5 月，第 67 頁。
〔註116〕參見《〈中國當代文學〉審稿會在武昌舉行》：《華中師範大學學報》（哲社版）1982 年第 5 期以及馮牧：《關於中國當代文學教材的編寫問題——在華中師院〈中國當代文學〉教材審稿會上的講話》，《華中師範大學學報》（哲社版）1982 年第 6 期。
〔註117〕謝俊：《可疑的起點——〈班主任〉的考古學探究》，《當代作家評論》2008 年第 2 期。

第 2 章 「十七年文藝」的重述
——以《中國當代文學史初稿》和《中國當代文學》爲例

　　「十七年文藝」在很大程度上已被視作一個自然時間的發展段落和不證自明的分期標準，通常是指從 1949 年到 1966 年間中華人民共和國建立和鞏固時期的文學以及相關的文學樣式。然而，檢視這一習以爲常的說法卻很容易對附著於其上的所謂客觀性質產生質疑，正如杜贊奇所指出的：「每一個分期都是時間分成階段，其背後都蘊含著一個歷史哲學，能夠揭示某一歷史時期的眞理，或能『最有效地』解釋歷史材料，並可相應賦之以名的分期原則可被稱爲強勢原則，我們可以將其置於造就世界及價值觀的知識系譜中理解它所起的作用。」〔註 1〕這也就提醒我們，「十七年文藝」的生成、演變與重構必須放置在歷史語境中才能夠眞正得到理解。

2.1　「十七年文藝」：概念與闡釋

　　1967 年 4 月 12 日江青在軍委擴大會議上發表的《爲人民立新功》的講話中稱：「這十七年來，文藝方面，也有好的或者比較好的反映工農兵的作品；但是，大量的是名、洋、古的東西，或者是被歪曲了的工農兵形象。」〔註 2〕，

〔註 1〕　杜贊奇：《爲什麼歷史是反理論的？》，黃宗智主編：《中國研究的範式問題討論》，北京：社會科學文獻出版社，2003 年 2 月，第 17 頁。
〔註 2〕　《爲人民立新功》，《中國當代文學史料選》，北京大學中文系中國當代文學教研室、謝冕、洪子誠主編，北京：北京大學出版社，1995 年 12 月，第 708 頁。

這應該算較早地以「十七年」為一個時間段落來統稱「文革」前文藝狀況的說法，接下來，這一說法頻繁地出現在「文革」時期的各種批判文章和講話之中並逐漸形成為一個明確而固定的帶有傾向性的判斷。

按照時間序列發展的邏輯來看，「十七年」明顯是之前「十五年」和「十六年」等指稱的自然延續。開創這一話語最強有力的文本就是 1964 年 6 月 27 日毛澤東在《關於全國文聯和各協會整風情況的報告（草稿）》上的著名批示：「這些協會和他們所掌握的大多數（據說有少數幾個好的），十五年來，基本上（不是一切人）不執行黨的政策，做官當老爺，不去接近工農兵，不去反映社會主義的革命和建設。最近幾年，竟然跌到了修正主義的邊緣。如不認真改造，勢必在將來的某一天，要變成像匈牙利裴多菲俱樂部那樣的團體。」〔註3〕這個批示，連同 1963 年的另一個批示，「對建國以來的文藝隊伍和文藝創作做出錯誤的估計，並推動批判運動從文藝界延伸到哲學、歷史學等各個文化學術領域，從而標誌著本來意義上的『文化大革命』的開始。」〔註4〕其中，「十五年來」在階級鬥爭形勢急劇激化的情形之下包含了某種重要的政治定性，從而成為了文藝領域一個特定而危險的能指。根據毛澤東的批示，類似的闡發屢見不鮮，1966 年，《林彪同志委託江青同志召開的部隊文藝工作座談會紀要》宣佈：「十六年來，文化戰線上存在著尖銳的階級鬥爭。」「文藝界在建國以來」「被一條與毛主席思想相對立的反黨反社會主義的黑線專了我們的政，這條黑線就是資產階級的文藝思想、現代修正主義的文藝思想和所謂三十年代文藝的結合。」與之相對的是「近三年來，社會主義的文化大革命已經出現了新的形勢，革命現代京劇的興起就是最突出的代表」，「社會主義文化革命的另一個突出表現，就是工農兵在思想、文藝戰線上的廣泛的群眾活動。」〔註5〕

從 1964 年到 1967 年間的這些表述當中，我們可以看出儘管表面存在一個從「十五年來」到「十七年來」隨著時間推移而漸次演變的進程，但是正如於可訓所說：「事實上這些時間概念從它第一次出現在毛澤東關於文藝問題

〔註3〕《毛澤東對文學藝術的批示》（1964 年 6 月 27 日），《中國當代文學史料選》，北京大學中文系中國當代文學教研室、謝冕、洪子誠主編，北京：北京大學出版社，1995 年 12 月，第 600 頁。
〔註4〕陳晉：《「兩個批示」的由來及其影響》，《毛澤東思想研究》1997 年第 5 期。
〔註5〕《林彪同志委託江青同志召開的部隊文藝工作座談會紀要》，《中國當代文學史料選》，北京大學中文系中國當代文學教研室、謝冕、洪子誠主編，北京：北京大學出版社，1995 年 12 月，第 632～634 頁。

的『批示』中起，就是指向一個整體的文學時段，即新中國成立以後的文學，是對這一時期的文學進行政治裁決的一個特殊的時間界定。……這一時間概念的運用，從一開始就旨在確認『十七年文學』的一種政治本質，即『長時間』以來，存在著一條『反黨反社會主義的黑線』，以便以此爲依據從根本上全面、徹底地顛覆整個『十七年文學』。至於自然年度（尤其是接近『文革』的前幾年）的增長和變化，在這一時間概念中不過是一些表面現象和無關緊要的數字，並無實質性的意義」〔註6〕，可以觀察到的是自從 1967 年「文革」全面進入奪權階段以來，由於「十七年來，黨內頭號走資本主義道路當權派夥同舊北京市委反革命修正主義集團的頭子彭眞，舊中宣部、舊文化部反革命修正主義分子陸定一、周揚等，竊取了文藝界的領導權，公然對抗毛主席的革命文藝路線，在文藝界實行了資產階級專政」，因而在意識形態領域爭奪領導權的鬥爭中被徹底打倒，同時，「革命文藝的優秀樣板」——八個樣板戲的出現被認爲「像春雷一般震撼著整個藝術舞臺」，「這聲聲春雷，宣告了反革命修正主義文藝黑線的破產，報導了無產階級革命文藝百花盛開的春天就要到來。工農兵昂首屹立在舞臺上的新時代到來了！被封建主義、資本主義、修正主義顛倒的歷史」「顛倒了過來」。〔註7〕在這樣的情形之下，「十七年」表徵著一段被徹底否定的歷史也就喪失了延續和發展的合法性和可能性，「十七年文學」或更確切地爲「十七年文藝」也因此定形爲一個固定的概念。

　　整個「文革」時期的主導敘述都沒有超出這樣的邏輯，即在諸多二元對立如「紅／黑」、「毛主席的革命文藝路線／反革命修正主義文藝黑線」等框架下，將「文革」文藝與「十七年文藝」嚴格地對立起來，並在冷戰背景下極力放大其政治色彩，其意圖在於支持和凸現文化大革命尤其是江青所主導的京劇革命，如於會泳在《讓文藝舞臺永遠成爲宣傳毛澤東思想的陣地》：「解放以來，周揚等一小撮反革命修正主義分子在其總後臺中國赫魯曉夫的支持下，推行了一條反黨、反社會主義、反毛澤東思想的文藝黑線，這條黑線專利了我們的政，他們把文藝作爲陰謀復辟資本主義的輿論陣地。那一個階級的代表人物佔領文藝舞臺，是關係到紅色政權變不變色的嚴重問題。爲了使

〔註6〕　於可訓：《當代文學的建構與闡釋》，武漢：武漢大學出版社，2005 年 4 月，第 79 頁。

〔註7〕　《革命文藝的優秀樣板》，《中國當代文學史料選》，北京大學中文系中國當代文學教研室、謝冕、洪子誠主編，北京：北京大學出版社，1995 年 12 月，第 714～715 頁。

紅色江山千秋萬代永不變色，江青同志毅然決然地率領革命文藝工作者開展京劇革命，從這個最頑固的堡壘打開缺口，在意識形態領域中擊退資產階級的進攻，爲無產階級文化大革命吹響了戰鬥的號角。」〔註8〕當「京劇革命」達到登峰造極的十年的時候，這種敘述更是推向極端：

> 十年前，劉少奇和周揚一夥推行的修正主義文藝路線專了我們的政，在他們的控制下，整個文藝界充滿了厚古薄今、崇洋非中、厚死薄生的惡濁空氣。盤踞在文藝舞臺上的，不是帝王將相、才子佳人，就是形形色色的牛鬼蛇神，幾乎全是封、資、修的那些貨色。這是多麼反常的現象：政治上被打倒了的地主資產階級在文藝上卻依然耀武揚威，而做了國家主人的工農兵在文藝上卻照舊沒有地位。這種情況，嚴重地破壞社會主義的經濟基礎，危害無產階級和革命人民的根本利益。
>
> 十年後的今天，已從根本上改變了上述狀況。以京劇革命爲開端，以革命樣板戲爲標誌的無產階級文藝革命，經過十年奮戰，取得了偉大勝利。無產階級培育的革命樣板戲，現在已有十六、七個了。在京劇革命的頭幾年，第一批八個革命樣板戲的誕生，如平地一聲春雷，宣告了毛主席《在延安文藝座談會上的講話》所指出的革命文藝路線已經在實踐中取得了光輝的成果，中國社會主義文藝的新紀元已經到來，千百年來由老爺太太少爺小姐們統治舞臺的局面已經結束，工農兵英雄人物在文藝舞臺上揚眉吐氣、大顯身手的時代已經開始。這是中國文藝史上具有偉大意義的變革。……〔註9〕

顯而易見，「十七年文藝」的概念及其內涵在很大程度上是作爲文革的「他者」而生成和規定的。然而，「文革」之後，人們對從此種意義上來定性「十七年文藝」顯然充滿了懷疑和批判。起初，一種普遍的思路就是「回到十七年」，各種力量都迅速參與到對「十七年文藝」再認識的系統工程，並對此進行了追溯式的描述，試圖把被「文革」顛倒了的歷史再重新顛倒過

〔註8〕《讓文藝舞臺永遠成爲宣傳毛澤東思想的陣地》，《中國當代文學史料選》，北京大學中文系中國當代文學教研室、謝冕、洪子誠主編，北京：北京大學出版社，1995年12月，第717頁。

〔註9〕《京劇革命十年》，《中國當代文學史料選》，北京大學中文系中國當代文學教研室、謝冕、洪子誠主編，北京：北京大學出版社，1995年12月，第751～752頁。

來。這就出現了一個值得注意的問題，即所謂的「回歸」究竟能在多大意義上打通過去。在探究這個問題之前，我們必須盡量深入到十七年文藝的原初語境之中，首先追問「十七年文藝」曾爲何物。子安宣邦認爲：「所謂『曾爲何物？』是一種面對作爲既成權威的制度或話語等等、對於使此種權威正當化的根據之薄弱與虛構性進行歷史性剝離與暴露的追究式問題」〔註10〕。當然，我並非想要復原一個事無鉅細或精準無疑的原生態圖景，這幾乎是一個不可能實現的目標，而僅僅把重心放在對十七年文藝的基本規劃和歷史敘述的簡單梳理之上，因爲作爲一種高度組織化的文藝形態，十七年文藝幾乎一直處於不斷尋求規範的探索和實驗過程之中。

2.2 重返現場：同步建構的「十七年文藝」

2.2.1 被規劃的「十七年文藝」

通常認爲，第一次文代會「以其全局性的整合、規範與指引功能，成爲『十七年』文學體制建構的行動綱領」〔註11〕，而周揚在會上所作關於解放區文藝的報告《新的人民的文藝》則奠定了這一行動綱領的基礎，其中把「眞正的新的人民的文藝」的「偉大開始」追溯到毛澤東講話以來的解放區文藝，認爲在解放區，「文藝已成爲教育群眾、教育幹部的有效工具之一，文藝工作已成爲一個對人民十分負責的工作」，並斷言：「毛主席在《延安文藝座談會上的講話》規定了新中國的文藝的方向。解放區文藝工作者自覺地堅決地實踐了這個方向，並以自己的全部經驗證明了這個方向的完全正確，深信除此之外再沒有第二個方向了，如果有，那就是錯誤的方向。」〔註12〕解放區文藝方向和毛澤東指導思想的確立顯然宣告了左翼文學的全面勝利，但周揚這種不容置疑的口氣在今天看來很容易讓人產生一種錯覺，即建國以後文藝發展的道路自此已經開始形成「一體化」的格局。不過，正如洪子誠所指出的

〔註10〕 子安宣邦：《國家與祭祀》，董炳月譯，北京：三聯書店，2007 年 5 月，第 5 頁。
〔註11〕 斯炎偉：《全國第一次文代會與「十七年」文學體制的生成》，《世界文學評論》2008 年第 1 期。
〔註12〕 周揚：《新的人民的文藝》，《中國當代文學史料選》，北京大學中文系中國當代文學教研室、謝冕、洪子誠主編，北京：北京大學出版社，1995 年 12 月，第 20 頁。

那樣：「事實是，『左翼文學』（或『革命文學』）從一開始，便不是個在觀念上和實踐上一致的統一體。從 20 年代末『革命文學』的爭論，到 40 年代對『論主觀』的批判，都已是人所共知的事實：『左翼』內部爭奪『正統』和純粹的名分與地位的衝突的激烈程度，並不比與『自由資產階級』的矛盾稍有遜色。」〔註 13〕也就是說，這些衝突並不因為左翼政權的確立和鞏固而自動消失，不同的派別都在努力想像和建構自己的文學形態和實踐規範並試圖在變動不居的政治形勢下最大限度地實現自身的合法性。因此，建國初期，對即將展開和正在進行的「十七年文藝」的建構事實上有三重因素的參與：第一是毛澤東本人的文化想像，第二是毛澤東文藝思想的忠實追隨者即周揚等人的闡發和貫徹，第三是來自於左翼內部不同派別的試圖介入。後兩種因素作為毛澤東文藝思想的從屬，在力量對比上並不存在也不足以形成對毛澤東權威的抗衡，但是由於不可能與毛的設想保持絕對一致，在理解和實施上難免存在背離和偏移，多少擾亂了毛的文學想像，從而導致了十七年文藝在融合與衝突中呈現出多重的張力和複雜的場景。

　　無論如何，在十七年文藝的開展中，毛澤東的作用是最為主導的。可以觀察的是，與毛的規劃和想像密切相關，十七年文藝經歷了從「人民文藝」到「無產階級文藝」這樣一個不斷走向理想化和純粹化的過程。本傑明·史華茲在論述毛澤東的思想資源時說：「『人民』這個抽象的概念在中國很早就有了。在儒家思想中，主張對人民施仁愛。儘管人民是無知的，但他們是善良的。歷經千載的儒學一貫譴責對人民的不公正行為。民間經常表達出平等的思想，要求滿足群眾的基本經濟要求。通常爆發的起義，往往是由統治者的腐敗、貪污和不法行為所致。在同外來的民粹主義接觸之前，毛澤東就從儒家學說和小說中接受了這些觀念。」〔註 14〕對占中國人口絕大多數的勞動人民的關注不僅構築了毛澤東對於中國革命的根本理念，也深刻影響了他的文藝立場和趣味。1942 年，《在延安文藝座談會上的講話》提出文藝的中心問題「基本上是一個為群眾的問題和一個如何為群眾的問題」，而其中「為什麼人的問題，是一個根本的問題，原則的問題」，毛澤東明確表示：「我們的文藝，第一是為工人的，這是領導革命的階級。第二是為農民的，他們是

〔註13〕 洪子誠：《關於 50～70 年代的中國文學》，《文學與歷史敘述》，開封：河南大學出版社，2005 年 10 月，第 3 頁。

〔註14〕 本傑明·史華茲：《毛澤東思想的形成》，許紀霖、宋宏編：《史華茲論中國》，北京：新星出版社，2006 年 11 月，第 131 頁。

革命中最廣大最堅決的同盟軍。第三是爲武裝起來了的工人農民即八路軍、新四軍和其它人民武裝隊伍的，這是革命戰爭的主力。第四是爲城市小資產階級勞動群眾和知識分子的，他們也是革命的同盟者，他們是能夠長期地和我們合作的。這四種人，就是中華民族的最大部分，就是最廣大的人民大眾。」〔註15〕這裡的「人民大眾」包含了「城市小資產階級勞動群眾和知識分子」無疑是出於戰時動員的需要，事實上，毛澤東對於這個群體的態度始終是遊移的。中國革命的終極目標是實現勞動人民的當家作主，與之相應的是在文化領域也同樣要樹立起勞動人民的領導權，從階級上來講，「勞動人民」的領導權顯然是無產階級的領導權而非資產階級或小資產階級的領導權。正如韓毓海所看到的：「在馬克思主義的經典作家中，毛澤東大約是對文化、文藝問題發言最多的一位。這表明：全神貫注於『文化領導權』問題，高度強調社會主義文化的核心價值，並堅持不懈地從這個角度闡述新中國選擇社會主義道路的『合法性』，是毛澤東建國以來思想的重要特徵。」〔註16〕在第一次文代會上，毛澤東到場的簡短講話中「人民」一詞出現的頻率極高：「同志們，今天我來歡迎你們。你們開這樣的大會是很好的大會，是革命需要的大會，是全國人民所需要的大會。因爲你們都是人民所需要的人，你們是人民的文學家、人民的藝術家，或者是人民的文學藝術工作的組織者。你們對於革命有好處，對於人民有好處。因爲人民需要你們，我們就有理由歡迎你們。再講一聲，我們歡迎你們。」〔註17〕毛澤東沒有對「人民」細加說明，但是其中包含了一個明顯的區分，即「你們」／「我們」的二元對立，在「統一戰線」的旗幟下，這一點無疑被忽略了，我們可以看到文代會上其它領導人的講話和報告都多少涉及到了「人民」這一概念，基本仍停留在毛以往的闡釋之下，例如董必武指出：「現在我們的革命基本上已經取得勝利了，這就是人民取得勝利了，也就是工農兵取得了勝利，當然還有其它反帝國主義反封建主義反官僚資本的人民也取得了勝利。我們現在的政權構成，是以無產階級領導，以工農聯盟爲基礎，團結其它一切愛好和平的民主人士，這就

〔註15〕毛澤東：《在在延安文藝座談會上的講話》，北京：人民出版社，1975 年 12 月，第 13 頁。
〔註16〕韓毓海：《「漫長的革命」——毛澤東與文化領導權問題（上）》，《文藝理論與批評》2008 年第 1 期。
〔註17〕中華全國文學藝術工作者代表大會宣傳處編輯：《中華全國文學藝術工作者代表大會紀念文集》，北京：新華書店，1950 年 3 月，第 3 頁。

是說，現在，我們廣大的人民不像以前處於那種被統治地位，而是處於統治地位了，我談這一點，爲的是我們在工作上有一個明確的方向。」〔註 18〕所以，出於建國初期政治經濟階級狀況的考慮，儘管第一次文代會產生了一個核心提法即「人民的文藝」，但是從一開始，「人民」的邊界就蘊含著某種危機，並導向了後來包括毛澤東親手發動的數次批判，在這個過程中，胡風、丁玲等人紛紛被「清算」，正如曠新年所說：「不論在今天看來當年對於電影《武訓傳》和胡適資產階級思想的批判是多麼粗暴和失敗，但是，我們不得不承認其建立社會主義文化霸權和試圖取代資本主義文化霸權的艱巨努力。而且從根本上來說，社會主義事業成功與否的關鍵，並不僅僅在於社會主義經濟基礎和政治、法律等上層建築的成功，而且也在於社會主義文化合法性的建立，在於社會主義意識形態的勝利。毛澤東深刻地認識到社會主義文化建設即文化合法性的重要性，政治的合法性最終依賴於文化的合法性。」〔註 19〕

　　毛澤東對其文化想像的執著在 1958 年前後達到了一個高潮，在周揚呈送的《文藝戰線上的一場大辯論》中，他添加了一段著名的話：「在我國，1957年才在全國範圍內舉行一次最徹底的思想路線上和政治路線上的社會主義大革命，給資產階級反動思想以致命的打擊，解放文學藝術界及其後備軍的生產力，解放舊社會給他們戴上的腳鐐手銬，免除反動空氣的威脅，替無產階級文學藝術開闢了一條廣泛地發展道路。在這以前，這個歷史任務是沒有完成的。這個開闢道路的工作今後還要做，舊基地的清除不是一年工夫可以全部完全的。但是基本的道路算是開闢了，幾十路、幾百路縱隊的無產階級文學藝術戰士可以在這條路上縱橫馳騁了。文學藝術也要建軍，也要練兵。一支完全新型的無產階級文藝大軍正在建成，它跟無產階級知識分子大軍的建成只能是同時的，其生產收穫也大體上只能是同時的。這個道理只有不懂歷史唯物主義的人才會認爲不正確。」〔註 20〕這裡非常鮮明地提出了爲「無產階級文學藝術」開闢道路的問題。對「無產階級」的強調與當時的國際國內

〔註 18〕中華全國文學藝術工作者代表大會宣傳處編輯：《中華全國文學藝術工作者代表大會紀念文集》，北京：新華書店，1950 年 3 月，第 7 頁。
〔註 19〕曠新年：《「當代文學」的建構與崩潰》，《讀書》2006 年第 5 期。
〔註 20〕《文藝戰線上的一場大辯論》，《中國當代文學史料選》，北京大學中文系中國當代文學教研室、謝冕、洪子誠主編，北京：北京大學出版社，1995 年 12月，第 427～428 頁。

形勢有關。與蘇聯關係的緊張、對「反右運動」的總結與即將興起的「大躍進」運動都使「無產階級」在社會主義體系中的地位更為凸現。在這種情形之下,文化戰線不斷被認為潛藏著社會主義內部敵對分子和資產階級,最終包括周揚在內的「一線」文藝界領導也被樹立為更為純粹的「無產階級文學藝術」的對立者。「不過,也無庸諱言,整個建國到『文革』爆發的 17 年,毛澤東對於黨內『一線』工作的領導同志最大的意見,就是認為他們過於埋頭於具體的行政事物(包括經濟問題),而不注意『文化領導權』問題,從而放鬆了對於社會主義社會『文化合法性危機』的警醒。」〔註21〕因而,毛澤東的整肅有其政治考慮,在他看來,文藝必須與最廣大的人民群眾的需要聯繫在一起,或者如程光煒所說「這種以勞苦工農為中心的文化建構和服務模式,是我們非常熟悉的貫穿十七年、『文革』始終的一種文化想像方式和政策」〔註22〕。

由此可見,從「人民的文藝」到「無產階級的文藝」的進化是毛澤東在不斷尋求社會主義文學的實現方式之下而對十七年文藝的基本設計或者說一次實驗探索,並在當時被認為是具有充分合理性的。

2.2.2　被敘述的「十七年文藝」

關於十七年文藝的同步建構,不能忽略的另一個方面是其時與之相關的歷史敘述,這是用馬克思主義理論編撰全新的民族國家歷史、形構全新的集體記憶認同工程的重要組成部分。當然,歷史敘述無疑是一個寬泛的能指,我所指的主要是 50 年代末 60 年代初陸續誕生的最早的一批當代文學史,如:華中師範學院中國語言文學系編寫的《中國當代文學史稿》(以下簡稱《史稿》)、山東大學中文系中國當代文學編寫組編寫的《中國當代文學史(1949～1959)》以及中國科學院文學所《十年來的新中國文學》編寫組編寫的《十年來的新中國文學》(以下簡稱《十年》)等。這批文學史都是在十七年文藝正在進行的過程中編寫的,因而為我們瞭解十七年文藝的原初場景提供了某種特殊的視角。

〔註21〕韓毓海:《「漫長的革命」——毛澤東與文化領導權問題(上)》,《文藝理論與批評》2008 年第 1 期。

〔註22〕程光煒:《新時期文學的「起源性」問題》,《中國人民大學學報》2009 年第 5 期。

　　之所以會在 50 年代末 60 年代初集中產生一批當代文學史，一個直接的觸發原因是適逢建國 10 週年，需要及時總結建國以來社會主義文藝的經驗和教訓，而間接地來看，這和正處於複雜變動之中的國際國內形勢有關。1960年 7 月蘇聯單方面撤退了全部援華專家，兩黨及兩國關係開始走向全面破裂，社會主義陣營發生了嚴重分裂，中國陷入到一個相當孤立的境地；與此同時，「大躍進」的失敗使中國的社會主義實踐一度陷入危機。在這種情形之下，重新強調敵／我的劃分，講清楚革命的反覆與曲折以及鬥爭形勢的尖銳與嚴峻並進一步確認社會主義的優越性就顯得很有必要，而文學史作為意識形態的組成部分也是其中一種重要的方式。因而，這時期文學史敘述的基本主題是圍繞革命與階級展開的。

　　一般而言，1949 年之後，中國結束了大規模的武裝反抗奪取政權的歷史轉向了全面進行經濟建設和向社會主義過渡的時期，但是這並不意味著傳統意義上的「革命」和大規模的階級鬥爭就此平息，尤其是 50 年代中後期，「由於國際上的『波匈事件』、國內的反右鬥爭，使毛澤東對形勢作出錯誤估計，將資本主義、資產階級視為洪水猛獸。1958 年的八大二次會議上，毛澤東認為在社會主義建成以前、無產階級同資產階級的鬥爭、社會主義道路通資本主義道路的鬥爭始終是我國國內的主要矛盾。從此，防止資本主義復辟實際上成了毛澤東對資本主義的認識轉變中的主流思想。」〔註 23〕受此影響，開始或完成於 1958 年左右的當代文學史基本都將對資產階級文藝的鬥爭作為敘述的主要線索。

　　以《十年》為例，緒論將第一次文代會作為「重要而良好的開端」之後，迅速將「新中國的人民文藝」放置在階級鬥爭的語境之下，指出：「在新的革命的現實前面，在黨的工農兵的文藝方針前面，不同的人抱著不同的態度。首先是許多努力貫徹黨的文藝方針、要求努力描寫工農勞動人民的人，他們或者熱情投入工農勞動人民當前的鬥爭，或者辛勤描繪勞動人民過去的鬥爭歷史，這就產生了描寫工業建設、描寫當時農村中激烈鬥爭和描寫革命歷史鬥爭的作品。……同時，除了這些在不同程度上和在不同方面努力貫徹黨的文藝方針的人，也有一些人，口頭上表示接受毛澤東文藝思想，實際上卻仍是站在資產階級或小資產階級的立場，在文藝上仍然走著自己的走慣了的老

〔註23〕雙傳學：《建國後毛澤東資本主義觀的演變歷程及其特點》，《江海學刊》2006年第 4 期。

路。於是，在新中國的文藝戰線上便出現了無產階級和資產階級兩條道路的鬥爭」〔註24〕，在接下來的敘述中，建國後歷次重要的文藝鬥爭和重大事件被逐一安排於一條進化的脈絡之上，勾勒了一幅在清潔和洗刷異質力量的過程中不斷走向完善的社會主義文藝圖景：

> 　　一九五一年對電影《武訓傳》的批判，便是解放後文藝戰線上無產階級思想和資產階級思想所展開的第一次大交鋒。……經過批判，無產階級革命文藝的一個根本問題，無產階級革命文藝和資產階級反動文藝的一個根本區分點——什麼是革命和應該肯定與歌頌什麼，在許多人的頭腦中開始弄明白了。〔註25〕
>
> 　　……
>
> 　　過渡時期社會主義改造的巨大任務，給文藝創作提出了新的要求，因而也要求作家的思想覺悟大大提高一步。面對全國社會主義改造的巨大的革命變革，在民主革命時期就已和革命不能相適應的資產階級思想，這時就更加與革命直接牴觸了。這時候，整個思想戰線方面，提出了新的戰鬥任務，要求更進一步深入地對資產階級思想進行鬥爭。在文學戰線上，第一個重要鬥爭是一九五四年冬所開始的全國對胡適反動思想的批判。〔註26〕
>
> 　　……
>
> 　　全國文化界對胡適反動思想的批判還沒結束，一九五五年五月，又展開了對胡風反革命集團的鬥爭。這是一場更複雜、更激烈、更深刻而意義更大、收穫更多的鬥爭。……反對胡適反動思想，是和階級立場十分明顯的資產階級思想鬥爭；反對胡風反革命集團，從思想的角度來看，則是與披著馬克思主義外衣因而危害更大的資產階級反動思想作戰。……這次鬥爭徹底揭露了胡風，挖掉了隱藏在革命文藝陣營內部達二十年之久的一顆毒瘤，也結束了胡風向黨所作的二十年的攻擊，批判了胡風一系列反動的文藝思想，劃清了

〔註24〕 中國科學院文學研究所《十年來的新中國文學》編寫組：《十年來的新中國文學》，北京：作家出版社，1963 年 11 月，第 4 頁。

〔註25〕 中國科學院文學研究所《十年來的新中國文學》編寫組：《十年來的新中國文學》，北京：作家出版社，1963 年 11 月，第 5 頁。

〔註26〕 中國科學院文學研究所《十年來的新中國文學》編寫組：《十年來的新中國文學》，北京：作家出版社，1963 年 11 月，第 6～7 頁。

馬克思主義文藝思想和僞裝馬克思主義的資產階級反動文藝思想的階級界限。這是一場保衛馬克思主義、保衛毛澤東思想的鬥爭。經過這次鬥爭，提高了大家對馬克思主義、對毛澤東思想的認識。〔註27〕

......

反對右派和修正主義者的鬥爭的勝利，是文藝戰線上無產階級和資產階級兩條道路的鬥爭有決定意義的偉大的勝利。經過這次鬥爭，進一步批判了資產階級的反動的文藝思想，大大提高了廣大文藝工作者的社會主義覺悟，毛澤東文藝思想的旗幟更高地舉了起來，文藝組織更加純潔，黨的文藝隊伍也更健壯，更鞏固地團結起來了。〔註28〕

......

從這樣的梳理中，我們可以看到每次運動所針對的對象和所達到的效果都被詳細地闡明，社會主義文學的實現過程因此也清晰可見——「十年來我國的文學是通過一條激烈的戰鬥的道路向前發展的。十年間，中國共產黨領導全國人民，爲了在我國建立歷史上一個嶄新的制度——社會主義，在艱苦鬥爭中取得了偉大的勝利。作爲這個革命的一個組成部分的革命的文學事業，它的使命是要在我國建立歷史上一種嶄新的文學——社會主義文學。」〔註29〕

然而，除了在「繼續革命」的鬥爭哲學指導下對資產階級文藝展開徹底的批駁和壓制之外，社會主義文藝的建立還有賴眞正的革命文藝主體的出現和培養，這也導致了此時期文學史敘述中還包含著另一種強勢原則，即對「工農兵」文藝主導地位的強調和譜系的建構。這一特徵在《十年》一書中稍顯微弱，儘管《十年》也認爲：「我國社會主義的新的文學，在以上種種鬥爭和艱苦努力，成長迅速，只是短短十年，我國整個文學的面貌就已有了重大的變革和發展。這一變革和發展，圍繞著並爲著一個中心：文學和勞動人民結

〔註27〕 中國科學院文學研究所《十年來的新中國文學》編寫組：《十年來的新中國文學》，北京：作家出版社，1963年11月，第8～9頁。
〔註28〕 中國科學院文學研究所《十年來的新中國文學》編寫組：《十年來的新中國文學》，北京：作家出版社，1963年11月，第13頁。
〔註29〕 中國科學院文學研究所《十年來的新中國文學》編寫組：《十年來的新中國文學》，北京：作家出版社，1963年11月，第15～16頁。

合，成爲眞正屬於勞動人民的文學」〔註30〕，但在後面以體裁劃分的章節之中，重要的作家作品仍然是以知識分子作者隊伍和專業創作爲主要介紹對象的。顯而易見，《十年》的編寫主體在政治和審美標準的相互牽制間難以取得平衡並導致了其歷史敘述前後產生了裂隙。與《十年》相比，儘管同樣是集體寫作的生產方式，但《史稿》等遵循當時的時尚採用師生結合的模式，由於世界觀基本形成於社會主義時期的學生的加入，《史稿》等在姿態上無疑更爲激進，更受其時政治的影響，通過系統的作家作品體系的篩選和闡述鮮明地凸顯了工農兵在社會主義文藝中的主體地位。

《史稿》從緒論一開始就特別強調的時間標誌是「一九五八年」：

> 中華人民共和國成立到現在，已經十一年了。十一年來，我們偉大的祖國，在中國共產黨和毛澤東同志的英明領導下，進行了轟轟烈烈的社會主義革命和社會主義建設，取得了極其偉大的成就，特別是一九五八年以來，在黨的「鼓足幹勁，力爭上游，多快好省地建設社會主義」的總路線的光輝照耀下，全國人民意氣風發，鬥志昂揚，以高度的革命幹勁和實事求是的精神，迅速地改變著「一窮二白」的面貌，實現了工農業生產和文教事業的全面持續躍進，人民公社已日益完善和鞏固，技術革命和文化革命的高潮已經到來，人民群眾的精神面貌發生了無比深刻的變化。〔註31〕
>
> ……
>
> 十一年來，隨著我國社會主義革命和社會主義建設的飛速發展，我們的文學藝術事業也取得了輝煌的成就，積累了豐富的經驗，出現了空前旺盛和繁榮的景象。特別是一九五八年以來，我們的文學藝術事業更經歷了一個偉大的革命性的變化。一支以工人階級爲骨幹的強大的文藝隊伍已經形成。〔註32〕

「一九五八年」之所以反覆被提及很大程度上在於《史稿》本身就是「大躍進」的產物，而「一九五八年」作爲由新民歌運動所帶動的群眾文藝的高

〔註30〕 中國科學院文學研究所《十年來的新中國文學》編寫組：《十年來的新中國文學》，北京：作家出版社，1963 年 11 月，第 21 頁。

〔註31〕 華中師範學院中國語言文學系編著：《中國當代文學史稿》，北京：科學出版社，1962 年 9 月，第 1 頁。

〔註32〕 華中師範學院中國語言文學系編著：《中國當代文學史稿》，北京：科學出版社，1962 年 9 月，第 1 頁。

潮年份表徵著的更爲重要的信息是《史稿》的敘述重心所在。按照「社會主義革命和社會主義建設歷史的一般分法」，《史稿》將社會主義文學劃分爲三個不同的階段：「國民經濟恢復時期的文學（一九四九～一九五二）」、「社會主義改造和社會主義建設初期的文學（一九五三～一九五六）」、「整風和大躍進以來的文學（一九五七年以來）」，而每個階段一般都會都在文藝概況、文藝運動之後特設創作成就一章按照體裁劃分主要講述群眾文藝和專業創作（另外還包括民族文學、兒童文學、戲曲等）的情況。非常明顯的是，在秩序編排上，群眾文藝是先於專業創作的，這就在在等級上顯示了其優先地位；在篇幅比重上，起初群眾文藝佔據的篇幅由於受創作實績的限制相對要少，但是，隨著時間的推移尤其是在第三個階段，其所佔的比重逐漸與專業創作持平；在體裁類型上，群眾文藝由傳統的詩歌、小說、散文等劃分逐漸發展爲帶有民族和階級色彩的獨有體裁，如新民歌，革命回憶錄，工廠史、公社史、部隊史等；在作者隊伍上，也出現了一批穩定的作家隊伍，如王老九、劉勇、胡萬春、黃生孝等人；在總體評價上，《史稿》各階段的評價也顯示了其日益興盛的發展狀態，如表所示：

階段	總　體　評　價	
	積　極　方　面	存　在　問　題
第一階段	這些作品，由於出自勞動人民之手，都有愛憎分明的強烈感情和感人的藝術魅力。在形式上又爲群眾喜聞樂見，語言通俗，描寫生動，有著民族化和群眾華的特點，所以對推動階級鬥爭、生產鬥爭起了積極的作用。	這時期的作品，有些還比較粗糙，不夠成熟，這些缺點隨著工農兵作者的成長在後來逐步得到了克服。
第二階段	這一時期的優秀文學作品日益增多，無論思想性或藝術性都有了進一步的提高，具有社會主義、共產主義精神的正面人物形象大量湧現；創作上的公式化、概念化傾向得到顯著克服；主題與題材較前廣闊，作品風格樣式的多樣化也有了進一步的發展。	
第三階段	隨著生產的大躍進，思想的大解放，技術革命、文化革命的大開展，兩條道路的鬥爭取得的巨大勝利，在文藝戰線上出現了新形勢，文藝創作形成了前所未有的高潮。群眾文藝運動的開展使這一創作高潮的重要方面。	

　　《史稿》對群眾文藝的凸現儘管在今天看來與激進政治形勢密切相關，但是必須要承認的是《史稿》在某種程度上再現了新中國文藝的特殊景觀—

——「我們的作品已經不只爲少數人所閱讀欣賞，而爲千百萬人民群眾閱讀欣賞，很多優秀的文學作品銷行幾十萬冊至幾百萬冊以上，眞正成了千百萬群眾的『生活教科書』；文藝和群眾結合達到這樣的廣度和深度，在世界文學史上也是罕見的」。〔註33〕關於群眾文藝的歷史敘述見證了占中國人口絕大多數的工農兵對文藝的積極參與，並構成了「十七年文藝」基本話語不可或缺的一個組成部分。

因而，「十七年文藝」在同步建構中是構築在某種類似於民粹主義想像基礎上面向最大多數受眾的新型文藝，正如昌切所說：「無產階級的主體形象要通過『他者』來建構，這裡的『他者』是資產階級、小資產階級、右派，修正主義、反革命。依照拉康的觀點，主體無法建構自身，只有在他者的眼光裏主體才成其爲主體。無產階級（社會主義）文學正是在批判『他者』的鬥爭中建立起來的。這兩個層面運動史與作品史在文學史敘述中平行發展又互爲交叉，初步形成具有社會主義性質的當代文學的統一規範。」〔註34〕而在這個意義上重新檢視「十七年」則「不僅僅是一個『時間概念』，而且是一個在二十世紀文學史上具有特定內涵的概念：發端於 40 年代初期的工農兵文學運動、工農兵文學思潮，在經歷了根據地文學、『十七年』文學、『文革』文學後，在擠壓、排除了其它文學形態並拒絕調整自身的內在矛盾後，最終終結於 70 年代中期。」〔註35〕

2.3　歷史的倒錯：再造「十七年文藝」

「文革」結束之後，對「十七年文藝」的官方認定無可否認即是第四次文代會上鄧小平的「祝詞」和周揚的報告。鄧小平在「祝詞」中說：「文化大革命前的十七年，我們的文藝及路線基本上是正確的，文藝工作的成績是顯著的。所謂『黑線專政』，完全是林彪、『四人幫』的污蔑。」〔註36〕而周揚

〔註33〕 華中師範學院中國語言文學系編著：《中國當代文學史稿》，北京：科學出版社，1962 年 9 月，第 8 頁。

〔註34〕 昌切、李永中：《論十七年文學的文學史敘述——從〈中國當代文學史稿〉到〈中國當代文學史〉》，《中國文學研究》2004 年第 2 期。

〔註35〕 傅書華：《重新審視「十七年」文學》，《理論與創作》2004 年第 2 期。

〔註36〕 《鄧小平同志代表中共中央和國務院在中國文學藝術工作者第四次代表大會上的祝詞》，中國文學藝術界聯合會編：《中國文學藝術工作者第四次代表大會文集》，成都：四川人民出版社，1980 年 7 月，第 1～2 頁。

也在報告中闡明：「文藝戰線上的這些光輝成績，絕不是林彪、『四人幫』所能一筆抹煞的」。很明顯，這些官方表態存在一個鮮明的對立物即「文革」敘述中的「十七年文藝」，對「十七年文藝」展開新的敘述代表了兩方面的意義，一個方面是藉此實現與「文革」的徹底斷裂，另一個方面則是通過肯定過去來強調社會主義性質的延續性進而體現當下主導政治力量的正當性。因此，重新確立的「十七年文藝」的敘述基調首先就是在撥亂反正的語境中肯定其價值和意義，然後在此前提下才能有限度地總結經驗和展開反思：「全國解放，我們黨成為執政黨以後，如何正確地領導文學藝術事業，如何指引文藝沿著社會主義的軌道，朝著有利於人民的方向前進，這是我們黨所面臨的一個新的課題。在這些問題上，我們取得了正反兩方面的豐富經驗。」「無可否認，我們的文藝工作，成績是主要的、巨大的，主流是正確的、健康的。但是，同樣無可否認，我們的工作中確有不少缺點和錯誤，特別是指導思想上的『左』的傾向給黨的文藝事業帶來的損害是嚴重的。」〔註37〕

　　如果說這些權威闡釋受制於時地而相對抽象地停留在「觀念」層面，那麼一旦轉化為相應的文學史敘述則將其進一步「自然化」和「制度化」。如前所述，四次文代會關於「十七年文藝」的評價是一個多重力量妥協的產物，但更多地偏向以周揚為主的「惜春派」所持的立場，鑒於「惜春派」在文學史編寫方面的特殊話語優勢，「此後，『十七年文學』就開始以一個相對獨立的文學史單元進入當代文學史研究的歷史視野，成為這期間開始編寫的幾種重要的當代文學史論著的一個不可或缺的重要歷史時段，作為一種歷史文本的『十七年文學』，也因此而在 80 年代初期開始奠定了它的『史』的雛形。」〔註38〕權力和知識的相互印證，形構了社會轉折時期對歷史的基本理解，文學史因此成為參與歷史建構的重要力量，我們的考察重心將再次轉移到文學史敘述本身。其中，前述由陳荒煤任顧問，郭志剛等十所院校的教師共同編寫的《中國當代文學史初稿》（上、下）（以下簡稱《初稿》）和由馮牧擔任顧問，華中師範學院《中國當代文學史》編寫組編寫的《中國當代文學》（1、2）（以下簡稱《文學》）是本章分析的主要文本。這兩本文學史分別定稿於

〔註37〕 周揚：《繼往開來，繁榮社會主義新時期的文藝——在中國文學藝術工作者第四次代表大會上的報告》，中國文學藝術界聯合會編：《中國文學藝術工作者第四次代表大會文集》，成都：四川人民出版社，1980 年 7 月，第 22，33 頁。

〔註38〕 於可訓：《當代文學的建構與闡釋》，武漢：武漢大學出版社，2005 年 4 月，第 78 頁。

1980 年和 1982 年，其時新時期文學尚在發展成熟甚至被指認和確立的過程中，因此這兩本文學史的大量篇幅都在敘述「十七年文藝」之上。另外，兩本文學史均繫教育部委託編寫的高等院校中文系教材，往往被視作典型的「官修」教材，體現在生產方式上則是一種急迫狀態下標準的集體編寫模式並且時時處於對意識形態的緊張追隨之中，前所未有地展現了新舊交替狀態下的一種過渡的文學史形態，兼具雙重的功能和目的：一方面從教材的角度來理解，它們充分「考慮到高等學校特別是師範院校教學的需要」〔註 39〕，另一方面，也負載了社會意識形態的含義：「試圖運用辯證唯物主義和歷史唯物主義觀點對新中國文學三十年的成就、經驗、教訓及其發展規律進行初步的總結和探討，為大學文科學生和其它讀者瞭解建國後文學的發展勾畫一個概貌，提供必要的理論觀點和歷史知識。」〔註 40〕因而是深入文革後代表性「十七年敘述」的有效途徑。需要說明的是，這兩部文學史的章節設置基本沿襲了 60 年代初的文學史編寫模式，依據的是思潮和文類，所以，我們的論述也依然集中在這兩個方面，以便在歷時層面與此前的歷史敘述對比和參照。

2.3.1　文學思潮：不斷「左」傾的歷程

一、「文學思潮」與「文學運動」

「文學思潮」的概念和範圍迄今為止很難說已經有一個完全公認的明確界定，但是談及「文學思潮」，比較常見的視角有兩種：一是從「文學本體論」出發，關注思想觀念和藝術特色上的共性，例如古典主義、浪漫主義、巴洛克主義、現實主義等劃分，在此種意義上來看，思潮或可以等同於流派；另一種則傾向於強調文學思潮相對於政治思潮的從屬性和關聯性，認為文學思潮同樣受制於物質基礎和制度變遷，這又容易導致「文學思潮史」滑向觀念史和思想史甚至鬥爭史。中國當代文學思潮史就基本被看作是一部「文學運動」史。「文學運動」其實也是「文學思潮」的組成部分，例如，一種通常的關於文學思潮的解釋是：「文學思潮，通常是指在一個較大的時空範圍內與社會的經濟變革和人們的精神審美需求相適應的由文學思想（觀念）、文學創

〔註39〕華中師範學院《中國當代文學》編寫組：《中國當代文學》（第 1 冊），上海：上海文藝出版社，1983 年 9 月，第 432 頁。
〔註40〕郭志剛主編：《中國當代文學史初稿》（上冊）《前言》，北京：人民文學出版社，1980 年 12 月，第 1～2 頁。

作、理論批評以及文學運動等所共同形成的文學潮流。」〔註41〕並且與「文學思潮」相對應，文學運動也有兩個層面的涵義，即文學本身的潮流更迭以及政治動員和經濟形勢對文學的裹挾。在當代中國語境中，後一種意義上的文學運動是推進文學生產的主要方式。

1940年9月10日發布的《中央關於發展文化運動的指示》對在國統區和根據地開展文化運動的必要性以及大致方向進行了部屬，其中講到：「須知對於廣大人民群眾，對於在軍隊中、政府中、黨部中、學校中、社會中的廣大中下層人們，如果不在思想上引起一個變比，則政治上的根本變化或徹底好轉（即建立抗日民族統一戰線政權）是不可能的」，「要把一個印刷廠的建設看得比建設一萬幾萬軍隊還重要。要注意組織報紙刊物書籍的發行工作，要有專門的運輸機關與運輸掩護部隊，要把運輸文化糧食看得比運輸被服彈藥還重要」〔註42〕，自此，黨的各類文件中涉及文化運動的內容屢屢出現，文學藝術顯然也是其中的有機組成部分。由於當時的文學運動是為奪取政權服務，因此它的打擊和團結對象十分明確：「對於文化運動的進行，應該聯合一切不反共的自由資產階級（即民族資產階級）與廣大的小資產階級的知識分子共同去做，而不應使共產黨員尖銳突出與陷於孤立。在反對復古、反對大資產階級的文化專制政策、反對日寇漢奸的奴隸文化等方針之下（根據各地情況將口號具體化）是能夠動員各階層知識分子，各部門文化人與廣大青年學生加入這一運動的」〔註43〕。當政權目標實現之後，文化運動和文學運動被繼續推行，但其性質任務和針對對象也隨之發生了轉換，正如陳曉明所看到的：「『運動』則是激進化姿態的具體表現方式。自第一次文代會後，文藝界開展了多次涉及面廣泛的思想政治運動。這些運動都是為了達到和確保以下的目的：在政治上把作家緊密團結在黨的領導體系中；在思想上統一文學觀念和創作方法；在組織上建立一整套的文學機構和制度。此前的蘇聯文藝界也一直是在鬥爭中來展開社會主義文藝實踐的。這說明，社會主義文藝的建立並非易事，它必然伴隨著截然的斷裂、批判、鬥爭、整頓、驅逐與清理。

〔註41〕張治國：《建國三十年文學思潮的兩個基本特徵》，《高等函授學報（哲學社會版）》2006年第2期。
〔註42〕胡采主編：《文學運動・理論編1》，重慶：重慶出版社，1992年3月，第3～4頁。
〔註43〕胡采主編：《文學運動・理論編1》，重慶：重慶出版社，1992年3月，第3～4頁。

當然，中國還必須結合自身的歷史國情來展開運動。它需要在對傳統文化遺產和『五四』資產階級啟蒙文藝進行清理批判的前提下，整合併帶領來自國統區和解放區的兩支截然不同的文藝隊伍，去開創社會主義文藝的未來道路。」〔註44〕因此，伴隨越來越突出的階級鬥爭和政治干預，文藝研究和創作在建國之後時時陷於各種批判和運動中，這並不是說文學完全喪失了自身的發展空間，但這的確是「十七年文藝」存在的一個根本語境。這也就不難理解，無論是 50 年代末 60 年代初還是「文革」結束之後的當代文學史都習以為常地以運動史代替思潮史，作為把握一個時期或階段的文學氛圍的依據。

　　我的重點事實上不是討論以運動史代替思潮史可能造成的遮蔽和遺漏，而是試圖瞭解「文學運動」在變動了的歷史條件下是被怎樣的敘述所呈現的？不同時期的運動是被安置於怎樣的線索和脈絡之上的？又有什麼因素決定了其最終的評價體系？這些問題構成了當代文學史寫作不能跨越的前提。

二、選擇、講述與評價

　　兩本文學史對文藝運動的選擇如初一轍，在時段重合的情況下沒有超出 50 年代末 60 年代初文學史的範圍，大致包括：對電影《武訓傳》的批判、對《紅樓夢研究》的批判、對胡風文藝思想的批判以及反右鬥爭和「反修」鬥爭等等。這樣選擇無疑是符合「回到十七年」的思路的，不過，從名單上儘管看不出什麼端倪，但在講述上卻發生了微妙的變化。這種變化體現在：在不動搖先前的主要結論的前提之下，從一種反思的視角出發對每次運動另加一段評述，而我們所關注的正是這些評述中所生產出來的某種新的話語秩序及內在的時代風向。為了討論的需要，按照歷次運動的順序，現將與之相關的代表性觀點節錄如下：

　　　　對電影《武訓傳》的批判，也有某些不夠實事求是的過分的偏向。《武訓傳》的錯誤，屬於文藝思想和世界觀的問題，通過討論來明辨是非、澄清影響是必要的。但當時採取政治運動的方式在全國廣泛開展批判，開了用政治運動解決意識形態問題的先例，這是不恰當的。……儘管如此這次批判仍是在人民內部的範圍內進行的，對人的處理持慎重態度，最後沒有對任何人作出敵我矛盾性質的處

─────────────

〔註44〕陳曉明：《開創與驅逐：新中國初期的文學運動──中國當代文學史的發生學研究》，《學術月刊》2009 年第 5 期。

理。接著開展的關於《紅樓夢》研究的討論，也還是如此。但是隨著「左」傾錯誤的不斷滋長，後來的情況便完全不同了。〔註45〕

……

對於《紅樓夢》研究中的錯誤所進行的批判，總的說來體現了當時黨對知識分子「團結、教育、改造」的政策，但也存在著一些問題和缺點。雖然在一定的歷史時期內文藝上的思想傾向的鬥爭總是反映階級鬥爭的過程的，但思想鬥爭並不等於政治鬥爭。……另外，批判中也有一部分見解並非實事求是。〔註46〕

……

首先，胡風的錯誤主要是文藝思想問題，要用討論的方法、批評的方法加以解決，而不應採取對敵鬥爭的方法來解決。批判的武器不能以武器的批判來代替，意識形態的問題不能以政治運動的方式來對待。胡風文藝思想批判一旦演變成爲全國範圍的大規模的政治運動，文藝思想的論爭便不可能再繼續深入下去，一些重大的文藝理論和文藝實踐問題也不可能得到澄清，許多屬於思想認識、學術理論、文藝觀點範疇的問題，也都作爲政治問題對待或處理，從而嚴重地混淆了兩類不同性質的矛盾，使一些同志遭受了不應有的政治上的打擊，挫傷了許多同志的積極性，其後果是不能低估的。這一切所帶來的沉痛教訓，值得我們永遠記取；其次，隨著政治鬥爭的發展，教條主義和形而上學也日益滋長「一點論」盛行，在潑掉污水的同時，連嬰兒也一齊傾倒在溝裏。這樣就難免不產生偏差，給文藝事業帶來很多不利的影響。〔註47〕

……

文藝界反右派鬥爭嚴重擴大化有兩個主要根源：一是受了當時國內外政治情況變化的影響如匈牙利事件和國內出現的錯誤思潮；二是指導思想上「左」的傾向有所發展。後者的具體表現是：

〔註45〕華中師範學院《中國當代文學》編寫組：《中國當代文學》（第1冊），上海：上海文藝出版社，1983年9月，第61～62頁。
〔註46〕華中師範學院《中國當代文學》編寫組：《中國當代文學》（第1冊），上海：上海文藝出版社，1983年9月，第69～70頁。
〔註47〕華中師範學院《中國當代文學》編寫組：《中國當代文學》（第1冊），上海：上海文藝出版社，1983年9月，第88～89頁。

第一，錯誤地估計了文藝戰線的基本形勢把對教條主義、官僚主義、宗派主義的批評上綱爲「反黨反社會主義」，把學術上、藝術上的「百花齊放，百家爭鳴」看成是社會主義文藝路線和反社會主義文藝路線之爭，是無產階級和資產階級、社會主義道路和資本主義道路的鬥爭在文藝領域內的反映。這樣就混淆了人民內部和敵我之間兩類不同性質的矛盾把文藝思想問題和學術理論問題當做政治問題對待處理，結果嚴重地傷害了一大批文藝工作者，使很多同志遭到了不應有的鬥爭和打擊不少人被錯劃爲右派分子。他們從此忍辱負重，銷聲匿跡，長期不能爲社會主義文藝事業作出貢獻這是一個重大的損失。尤其嚴重的是反右派鬥爭嚴重擴大化助長了「左」傾思潮的進一步泛濫，影響所及不僅是一九五七年的受害者本身而已，這一教訓更是非常深刻的。

第二，與政治上的反右批修相伴隨，對於一些文學作品和文藝理論問題展開的思想批判也存在著簡單化、庸俗化的弊端，助長了公式化、概念化傾向，教條主義、形而上學盛行，妨礙發揚學術民主、藝術民主，不利於社會主義文藝的發展和繁榮。當時被批判的作品和理論主張並非全都無可非議，批判者的看法和論斷也並非毫無可取，問題在於各人所見正確與否，盡可能根據「雙百」方針充分展開討論，通過實踐的檢驗求得明確解決，而不應該簡單粗暴地任意上綱上線，一棍子打死。這一做法，和毛澤東關於正確處理人民內部矛盾特別是意識形態領域問題的論述顯然是背道而馳，十分錯誤的。而當時的許多思想批判，恰恰是把對付敵對思想的辦法用來對付人民內部和革命隊伍中的思想論爭，這一教訓也是極爲深刻的。〔註48〕

......

長期以來，我國意識形態領域包括文學藝術在內，形成了一種觀念總認爲「左」比右好，只反右不反「左」，似乎修正主義只有右的，沒有「左」的，而對於什麼是修正主義又常常不能作出科學的回答。歷史證明，從建國起到「文化大革命」前的十七年中，我國

〔註48〕華中師範學院《中國當代文學》編寫組：《中國當代文學》（第2冊），上海：上海文藝出版社，1984年11月，第12～13頁。

文藝界儘管出現過某些右的傾向和干擾，但「我們的文藝路線基本
上是正確的，文藝工作的成績是顯著的」，並不存在一條「修正主義
路線」。因此，那種認爲文藝戰線長期以來存在的主要矛盾是無產階
級文藝路線和修正主義文藝路線之間的矛盾的論點，是經不起實踐
檢驗的，不能成立的。〔註49〕

　　這些評述所針對的問題主要有兩個方面：一是學術／文藝問題與政治問
題處理的界限，一是「左」傾錯誤在歷次運動中的表現。我們可以看到，其
中存在一種奇怪的分裂邏輯，儘管用政治運動和群眾鬥爭的方式來對待和處
理文藝和學術問題的做法遭到了堅決地否棄，但運動和批判本身又在某種程
度上被肯定爲「及時的」和「必要的」，而克服這種分裂的策略就是指出運動
和批判之所以偏離了正確的方向就在於其中「左」傾錯誤的不斷滋長甚至發
展到極端。這就使得同樣的一段文藝運動史，由於不同的歷史情境而產生了
不同的敘述，而在不同的敘述中又產生了相互顛倒的評價結果：50 年代末 60
年代初，這一系列文藝運動的最終目的是導向更爲完美的社會主義文藝，而
「文革」結束到 80 年代前期，則演變爲由於「左」傾錯誤不斷升級而導向不
斷偏移社會主義文藝。「左」的思潮向前擴展和延伸，其終點則是「文革」的
發生：「長期以來文藝指導思想中的『左』的錯誤是相當嚴重的，已經種下了
惡果，它不但妨礙我們前進的道路，而且經常造成思想上的反覆，導致文藝
戰線上階級鬥爭的擴大化，始終不能堅決貫徹雙百方針。一旦林彪、『四人幫』
要篡黨奪權，抓筆桿子，搞陰謀文藝，並且鎮壓革命文藝，就利用我們工作
中的缺點和錯誤，煽起一股極左思潮，使得我國年輕的社會主義文藝經歷了
一場空前的浩劫。」〔註50〕這樣一來，從「左」到「極左」已經不僅僅是文
藝運動的一種自然而然的線形發展而是通過對錯誤傾向和思潮追根溯源的方
式將「十七年」與「文革」而聯繫起來，進而可以推斷的是，如果在「左」
的意義上否定了「文革」，那麼，「十七年」也潛在地成爲被否定的對象。所
以，雖然這些文學史在講到文學運動時仍然依據官方的政治結論強調「我們
的文藝路線基本上是正確的，文藝工作的成績是顯著的」，在事實上卻已經並
非是對曾經的「十七年文藝」的全盤複製，這種顛覆在經典譜系的構造上體

〔註49〕華中師範學院《中國當代文學》編寫組：《中國當代文學》（第 2 冊），上海：
　　　　上海文藝出版社，1984 年 11 月，第 14 頁。
〔註50〕郭志剛主編：《中國當代文學史初稿》（上冊），北京：人民文學出版社，1980
　　　　年 12 月，第 114 頁。

現得更為明顯。

2.3.2 經典譜系：知識分子的重新介入

在當代中國的語境中，文學經典一直在意識形態的生產、傳播和教化中扮演著某種功能性的角色，正如佛克馬、蟻布思的觀點，經典「在宗教、倫理審美和社會生活的眾多方面都發揮了重要作用，它們是提供指導的思想寶庫。或者用一種更為時髦的說法就是，經典一直都是解決問題的一門工具，它提供了一個引發可能的問題和可能的答案的發源地」〔註51〕。正因為如此，根據時代的需要，樹立與之相應的文學經典成為社會主義文藝不可或缺的方面。在十七年時期，由於「工農兵」是社會主義文藝的擬想主體，所以，從工農兵的立場出發，營構社會主義文藝的經典譜系是一個最為基本的成規，因為經典序列其實表徵著政治上的價值判斷和等級秩序。有意思的是，所謂「主體」的工農兵並未被直接賦予認定「經典」的權力，相應的工作往往是由國家權力控制和指定的研究機構來完成的，而教科書式的文學史由於受到國家在經費、發行和推廣各方面的支持，在「經典化」方面都佔有無可比擬的優勢。這就是說，儘管「文學經典」的裁決與國家意識形態密切相關，但在具體操作和最終確認上卻滲透著知識分子具體說是左翼知識分子的眼光和立場。這也可以解釋，為什麼即使在 58 年群眾運動最為高漲的時期誕生的文學史群眾文藝的比重分配也始終難以超越專業創作，並因此引發了「四人幫」的不滿而致使「文革」時期，所有既定的經典被徹底打碎，形成了八個樣板戲和「魯迅走在金光大道上」的格局。

文革結束之後，十七年的文藝設想和實踐被視作「激進」政治的產物而遭到反思和批判，意識形態的調整使對文學經典的調整勢在必行，正如孟繁華所說：「經典的確立與顛覆從來沒有終止過，而文學史從某種意義上也可以說就是經典的確立與顛覆的歷史，經典的每一次危機過程也就是經典的重新確立的過程。」〔註52〕脫離政治對「經典」的直接干預，再次地，「進行選擇的職責落到了教師們的肩上，他們通過觀察經典在過去已經發生的變化以及解釋為什麼會發生這種現象，或許會以一種歷史的視角來觀照他們意欲干預

〔註51〕 佛克馬、蟻布思：《文學研究與文化參與》，北京，北京大學出版社，1996 年
　　　　 6 月，第 39 頁。
〔註52〕 孟繁華：《新世紀：文學經典的終結》，《文藝爭鳴》2005 年第 5 期。

經典的嘗試。」〔註53〕其時，撥亂反正的一個重大舉措就是大規模的平反冤假錯案，歷次政治運動中受到衝擊的文藝工作者也在這個過程中得到正名和平反，因此出現了大量「歸來的作家」、「重放的鮮花」。主流與非主流作家陣營的重新劃分必然導致經典秩序的變動，「經典秩序的變動，可以表現為某一過去不在經典序列的作品的進入，或原來享有很高地位的被從這一序列中剔除。也可能表現為某一作家的一組作品在次序、位置上的改變。但也可能是作品的經典地位並未受到懷疑，其構成經典的內在價值在闡釋中卻發生很大轉移和變易。」〔註54〕正如任楠楠所說：「作家文學史定位的調整背後往往牽涉到操作者的文學史觀、審美價值觀的悄然調整，以及一種新的『認識性裝置』的醞釀。在這種新的『認識裝置』作用下，新時期當代文學史書寫所波及的範圍之廣、作家之眾、作品數量之豐在整個二十世紀文學歷史進程中都顯得尤其突出。」〔註55〕我們先對兩本文學史的經典譜系按照目錄的編排做一個簡單的羅列：

一、中國當代文學史初稿

小說	以下列專節	梁斌及其《紅旗譜》 杜鵬程及其《保衛延安》 羅廣斌、楊益言的《紅岩》和楊沫的《青春之歌》 吳強的《紅日》和曲波的《林海雪原》 艾蕪的《百鍊成鋼》和周而復的《上海的早晨》 歐陽山的《三家巷》和高雲覽的《小城春秋》 浩然的《豔陽天》和陳登科的《風雷》 李喬的《歡笑的金沙江》和瑪拉沁夫的《在茫茫的草原上》 孫犁／李準／馬烽／茹志鵑／峻青　王願堅／王汶石　劉澍德／沙汀　康／王蒙等
	以下列專章	趙樹理（《三里灣》及部分短篇小說等） 柳青（《銅牆鐵壁》、《狠透牆》、《創業史》等） 周立波（《山鄉巨變》、《山那面人家》等）

〔註53〕佛克馬、蟻布思：《文學研究與文化參與》，北京，北京大學出版社，1996年6月，第61頁。
〔註54〕洪子誠：《中國當代文學的「經典」問題》，《文學與歷史敘述》，開封：河南大學出版社，2005年10月，第92頁。
〔註55〕任楠楠：《新時期文學重評現象研究》，中國人民大學博士學位論文，第39頁。

詩歌	以下列專節	李季 / 聞捷 / 李瑛 / 臧克家、嚴辰 / 張志民、阮章競 /《阿詩瑪》等少數民族敘事長詩 / 新民歌
	以下列專章	郭小川 / 賀敬之 / 毛澤東詩詞 / 老一輩無產階級革命家詩詞（周恩來、董必武 / 陳毅）
戲劇	以下列專節	杜印：《在新的事物面前》和夏衍《考驗》 曹禺建國後的話劇創作 胡可、陳其通的話劇創作 《霓虹燈下的哨兵》等話劇 《十五貫》等新改編的傳統戲曲劇本
	以下列專章	田漢（《關漢卿》、《謝瑤環》等） 老舍（《龍鬚溝》、《茶館》、《寶船》和《青蛙騎手》等） 郭沫若（《蔡文姬》、《武則天》等）
電影	以下列專節	夏衍的電影理論及其創作實踐 《鋼鐵戰士》和《董存瑞》 《李時珍》和《林則徐》 《聶耳》和《紅色娘子軍》 《李雙雙》和《早春二月》
散文	以下列專節	巍巍 / 劉白羽 / 秦牧 / 巴金、冰心 / 吳伯簫、曹靖華 /碧野、袁鷹、魏鋼焰 / 劉賓雁、徐遲的報告文學
	以下列專章	楊朔
文學評論	以下列專章	茅盾

二、中國當代文學

| 小說 | 以下列專節 | 孫犁
杜鵬程的《保衛延安》
康濯的《春種秋收》、李準的《不能走那條路》
峻青的《黎明的河邊》、王願堅的《黨費》
《組織部新來的青年人》等小說
蕭也牧的《我們夫婦之間》、路翎的《窪地上的戰役》
梁斌的《紅旗譜》
楊沫的《青春之歌》、羅廣斌、楊益言的《紅岩》
吳強的《紅日》、曲波的《林海雪原》
艾蕪的《百鍊成鋼》、草明的《乘風破浪》、杜鵬程的《在和平的日子裏》
周而復的《上海的早晨》
歐陽山的《三家巷》、《苦鬥》
李劼人的《大波》、李六如的《六十年的變遷》
陳登科的《風雷》、浩然的《豔陽天》
馬烽、西戎 / 茹志鵑、劉眞 / 王汶石、劉澍德 / 沙汀、駱賓基 / 工人作家 |

	以下列專章	趙樹理（《山裏灣》） 柳青（《創業史》） 周立波（《山鄉巨變》）
詩歌	以下列專節	艾青／臧克家、田間／嚴辰、阮章競／公劉、邵燕祥／梁上泉、未央／喬林《白蘭花》、白樺《鷹群》／郭小川／賀敬之／李季／聞捷／張志民、李瑛／嚴陣、張永枚、雁翼
	以下列專章	毛澤東詩詞和老一輩無產階級革命家詩詞
劇作	以下列專節	夏衍的劇作 胡可的《戰鬥裏成長》、陳其通的《萬水千山》 獨幕劇《婦女代表》、《家務事》 電影文學劇本：《鋼鐵戰士》、《董存瑞》 崑曲劇本《十五貫》 田漢的歷史劇 曹禺的話劇創作 話劇《霓虹燈下的哨兵》、《年青的一代》 電影文學劇本《紅色娘子軍》、《李雙雙》 電影文學劇本《林則徐》、《甲午風雲》 歌劇《洪湖赤衛隊》、《江姐》 京劇《海瑞罷官》、崑劇《李慧娘》 現代京劇《紅燈記》、《蘆蕩火種》
	以下列專章	老舍（《龍鬚溝》等）
	以下另立節	郭沫若歷史劇
散文	以下列專節	巴金／魏巍的《誰是最可愛的人》／劉賓雁的報告文學／冰心、菡子／靳以、吳伯簫等／楊朔／劉白羽／秦牧／鄧拓／碧野、陳殘雲
文學評論：茅盾		
少數民族文學		
兒童文學		

　　就這兩個列表所呈現的經典譜系而言，其實是與十七年時期的經典陳述一脈相承的。50年代末60年代初的文學史敘述建構經典的目的很大程度上是確認社會主義制度的正當性以及社會主義建設所取得的巨大成就，而文藝是其中重要的方面，因而側重選擇講述中國革命發生、發展到勝利以及反映社會主義工農業建設的作品；而「文革」之後，作為應對社會主義危機的一種策略，從文學史的角度重建政權的連續性和合法性，也需要召喚十七年已經指認的經典重新出場，於是，在文學史裏再次出現了如下的概述：「我們的作

家不少是在戰火紛飛的年代中成長起來的，有的自身就是戰士。他們對於推進歷史、扭轉乾坤的革命戰爭懷有深厚的感情，積累了大量的創作素材；即使那些剛剛登上文壇的新作家，也通過深入生活，獲得了第一手材料，懷著對英雄們的熱愛進入創作過程。這樣就使本時期反映我國革命戰爭的作品取得了較大的成就。」〔註56〕因此，「三紅一創」這樣的作品以及趙樹理、柳青這樣的作家始終是中國當代文學史必要的組成部分。當然，經典陳述上大部分的重合併非意味著這時期的文學史敘述完全沒有任何變動。

　　如果用前述經典秩序變動的三種情況來衡量，最爲明顯的是第一種變動即「某一過去不在經典序列的作品的進入，或原來享有很高地位的被從這一序列中剔除」，前者主要包括原先被排斥在外的部分右派作家和詩人的進入，如劉賓雁、艾青、公劉、王蒙等。這些右派作家和詩人之所以能在文學史中獲取一席之地，一個直接的原因就在於其政治上的平反；後者體現在兩本文學史再沒有復現 50 年代末 60 年代初文學史的典型圖景——不僅工農兵的文學史地位被強調到無以復加的地步，而且在章節分配中佔據了半壁江山。整個的工農兵文藝幾乎完全被剔除，僅有新民歌和工人作家小說被保留了極爲有限的空間，在某種意義上，這是「社會忘卻」的一種產物，康納頓認爲歷史是由諸多具體的事件組成的，但並不是所有的社會事件都可以成爲社會記憶，中選的事件有重要和不重要之分。那麼，選擇什麼不選擇什麼，什麼重要什麼不重要就關係到意識形態和權力問題，如果是在歷史上有深刻影響的事件沒有中選，這就是「社會忘卻」，是一種有意遺忘。兩者的此消彼長無疑暴露了經典生成背後的主體姿態和深層機制的變遷，這也預示了日後左翼資源被有意識地壓縮、刪減甚至被拋棄的文學史格局。

　　第二種變動即「某一作家的一組作品在次序、位置上的改變」，一個突出的例子就是蕭也牧的《我們夫婦之間》。眾所周知，當年對蕭也牧及《我們夫婦之間》的指控很大程度上在於如何處理資產階級、小資產階級和工農兵的關係問題上：「我們的部分文藝工作者，由於他們本身的思想改造還很不徹底，在進入城市以後，又受了資產階級思想的侵蝕的影響，於是在創作上出現了脫離政治、脫離群眾、片面追求所謂技巧和形式，追求資產階級、小資產階級趣味，歪曲生活、歪曲勞動人民的傾向。這些，實際上表現了部

〔註56〕 華中師範學院《中國當代文學》編寫組：《中國當代文學》（第 1 冊），上海：
　　　　上海文藝出版社，1983 年 9 月，第 90 頁。

分文藝工作者對為工農兵服務的文藝方向的動搖；也是資產階級、小資產階級要求通過文學藝術頑強地表現他們自己的一種反映」〔註57〕。正是由於站在了工農兵以及工農兵文藝的對立面上，蕭也牧及《我們夫婦之間》往往是作為被公開展示的批判對象出現在文學史的批判章節之中。不過，隨著「文革」結束對「左」的錯誤的反思，蕭也牧及其《我們夫婦之間》被置於受害者的位置進行了重新評價，編者指出在批判之後，「蕭也牧被迫擱筆。……在坎坷不平的生活道路上，他飽受折磨，屢僕屢起，懷著一顆赤子之心默默地工作著，……但是，『文化大革命』的災難終於把這位堅強的戰士折磨摧殘致死，年僅五十二歲。」「事實上，蕭也牧的作品，並不是什麼歪曲了現實生活，醜化了工農幹部和知識分子出身的革命幹部的形象而是確切地表現了社會現實生活中存在的問題。作者按照生活的本來面目進行提煉、集中、概括，重視生活中的矛盾衝突和複雜性，不迴避那些幼稚的、粗糙的、有缺德的事物。他筆下的人物並不常常是豐滿的，但大致都能給人以一種質樸的真實感，不像那種高調子的神和臉譜化的鬼。無論先進的、一般的或反面的人物，都使人覺得那正是我們熟悉的同時代人。這就是蕭也牧的創作傾向。這種傾向可以稱之為『革命現實主義的傾向』、而不是什麼『小資產階級創作傾向』」〔註58〕。這些更正使蕭也牧的《我們夫婦之間》不再是反面教材，而成為了十七年小說創作的成果之一。

　　第三種變動即「作品的經典地位並未受到懷疑，其構成經典的內在價值在闡釋中卻發生很大轉移和變易」，這或許是這批文學史在經典建構上最為普遍的特徵。由於強調與「文革」前的十七年歷史實現對接，大部分作品的經典地位與之前的文學史相比，仍處於一個相當穩固的狀態並且基本的政治結論仍未改變，但是闡釋的框架和所依據的標準卻已經由偏重對作家作品做出政治裁決轉移到試圖在思想與藝術之間取得平衡上來。當然，這種過渡的幅度並不是很大，具體到不同的作品也不是那麼絕對，但是長篇累牘的政治批判和階級分析在減少，對藝術手法和寫作技巧的探討在增加的確是一種主導的趨勢。以對《紅旗譜》的分析為例，60 年代出版的《中國當代文學史初稿》對其藝術特色的總結只占其全部分析的 1 / 7，而同樣是華中師範大學中文系

〔註57〕華中師範學院中國語言文學系編著：《中國當代文學史稿》，北京：科學出版社，1962 年 9 月，第 82 頁。

〔註58〕華中師範學院《中國當代文學》編寫組：《中國當代文學》（第 1 冊），上海：上海文藝出版社，1983 年 9 月，第 149～150 頁，第 153 頁。

編撰的《中國當代文學》則明顯擴充了藝術分析的篇幅。

儘管新的「十七年」文學史經典構造充滿了新舊混雜的話語痕跡，在很大程度上，更是一種延續中的斷裂或斷裂中的延續，「在回溯傳統的活動中，歷史精選並重構了文化記憶的某個部分，以保證新政權與過去淵源的合法性」〔註 59〕，但無論如何不難看出，在這些變動背後漸次退場的是曾經在經典舞臺上大放異彩的工農兵文藝，而重新浮現出的則是某種知識分子的立場和審美眼光，這提醒我們重視賽義德曾經指出的某種事實：新的經典也意味著一種新的過去或者歷史〔註 60〕。

對「十七年文藝」重述的完成在某種意義上似乎已經解決了「十七年文藝」在社會主義面臨重重危機之下的合法性問題，不過，如果回到我們之前提出的疑問：這樣的「十七年文藝」是否就是對曾經的「十七年文藝」的真正回歸呢？答案明顯是否定的。新的「十七年文藝」無疑是建立在對原初設想的「十七年文藝」的雙重否定的基礎上——第一重否定即「文革」時期對「十七年文藝」截然斷裂的敘述，認為所謂「十七年文藝」是「封資修」的產物；第二重否定即「文革」結束至八十年代初對「十七年文藝」的再度改寫，這種改寫既要明確顛覆「文革」的既有敘述，也通過深挖「十七年文藝」「左」的根源而使之與文化大革命的爆發一脈相承。這樣一來，就將社會主義文藝的實踐視為一個不斷走向錯誤和激進的過程，即使在糾正和反思中反覆把錯誤限定於人為，但也損害了它的合法性，進而從根本上開始偏離左翼傳統。更進一步地，與其說是以「回到十七年」否定了「文革」，重建了「十七年」的合法性，不如說是通過否定「文革」而連帶地也在某種程度上否定了「十七年」。因此，也就不難理解，當時文藝領域林默涵、劉白羽等老左派與周揚、陳荒煤、馮牧等為代表的絕大多數傳統社會主義的批判者所發生的對立，但無論如何，在當時重新建構一段既斷裂又延續的「十七年文藝」史敘述是特殊的意義的，正如沃勒斯坦所看到的：「歷史學家在體系發生危機的時期有一種特別重大的責任」，「歷史學家所寫的東西一下子引出了非常重要的結果，歷史學家揭示的事實真相一下子對人們的決定產生了重大的作

〔註 59〕 張蜀津：《「國家史」的編纂與民族國家集體記憶的建構 論「十七年電影」中的民國敘述》，《北京電影學院學報》2008 年第 5 期。
〔註 60〕 愛德華·賽義德：《世界·文本·批評家》，李自修譯，北京：三聯書店，2009年 8 月，第 259 頁。

用，於是，科學的任務，同時也是政治的和倫理的任務一下子變得非常突出。」
〔註61〕

柄谷行人曾經探討過對死亡確證的問題，他認為：「為了證明他人的死
亡不是『不在』而是確定的『死』，那就需要其它別的條件。因為死亡不光是
單純的物理問題，也不是觀念的問題，而是說起來像個『制度』的問題。……
有人死亡，就意味著死者生前所佔有過的空白，而未死亡者（被遺留者）為
此則需要填補其空白，並要通過主動排除死者來再次形成新的諸關係。否則
的話，死者仍在繼續『生存』。」因此，死亡得以確認必須有賴於葬禮這樣
的儀式因素：「葬禮的本質，乃是『使得死者真正死亡』，也就是把死者從活
人的世界裏真正放逐。所以說，『死亡』決不是物理上可抓住的瞬間的事實，
也不是像活人所感到的悲哀或喪失等意識性事實，而是具有一定寬度的共時
性——它指使某一個關係的體系變形為另一個關係的體系之過程的全體。換
句話說，不是先有人死亡而後有葬禮，而是葬禮也是死亡的一部分。我們隨
著時間忘卻悲痛而逐漸習慣於他所不在席的事實。而恰恰就在這個時候，『死
亡』才得以完成。此時，『死亡』已經與『單純的不在席』不同——因為死
者已經失去了再次介入活人所重新形成的、關係體系的餘地。」〔註62〕

如果我們從這個角度來考察新的「十七年文藝」，就會發現新的「十七年
文藝」一方面是與「文革」捆綁在一起的概念，另一方面又以知識分子的眼
光重構了新的經典序列，已然實現了對歷史的顛倒，完成了被新的意識形態
重述和改造的過程。儘管對「十七年文藝」的描述是在回歸的意義上來講的，
正如很多人也看到的那樣，官方說法也致力於建構一個歷經曲折和反覆但仍
具有正當性的革命故事以配合說明政權的延續性和合法性，但是這個「十七
年文藝」已經是 80 年代意義上的被納入改革的大敘述前奏的「十七年文藝」。
它正是通過文學史的重新表述而實現了真正的死亡，從而成為一段「必須被
告別的歷史」。

〔註61〕伊曼紐爾・沃勒斯坦：《書寫歷史》，陳啓能、倪為國主編：《書寫歷史》，上
　　　　海：三聯書店，2003 年 7 月，第 42 頁。
〔註62〕柄谷行人：《馬克思，其可能性的中心》，中田友美譯，北京：中央編譯出版
　　　　社，2006 年 7 月，第 136～137 頁。

第 3 章 「新時期文學」的確立
——以《新時期文學六年》和《中國當代文學思潮史》爲例

　　「十七年文藝」歷史重構的完成，標誌著與過去的劃清界限，然而，正如竹內好所說：「今天的文學史是建立在這些過去的遺產之上的，這個事實是無法否定的，但是與此同時，在某種意義上也可以說，對這些遺產的拒絕構成了今日的文學的起點。」〔註1〕主導意識形態一方面固然需要對剛剛過去的整個社會主義實踐的歷史進行改寫、整合與收編；但另一方面更需要及時規劃新的時代主題和重建民族國家認同，因此，一種「新時期文學」的想像和書寫即將被召喚和構建出來。

3.1　「新時期文學」的提出

　　韋勒克曾觀察到這樣的現象：「大多數文學史是依據政治變化進行分期的。這樣，文學就認爲是完全由一個國家的政治或社會革命所決定。如何分期的問題也就交給了政治和社會史學家去做，他們的分期方法通常總是毫無疑問地被採用。」〔註2〕可以說，「新時期文學」的提出正是源於這樣一種的分期方法。

〔註1〕 竹內好：《何爲近代》，李冬木、趙京華、孫歌譯《近代的超克》，北京：三聯書店，2005 年 3 月，第 183 頁。

〔註2〕 勒內・韋勒克、奧斯汀・沃倫：《文學理論》，劉象愚、邢培明、陳聖生譯，南京：江蘇教育出版社，2005 年 8 月，第 315 頁。

1978 年 4 月 18 日，《人民日報》社論《大張旗鼓地宣傳新時期的總任務》指出：「黨的十一大和五屆人大，確定了全黨和全國人民在社會主義革命和社會主義建設新的發展時期的總任務。中国共產黨人和中國人民滿懷革命的豪情，開始了向現代化社會主義強國進軍的偉大長征。」〔註3〕鑒於《人民日報》「社論」在意識形態方面的特殊意義，此文散發了一個強烈的信號，使「新時期」這一社會政治概念很快成炙手可熱的關鍵詞。5 月至 7 月，《人民日報》陸續發表了《新時期總任務講話》共十篇文章，並在 8 月彙集出版。其中謝立在《我們進入了一個新時期》一文中闡明：「粉碎『四人幫』，第一次無產階級文化大革命勝利結束，我國社會主義革命和社會主義建設進入了新的發展時期。華主席在五屆人大的政府工作報告中，提出全國人民在新時期的總任務，就是：堅持無產階級專政下的繼續革命，開展階級鬥爭、生產鬥爭和科學實驗三大革命運動，在本世紀內把我國建設成爲農業、工業、國防和科學技術現代化的偉大的社會主義強國。」〔註4〕這在當時是一個典型的表述，「新時期」的開端顯然以一種脫胎換骨的斷裂姿態出現，被賦予了與「文革」截然不同的歷史內涵。由於與撥亂反正和現代化建設的語境相適應，「新時期」幾乎成爲一個統攝性的術語。

在文藝領域，1978 年 6 月 5 日通過的《中國文聯第三屆三次全委擴大會議訣議》就指出：「會議認爲：文學藝術必須爲工農兵服務，爲社會主義革命和社會主義建設服務，在今天就是要爲實現新時期的總任務服務」並順理成章地提到要「討論新時期文藝工作的任務和計劃」〔註5〕，另據劉錫誠考證：「周揚於 1978 年 12 月在廣東省文學創作座談會上的講話《關於社會主義新時期文學藝術問題》一文所使用的『社會主義新時期文學藝術』這一比較規範化了的專有詞語並對其進行了理論上的闡釋。周揚在廣州講話之後，其講

〔註3〕 《人民日報》1978 年 4 月 18 日。
〔註4〕 參見謝立等編寫：《新時期總任務講話》，香港：生活・讀書・新知三聯書店，1978 年 11 月。除《人民日報》社論《大張旗鼓地宣傳新時期的總任務》之外，收錄的十篇文章爲：謝立《我們進入了一個新時期》，張德成：《揭批「四人幫」和實現四個現代化》，方悴農、章一華：《實現農業現代化》，姬堤：《實現工業現代化》，龔軒：《實現國防現代化》，柏冀大、柯妍：《實現科學技術現代化》，李倫：《提高全民族的文化水平》，薛永應：《實現四個現代化是一場極其深刻的革命》，沙英：《努力按照社會主義客觀規律辦事》，黃振奇：《爲實現十年規劃而奮鬥》。
〔註5〕 《中國文聯第三屆全國委員會第三次擴大會議決議》，《文藝報》1978 年第 1 期。

稿即由中國社會科學院印成內部徵求意見稿，在領導範圍內徵求意見，同時《廣東文藝》1978 年 12 月號予以發表。稍後，其定稿於 1979 年 2 月 23、24日在《人民日報》上公開發表。從此以後，『新時期文學』或『新時期文藝』逐漸為文藝理論評論界所認同和採用，成為中國當代文學發展中一個重要階段的名稱。」〔註6〕

當然，這個過程中最重要的推進步驟就是第四次文代會的召開。鄧小平在「祝詞」中宣佈：「我們的國家，已經進入社會主義現代化建設的新時期」，「同心同德地實現四個現代化，是今後一個相當長的時期內，全國人民壓倒一切的中心任務，是決定祖國命運的千秋大業。各條戰線上的群眾和幹部，都要做解放思想的促進派，安定團結的促進派，維護祖國統一的促進派，實現四個現代化的促進派。對實現四個現代化是有利還是有害，應當成為衡量一切工作的最根本的是非標準。文藝工作者，要同教育工作者、理論工作者、新聞工作者、政治工作者以及其它有關全志相互合作，在意識形態領域中，同各種妨害四個現代化的思想習慣進行長期的、有效的鬥爭。要批判剝削階級思想和小生產守舊狹隘心理的影響，批判無政府主義、極端個人主義，克服官僚主義。要恢復和發揚我們黨和人民的革命傳統，培養和樹立優良的道德風尚，為建設高度發展的社會主義精神文明，做出積極的貢獻。」〔註7〕之後，周揚在《繼往開來，繁榮社會主義新時期的文藝》的總報告中亦闡明了新時期文藝的「光榮任務」：「我們國家已經進入一個新的歷史時期。我們的歷史任務是在促進社會主義經濟發展的同時，促進社會主義文化藝術的繁榮。我們的文藝應當反映人民向社會主義現代化進軍的偉大斗爭，幫助人民認識和克服前進道路上的困難和障礙，鼓舞他們的鬥志和信心。我們的文藝對於培養社會主義新人和教育青少年一代，具有十分重要的意義。」〔註8〕，並在接下來對之做出了六個方面規定性的闡述。鄧小平和周揚的發言事實上形成了政治與文藝對「新時期」的共同確認，其核心是適應「社會主義現代

〔註6〕 劉錫誠：《在文壇邊緣上——編輯手記》，開封：河南大學出版社，2004 年 9月，第 184 頁。

〔註7〕 《鄧小平同志代表中共中央和國務院在中國文學藝術工作者第四次代表大會上的祝詞》，中國文學藝術界聯合會編：《中國文學藝術工作者第四次代表大會文集》，成都：四川人民出版社，1980 年 7 月，第 3 頁。

〔註8〕 周揚：《繼往開來，繁榮社會主義新時期的文藝——在中國文學藝術工作者第四次代表大會上的報告》，中國文學藝術界聯合會編：《中國文學藝術工作者第四次代表大會文集》，成都：四川人民出版社，1980 年 7 月，第 40 頁。

化」建設的戰略轉移，「新時期文學」也就成爲與「社會主義現代化」同步的一種國家文學形態。正如鄧小平在「祝詞」中指出的：「毛澤東同志早在開國的時候就指出：『隨著經濟建設的高潮的到來，不可避免地將要出現一個文化建設的高潮。』經過艱苦的鬥爭，克服重重困難，我們粉碎了『四人幫』，掃除了前進道路上的巨大障礙。現在，我們可以滿懷信心地說，這種形勢的出現已經爲期不遠；眞正實現『百花齊放，百家爭鳴』這個馬克思主義方針的條件，也在日益成熟。我國文學藝術蓬勃繁榮、爭奇鬥妍的新階段，必將通過廣大文藝工作者的辛勤勞動，展現在我們面前。」〔註9〕

通過這些引導性的話語，不僅「新時期」作爲一個概念本身，連同以「新時期」爲核心而產生的文學成規在話語實踐層面被充分假定了。

首先，在政治經濟領域，我們可以注意到「新時期」與「現代化」之間的同構關係。在諸多關於「新時期」的文件、講話以及討論文章中，「現代化」始終是與之緊密相關的一個概念。「新時期」在某種程度上正是由於與現代化的這種聯繫，才成其爲社會主義的「新時期」。這很容易就給人造成一種錯覺，認爲中國眞正走向「現代化」的起點是是在「文革」結束之後的時期，亦即新時期。但事實上，按照吉爾伯特・羅茲曼等人的觀點，這僅僅是毛時代的現代化方案之後的又一種更常規意義上的「現代化」實驗。在他們看來，「現代化」是指「各社會在科學技術革命的衝擊下，業已經歷或正在進行的轉變過程」，而中國走向「現代化」的過程則指的是「從一個以農業爲基礎的人均收入很低的社會，走向著重利用科學和技術的都市化和工業化社會的這樣一種巨大轉變。」〔註10〕以此出發，他們把中國的現代化起點追溯至 1905 年，但那種常規意義上的現代化，其實自 70 年代初期就已經啓動了。「在 70 年代初期，在與美國及西方國家建立外交關係的同時，中國就『通過大規模引進歐、美、日設備，開始了對重偏斜的工業結構的大調整，努力形成產業門類齊全的工業體系』。化肥使用量猛增、農產品產量翻番、『的確良』、洗衣粉，以及電視、洗衣機和冰箱『三大件』都是伴隨著這次『開放』而在中國出現的『新事物』」。〔註11〕也就是說，「新時期」並不僅僅應該放置在與「文

〔註9〕 《鄧小平同志代表中共中央和國務院在中國文學藝術工作者第四次代表大會上的祝詞》，中國文學藝術界聯合會編：《中國文學藝術工作者第四次代表大會文集》，成都：四川人民出版社，1980 年 7 月，第 8 頁。

〔註10〕 吉爾伯特・羅茲曼：《中國的現代化》，國家社會科學基金「比較現代化」課題組譯，南京：江蘇人民出版社，2003 年 8 月，第 2 頁。

〔註11〕 賀桂梅：《80 年代、「五四」傳統與「現代化範式」的耦合——知識社會學視

革」相互剝離的視野中去理解，還應該考慮到歷史的複雜纏繞，尤其是與整個社會主義實踐的前後關聯。

其次，在文藝領域，文學與政治關係的重新定位成了一個不能繞開的話題。我們如果特別留意四次文代會上鄧小平和周揚的講話仍然會發現其與「十七年」文學體制的延續性，儘管鄧小平也強調：「黨對文藝工作的領導，不是發號施令，不是要求文學藝術從屬於臨時的、具體的、直接的政治任務，而是根據文學藝術的特徵和發展規律，幫助文藝工作者獲得條件來不斷繁榮文學藝術事業，提高文學藝術水平，創作出無愧於我國偉大人民、偉大時代的優秀文學藝術作品和表演藝術。」以及「文藝這種複雜的精神勞動，非常需要文藝家發揮個人的傳告精神。寫什麼和怎樣寫，只能由文藝家在藝術實踐中去探索和逐步求得解決。在這方面，不要橫加干涉。」〔註 12〕這些發言連同「祝詞」本身已經包含文藝為人民和社會主義服務的轉向幾乎被視作是文藝從政治中鬆綁的象徵，構成了「新時期文學」與此前的中國當代文學斷裂的根本動力和形成自我特色的關鍵前提，但是我們不難看出，「祝詞」通篇側重的還是文學的工具性質，即文藝如何為「社會主義現代化」建設服務，而與之前強調的「階級鬥爭為綱」一樣，「社會主義現代化」同樣也是一種意識形態，因此從某種意義上講，「祝詞」對「新時期文學」的規劃仍然沒有脫離「文藝為政治服務」的思路。同樣，回顧周揚的報告也可以看出，儘管周揚在理清文學與政治的關繫上表現出了很強的興趣，但作為一個正式的官方報告，周揚講話幾乎是對鄧小平講話的具體闡發，甚至從細節上規定和落實了黨對文藝的領導。所以，從官方的規劃出發，「新時期文學」依然應被劃定為一種國家文學形態。

正如楊慶祥所看到的：「我們基本上可以認為『新時期文學』是一個『預設』的概念，這是一種非常有意思的文學史認定方式，因為一般來說，一種有意義的文學史的敘述，應該是經過一段時間以後才能得到的。而在該時期的文學發生之始就對其作出種種的預設。如果套用哲學上的術語，我們可以認為『新時期文學』是一個『演繹性』的概念，即根據意識形態的預設對文學的發展生成進行一種話語上的演繹……」〔註 13〕既然已經看到這一點，那

　　角的考察》，《文藝爭鳴》2009 年第 6 期。

〔註 12〕中國文學藝術界聯合會編：《中國文學藝術工作者第四次代表大會文集》，成
　　　　都：四川人民出版社，1980 年 7 月，第 7～8 頁。

〔註 13〕楊慶祥：《如何理解 1980 年代文學》，《文藝爭鳴》2009 年第 2 期。

麼我們就必須考察在鄧小平、周揚等高層在重要會議中的講話和表態之外的生成和推廣這一概念及其內涵的多重推動力量，其中比較關鍵的兩個方面可以說是文學批評的參與和文學史的寫作。特里・伊格爾頓認為：「批評話語的權力在幾個層次上活動。它是『警衛』語言的權力，有權決定哪些陳述因其與公認為可說者不一致而必須被排斥。它有時警衛作品本身的權力，它把作品分為『文學的』與『非文學的』、經久偉大的與一時流行的。它還是以權威而支配他人的權力，即界定和保存這一話語的那些人與被有選擇地接納到這一話語中的那些人之間的種種權力關係。它也是為那些以幾個被判斷為能夠或不能夠很好說這種話語的人授予或不授予證書的權力。歸根結底，這是文學——學術制度——上述一切都發生在其中——與整個社會的占統治地位的權力——利益之間的種種權力關係的問題：對這一話語的保存和有控制地擴展將服務於這一社會的種種意識形態需要，並將使它的成員得到再生產」〔註14〕，而文學史則同樣是一種權力話語，因此，文學批評和文學史二者事實上都存在同樣的意識形態功能，從這個角度就不難理解為什麼在當代中國，尤其是「新時期」以來文學批評和文學史是緊密聯繫在一起並相互滲透的。就「新時期文學」的話語建構而言，作為一個半官方辦學術的機構，社科院文學所無疑是最為有力的推動者，其中活躍著大量的批評家，同時又是文學史生產的重要基地，它恰好為我們提供了一個特殊的視角去觀察文學批評和文學史如何參與了「新時期文學」這一知識體系構築的過程並藉此暴露其「起源」中的建構力量。

3.2　社科院文學所及其批評與「新時期文學」

3.2.1　「文學所」與「當代組」

　　1953年2月22日，中央人民政府政務院文化教育委員會決定成立文學研究所〔註15〕，任命鄭振鐸為所長、何其芳為副所長，並在不長的時間內彙聚

〔註14〕特雷・伊格爾頓：《二十世紀西方文學理論》，伍曉明譯，北京：北京大學出版社，2007年1月，第205頁。

〔註15〕當時名為北京大學文學研究所，所址先後設於北大文史樓和哲學樓，參見中國社會科學院文學研究所編：《歲月熔金　文學研究所50年記事》後記，北京：中國社會科學出版社，2003年5月，第456頁。

了俞平伯、錢鍾書、余冠英、王伯祥、孫楷第、蔡儀、唐弢、吳曉玲、卞之琳、潘家洵、羅念生、楊絳（季康）、戈寶權、羅大岡、李健吾、毛星、賈芝、葉水夫等學養深厚的學者。〔註16〕作爲新中國第一個國家級別的文學研究專業機構，文學所成立時確定的總的方針任務是：按照國家的需要和本所的具體條件，有步驟、有重點地以馬克思列寧主義的觀點研究我國和外國的文學與文學理論，以及整理文學遺產，促進我國文藝科學水平的提高和文學創作的繁榮。〔註17〕也就是說，從一開始，文學所就旨在全面地建設與共和國的政治、經濟、文化發展相適應的文學學術體系，一方面它集中了各門學科最爲優秀的人才，代表了當時學術發展的最高水平，但它運行的前提又是通過馬克思主義理論重新詮釋以往至今的一切文學成果，因此，不管其內部存在何種包容和彈性，文學所也不能被理解爲一個完全獨立的學術機構。1956 年，文學所正式劃歸中國科學院哲學社會學部領導。

在文學研究工作以及文科教材生產方面，文學所是最爲權威和重要的基地。1956 年，國務院規劃委員會召開「全國科學規劃會議」，文學所由毛星、羅大岡參與制訂了《關於發展文藝科學十二年遠景規劃（草案）》；1958 年，根據歷次運動中科研人員的意見，制訂了改進工作綱要 25 條，並制定十年規劃：十年左右完成多卷本《中國文學史》；1961 年，又根據中宣部領導的指示，增加了一些新的任務，其中一些重點科研項目包括：編寫《文學概論》（蔡儀主編）、《中國文學史》三卷本（余冠英主編）、《現代文學史》（唐弢主編）、《中國少數民族文學史概況》（賈芝、毛星主編）。其中《文學概論》和《現代文學史》被納入大學教材。〔註18〕

就當代文學而言，1958 年，中宣部交給文學所一項任務：爲了慶祝中華人民共和國建國十週年，要總結十年來的社會主義文學的經驗，文學所應組織力量，撰寫一部《十年文學史》，作爲國慶十週年的獻禮。後來，根據何其

〔註16〕 參見中國社會科學院文學研究所編：《歲月熔金　文學研究所 50 年記事》前言，北京：中國社會科學出版社，2003 年 5 月，第 1 頁。

〔註17〕 參見王平凡：《何其芳同志如何領導科研工作》，中國社會科學院文學研究所編：《歲月熔金　文學研究所 50 年記事》，北京：中國社會科學出版社，2003 年 5 月，第 28 頁。

〔註18〕 參見王平凡：《深切懷念老所長鄭振鐸、何其芳同志——文學研究所成立五十週年紀念》，中國社會科學院文學研究所編：《歲月熔金　文學研究所 50 年記事》，北京：中國社會科學出版社，2003 年 5 月，第 10～12 頁。

芳的意見〔註19〕，將書定名爲《新中國十年文學》，由於當時尙未設置當代組，於是，從理論組、古代組、現代組、西方組、民間組抽調人員參加了編寫工作。作爲最早的當代文學史之一，《新中國十年文學》對「當代文學」歷史話語的建構無疑有特殊的意義，由於前面的章節已經有所涉及，此處不再贅述。需要強調的是，與同時期誕生的另外兩本由高校集體編寫的當代文學史不同，文學所解釋歷史的權力，主要源於它與國家權力的緊密聯繫，而這一點與專家集中的優勢一起又共同維持了文學研究所在當代文學研究領域不可替代的特殊地位，而且並非僅僅表現在文學史的編寫上。

　　隨著「厚今薄古」思潮在學術領域的蔓延以及在政治局勢上出現的國內意識形態的逐漸激化和與蘇聯關係的緊張局面，及時總結和確認「社會主義文學」的成果就顯得極爲必要。1964 年，從現代文學研究組中分離出來成立了當代文學研究組，何其芳在某些正式場合稱之爲「人民共和國文學研究組」，但通常叫做「當代組」，組長爲朱寨。據蔣守謙回憶，「當代組」應不應該從「現代組」中分出來，在學科建設的意義上讓它成爲一個與「現代組」並列的單位？這個問題，在當時是有不同看法的。時任「現代組」組長的唐弢就不主張分，因爲「這是一碼子事，無論根據中國傳統還是西方習慣，當代就是現代，當代文學就是現代文學」。他認爲，爲了適應當時日益繁重的評論任務，可以成立一個「評論組」，「專門關心當前文學創作問題，從研究的基礎上寫出評論文章，向社會發言。」〔註20〕可以說，唐弢敏銳地注意到了文學批評與文學史之間的區分，並將之投射爲當代文學與現代文學的學科差異，他的意見儘管在當時沒有被接受並在很大程度上一直延續到 80 年代並引發了一場「當代文學能否寫史」的討論，但是這卻在事實上代表了很大一部分人對於「當代組」甚至整個當代文學研究的角色和功能的設想和定位，即當代文學研究始終應該是偏重於述評性質的，「當代組」的工作範圍也很難超出於此。不過，成立之後，「當代組」除了在「四清」運動中勞動鍛鍊之外，

〔註19〕何其芳認爲：一個時代的歷史，一般來說，都是各代才寫的，歷代的史書。總是有下一個朝代來總結評價上一代的歷史，很少由當代人寫當代史的。參見卓如：《參加編寫〈新中國十年文學〉的前後》，中國社會科學院文學研究所編：《歲月熔金　文學研究所 50 年記事》，北京：中國社會科學出版社，2003年 5 月，第 232～233 頁。

〔註20〕參見蔣守謙：《從「當代組」到「當代室」》，中國社會科學院文學研究所編：《歲月熔金　文學研究所 50 年記事》，北京：中國社會科學出版社，2003 年5 月，第 372 頁。

主要的任務是投入「批修」的風潮，在中宣部的指示之下又設「重點（批判）文章」寫作小組，寫出了一批當時被全國許多報刊轉載、到「文化大革命時期」又被指控爲「假批判眞包庇」的文章。〔註 21〕「當代組」實踐文學批評的功能在「文革」末期之後才獲發展的契機。

1975 年，學部恢復，1977 年改爲「中國社會科學院」，文學所即歸屬中國社會科學院。「文學所當時面臨的任務，是參與揭批『四人幫』的鬥爭，同時著手進行在新形勢下制定新的科研規劃，爲實現上述任務，首先要進行組織的整頓，由院部任命沙汀、陳荒煤分任文學所正副所長。」「1978 年 2 月，《文學評論》復刊。停頓了 12 年的科研活動和社會聯繫，重新開始運行。」〔註 22〕之後到 80 年代中前期的階段，文學所始終是在這兩個方面運作的。一方面，1979 年，社科院黨組提出，要改革科研領導體制，建立「黨委領導下的院長分工負責制」，各所科研領導體制，實行「黨委領導下的所長分工負責」，「黨委成立以來，在十一屆三中全會精神指引下，主要是揭批林彪、『四人幫』罪行，從思想上、政治上撥亂反正。」〔註 23〕另一方面，文學所對於科研工作也十分重視，籌備了在昆明首次召開的全國文學學科規劃會議，在會議上制定了文學研究所當年工作規劃和以後八年的工作規劃。但是，社會活動的頻繁在所內引發了討論，最終達成的共識是「值此撥亂反正後的新時期，研究部門也不能完全閉門去研究，在政治變革時期必須瞭解新事物，跟隨形勢發展的時代步伐，只有這樣，方可使在參加活動中獲致的思想成果充實到科研工作中去。」〔註 24〕因此，不僅由「當代組」改爲的「當代室」在新時期扮演著活躍的角色，而且文學所整個的工作重心也不可避免地向當代文學研究產生傾斜，正如荒煤在就任副所長時在當年和第二年的主要計劃中

〔註21〕 參見蔣守謙：《從「當代組」到「當代室」》，中國社會科學院文學研究所編：《歲月熔金　文學研究所 50 年記事》，北京：中國社會科學出版社，2003 年 5 月，第 374 頁。

〔註22〕 許覺民：《新時期開端時期的文學研究所》，中國社會科學院文學研究所編：《歲月熔金　文學研究所 50 年記事》，北京：中國社會科學出版社，2003 年 5 月，第 58 頁。

〔註23〕 參見王平凡：《沙汀、荒煤同志對文學研究所建設和發展的貢獻》，中國社會科學院文學研究所編：《歲月熔金　文學研究所 50 年記事》，北京：中國社會科學出版社，2003 年 5 月，第 63～64 頁。

〔註24〕 參見許覺民：《新時期開端時期的文學研究所》，中國社會科學院文學研究所編：《歲月熔金　文學研究所 50 年記事》，北京：中國社會科學出版社，2003 年 5 月，第 61 頁。

強調了兩個目標，一是要對文藝創作的成就和 30 年來文藝領域的鬥爭進行系統的、科學的、實事求是的總結，他認為單靠當代室不行，必須集中全所力量，打殲滅戰。這個項目，後來發展成為當代文學史的編室，二是組織有深度的批判「四人幫」一系列反動文藝觀念的文章。〔註 25〕另外，隨著時間的推移，「新時期的文學正從這土壤中茁壯地成長」，因此，「發現新人和扶持新作」也成為「當時文學工作中的首要任務」〔註 26〕，顯然，這些任務很大程度上都要通過文學批評的推動來具體實施。

3.2.2　文學批評在新時期

劉禾認為，「自現代批評實踐的肇始，文學批評在中國就成為一種合法性話語。它為作家和批評家提供了理論預言，藉此，他們能夠解決與西方的窘困關聯，同時反思自身的存在狀況。當然，理論的這一功能，絕不僅僅局限於中國現代歷史時期的文學話語，但是體制化的文學批評逐步發展為 20 世紀中國的一種奇特建制，成為一個中心舞臺，文化政治與民族政治經常在這個舞臺上轟轟烈烈地展開。」〔註 27〕建國之後，「文藝政策的主要導向是以毛澤東的文藝思想及其發展變化為終極旨歸的。批評者以文學經典作為闡釋對象，通過預設的政治原則或藝術標準對經典進行解讀，從而達到實現維護或顛覆某種文學觀念的目的，進而鞏固社會主義文化領導權」〔註 28〕，因此，文學批評主要以官方立場發言，成為權力規訓的一種制度化手段，在歷次批判和運動中扮演了重要的角色。與意識形態的這種膠著狀態，既使文學批評受到了前所未有的關注和重視，但同時又在很大程度上妨害了其審美維度並將批評者置於動蕩不安的風險之下。當更為激進的批評話語在「文革」中佔據了排他性的地位，十七年時期的主流文學批評自然受到了壓制和整肅，直到新時期才得以復蘇。

儘管已經有人開始「以盡可能正確的歷史觀點對創作進行藝術分析」，

〔註 25〕何西來：《追憶荒煤到文學所的「施政演說」》，《新文學史料》2003 年第 4 期。
〔註 26〕參見許覺民：《新時期開端時期的文學研究所》，中國社會科學院文學研究所編：《歲月熔金　文學研究所 50 年記事》，北京：中國社會科學出版社，2003 年 5 月，第 60 頁。
〔註 27〕劉禾：《作為合法性話語的文學批評》，《跨語際實踐──文學，民族文化與被譯介的現代性（中國，1900～1937）》，北京：三聯書店，2002 年 6 月，第 265 頁。
〔註 28〕李松：《馴化與猶疑：建國後十七年經典化文學批評群體的身份認同》，《探索與爭鳴》2009 年第 12 期。

但在某種意義上，文學批評在新時期之初的運作和功能與以往並無太大差別，即配合意識形態的需要，為文學創作制訂新的規範和準則，並檢定和構造新的經典序列，從而建構起與時代同步的合法化敘事。在 1983 年湖南人民出版社出版的《中國當代文學評論叢書》序中，馮牧等人評價說：「文學評論在撥亂反正，堅持馬克思主義的文藝觀，堅持黨的四項基本原則，堅持文藝為人民服務、為社會主義服務的方向方面；在同『兩個凡是』進行鬥爭、在批判和防止資產階級自由化傾向，進行兩條戰線鬥爭方面；在大力扶植新創作，為日趨繁榮的短篇小說、勃然興起的中篇小說和方興未艾的報告文學、詩歌、散文吶喊歡呼方面；在熱情鼓勵題材，體裁、風格、流派的多樣化，堅定不移地宣傳『百花齊放、百家爭鳴』的方針方面；都做出了自己應有的貢獻。文學評論積極參與整個意識形態撥亂反正的重大斗爭，完成了歷史的使命。〔註29〕」與之相關的是，國家也有意識地把文學批評納入到輿論導向的系統中加以引導並對批評人員進行相應的整合，例如 1982 年 7 月，中共中央宣傳部在河北涿縣召開了「文藝理論工作座談會」，就大力發展文藝評論工作和充實文藝評論隊伍的問題作了部署，響亮地提出「做一個堅定的、清醒的、有所作為的馬克思主義文藝理論批評家」的口號，作為對國家號召的回應，文藝界在同年黨的十二大召開之後，也提出：「文學藝術在建設社會主義精神文明方面，有著十分重要的作用，文學評論工作者必須以此作為自己工作的出發點，堅持先進的世界觀，努力以共產主義精神影響和教育人民，這就是我們的方向。」〔註30〕所以不難理解，文學批評與新時期文學格局的生成有著緊密的關聯。

　　圍繞重要的機構和刊物，新時期之初，文學批評的主要陣地主要由三大群體構成，即以陳荒煤為首的文學研究所、以馮牧為首的文化部理論研究室和以張光年為首的《人民文學》雜誌社〔註31〕。但如果從代際的角度來看，這三個群體實際是由兩代人組成，即老一輩批評家和中年批評家。老一輩批評家包括周揚、林默涵、張光年、陳荒煤、馮牧等人，「這個批評群體的成員

〔註29〕馮牧、閻綱、劉錫誠：《中國當代文學評論叢書》序，《荒煤評論選》，長沙：湖南人民出版社，1983 年 3 月，第 2 頁。

〔註30〕馮牧、閻綱、劉錫誠：《中國當代文學評論叢書》序，《荒煤評論選》，長沙：湖南人民出版社，1983 年 3 月，第 2 頁。

〔註31〕參見許覺民：《新時期開端時期的文學研究所》，中國社會科學院文學研究所編：《歲月熔金　文學研究所 50 年記事》，北京：中國社會科學出版社，2003 年 5 月，第 60 頁。

有的在上世紀二三十年代就已經投身無產階級左翼戰線的文藝鬥爭，有的親身參加了 1940 年代延安文藝的主流陣營。他們在建國後大都服務於制定文藝政策的意識形態國家機器，如宣傳部、文化部、文聯、作協等機構，功高位顯。他們熟練地駕馭馬克思主義文藝理論這一話語武器，基本上是毛澤東的文藝思想的忠實詮釋者，往往以隻言片語影響國家文藝輿論的導向。然而，在毛澤東的文藝思想正式形成之前，他們已經形成了自己的文藝思想，由於參加到集權制文藝領導體制之中才不得不放棄了自己獨立的思想，從而成了毛澤東的文藝思想的執行者和宣傳者。」〔註 32〕中年批評家被認爲作爲一個群體，正是在新時期出現的，「他們是被文壇繁重的撥亂反正任務召喚到文壇上來的，最初並非主力，只是協助老一代評論家清理文革廢墟，嗣後才成主力，爲新時期文學的誕生及發展吶喊與格鬥。」「中年評論家與中年作家一起擔負著中國文學承前啓後、繼往開來的重任。他們承擔此任，主要不是因爲年齡，而是因爲他們的社會觀念、文學觀念與中國改革的整體設計及其平流推進的實踐方式恰相吻合。中年評論家首先是作爲一股摧毀四人幫文化專制主義的力量而存在，其後是作爲穩定文壇的力量而存在，再後是作爲一股推動文壇適應改革的力量而存在。」〔註 33〕這個群體的代表成員大致包括：朱寨、顧驤、王愚、張炯、蔣守謙、何西來以及更年輕的曾鎮南、楊匡漢、仲呈祥、雷達等人。〔註 34〕顯而易見，兩代批評家對新時期初期的文學格局的生成和發展有著舉足輕重的影響力，而中年批評家尤其發揮了不可替代的作用，正如張頤武在回顧新時期的批評狀態時所認爲的：「從 77、78 年開始，首先是批評界的老前輩及一批文革後崛起的中年批評家，在批評的轉變中起了關鍵的作用。把文學批評由丈革時期的極爲僵硬的話語中解放了出來，重新喚起了『藝術』和『美』的意識，喚起了『個人』的意識。在這裡，馮立

〔註32〕 李松：《馴化與猶疑：建國後十七年經典化文學批評群體的身份認同》，《探索與爭鳴》2009 年第 12 期。

〔註33〕 馮立三：《再論中年評論家》，《文學自由談》1995 年第 2 期。

〔註34〕 關於批評界「老中青」三代的劃分，儘管年齡是一個重要的區隔因素，但是更多被關注的卻是批評性格和知識結構的差異，例如馮立三指出：「這裡所說的中年評論家，特指以當代中國新時期文學爲主要批評對象的中年評論家。……有人把中年評論家稱爲主流評論家」，據此，賀桂梅曾把 1995 年人民文學出版社出版的《文學批評家文叢》所列的陳荒煤、潔泯、朱寨、馮立三、馮牧、何西來、顧驤、雷達等十六位批評家基本都歸入馮立三所謂的「中年評論家」之列。其中，陳荒煤在常見的說法應爲「老一輩批評家」。而當時相對年輕的曾鎮南、仲呈祥、雷達、楊匡漢等人亦可視作中年批評家。

三先生所概括的中年批評家的作用是很大的，他們對於建構『新時期』話語起了很大的作用。我們這些人可以說就是通過讀他們的文章瞭解文學的。在『傷痕反思』等潮流中，這些批評家均起了很大作用，產生了很大的影響」，「『新時期』許多成爲經典的本文沒有他們的評價是不會有這麼大的影響力的。」〔註 35〕因此，批評家李炳銀也將中年批評家稱爲「新時期文學盡職盡責的促生者和護衛者」〔註 36〕。

如果再進一步地對批評群體進行聚焦，從兩代批評家的代表名單來看，我們可以看出其中有很大一部分集中在了社科院文學所尤其是當代室，顯而易見，圍繞文學所當代室形成了一個特殊的批評群體。鑒於兩代批評家與「新時期文學」的特殊關聯，相應地「1980 年代初期，文學所逐漸成爲『新時期文學』的中心之一。」〔註 37〕

3.2.3　中年批評與文學史書寫

事實上，文學所成爲「新時期文學」的中心之一，僅僅依賴批評話語對於文學創作的及時跟蹤時不夠的，作爲一個歷來有文學史編寫傳統的話語機構，將零散的批評實踐成果穩固於當代文學史之中，並伴隨國家權力的強制推行才能初步實現「新時期文學」的經典化，在這一點上，文學所比新時期其它兩大批評陣地更具有無法比擬的優勢。文學所在新時期最爲重要的文學史成果就是朱寨主編的張炯主編的《新時期文學六年》（以下簡稱《六年》）和《中國當代文學思潮史》（以下簡稱《思潮》，其中第十一章《歷史偉大轉折中的文學新潮》實際由仲呈祥執筆），有意思的是，朱寨、張炯以及蔣守謙、楊匡漢等編著者其實都是我們之前提及的一些著名批評家，而且絕大部分又是屬於中年批評家行列的。程光煒曾注意到當代文學一個非常重要的現象，即文學史研究的「批評化」，他說：「我們知道，『文學批評』是先『文學史研究』一步而發生的，它對『剛剛發生的作家作品的批評和分析，對『經典』作品的認定或對『非經典』作品的排斥，成爲後來文學史研究的重要基礎；但與此同時，由於文學批評在有些年代的地位過高，文學批評的作用就被無形地放大，會過分『干擾』文學史更爲理性化的過濾、歸類和反思性的

〔註 35〕張頤武、王寧、秦晉：《關於文學批評的對話》，《作家》19995 年第 10 期。
〔註 36〕李炳銀：《新時期文序的促生與護衛者》，《文學自由談》1995 年第 2 期。
〔註 37〕程光煒：《當代文學在八十年代的「轉型」》，《文學史的興起——程光煒自選集》開封：河南大學出版社，2009 年 4 月，第 217 頁。

工作。而文學史研究的『批評化』，指的正是這些『影響』、『干擾』文學史研究的因素。這種文學史研究的『批評化』，實際也不在是嚴格的文學批評，而具有了模糊曖昧的文學史研究的面目，並帶有強行進入文學史敘述的現時功利性。」〔註38〕這就提醒我們在考察新時期文學的建構時不能不關注文學批評對於文學史的滲透，尤其是在文學批評與文學史的操作實際歸屬於同一個主體的情況下。在某種意義上，甚至可以說，文學所當代室的批評家尤其是「中年批評家」所操持的話語和評價體系構成了文學史生產的基本元素和深層機制，因此，我們在進入這批文學史之前，有必要就此主體特徵做一個簡要的描述。

從人生經歷來看，絕大部分中年批評家都是在新中國的教育體系下成長的知識分子，形成了典型的共產主義人生觀和世界觀，「他們的主要特點是被一種全新的制度與觀念所塑造，同時也以主人姿態進一步塑造了這個時代的文學和文化形態」，以張炯為例，「張炯先生的人生和事業格式，當然也是周揚、何其芳那一代人的延續，但周揚、何其芳並不生活在一種格局已定的時代，他們同時是一種秩序的顛覆者和另一種秩序的創立者，因此所經歷、體驗與表達的東西，非常豐富複雜，甚至矛盾重重。而張炯先生，則是社會主義共和國自己培養的知識分子，既代表著一個時代的朝氣和主人公的氣度，也因為這個時代眾多的規訓與懲罰，稍顯單純與拘謹。出於自己的政治信仰和對新的社會制度的熱愛，他把社會主義文學的研究當成畢生的志業一直致力於嘗試建構馬克思主義觀點的文學史格局和社會主義文藝理論體系。」〔註39〕然而，正逢其理想抱負展開之時，他們又被捲入時代和政治的風潮之中，但又並未因此而動搖其馬克思主義的信仰，因此，在朱寨看來，「『中年』這個概念在我們國家，在我們時代，有著複雜外延的內涵，對於他們來說，主要意味著滄桑辛酸和重任在肩。他們不管是否受過『錯劃』、『審查』的政治苛待，誰都沒有躲過十載歷史浩劫的風吹浪打。那時，他們正當青春年少，血氣方剛，無不自以為是弄潮者，而在中流漩渦泅游浮沉。現在，他們雖韶光流逝，但也較早成熟。因為他們曾與自己的國家、人民風雨同舟，親歷滅頂之險，也就更加深切地體味到了歷史的教訓，意識到了自

〔註38〕 程光煒：《當代文學學科的「歷史化」》，《文學史的興起——程光煒自選集》
　　　　 開封：河南大學出版社，2009 年 4 月，第 4～5 頁。
〔註39〕 王光明：《與時代互動的知識分子——張炯先生印象》，《南方文壇》2007 年第
　　　　 4 期。

己的時代責任。」〔註40〕「文革」之後,他們大部分都重新回歸或剛剛踏上
文學所的崗位,如前所述,由於文學所在意識形態宣傳上的特殊地位和在學
術研究中對馬克思理論體系的推崇,與其個人的政治信仰和精神氣質相互重
合,其批評展開最爲基本的前提仍然是對馬克思主義文藝思想和基本原則的
堅持,因而,新時期文學所的「中年批評」與老一輩的批評大致是一脈相承
的,其特徵可以概括爲對馬克思文藝理論的基本原則指導下的社會歷史批評
或歷史的美學的批評的堅持,張炯就曾說:「在各種各樣的文學批評中,我
以爲,歷史的美學的批評應該繼續得到人們的重視。馬克思主義經典作家所
倡導的歷史的美學的批評,涉及文藝最本質的特徵。它要求批評家不僅從文
學與現實的關繫上去剖析具體作家的具體作品在何等深度和廣度上反映了
特定歷史時期的現實生活,包括現實的人際關係,人物性格和個體、集體的
心理狀態、思想定向、情感波流,從而幫助讀者更好地認識特定文學作品的
社會歷史意義,它還要求批評家把握文學藝術的審美特徵,具體剖析作家作
品的藝術個性、文體形式、語言風格等喚起讀者美感的種種因素及其整體的
構成,幫助讀者更好地鑒賞作品,認識作品的審美價值。」〔註41〕歷史的和
美學的標準的兼顧和平衡被認爲是眞正的「回到文學的批評」:

> 關於文藝批評的作用,毛澤東同志在《延安文藝座談會上的講
> 話》中給予了重要估價。他說,「文藝界的主要的鬥爭方法之一是文
> 藝批評」。同時把文藝批評看作爲一門「藝術科學」。他說,「文藝批
> 評是一個複雜的問題,需要許多專門的研究」。可惜在這裡並沒有作
> 全面、充分的論述,只談了一個批評標準問題。而在批評標準問題
> 上又著重談的是政治標準問題。但講話的前提是很明確的,除了政
> 治標準,還有藝術標準,即「藝術科學的標準」。雖然沒有作理論上
> 的闡發,卻把這個課題提在了當時革命文藝工作任務的面前。
> ……
> 隨著撥亂反正,文學批評也逐漸恢復了原貌。從 1978 年末召
> 開的黨的十一屆三中全會到 1982 年末召開的黨的「十二大」,是
> 偉大的歷史轉折時期。從「三中全會」至「十二大」,正如胡耀邦
> 同志《在中国共产党第十二次全國代表大會上的報告》中所說:「我

〔註40〕 朱寨:《序〈探尋者的心蹤〉》,《當代文壇》1984 年第 1 期。
〔註41〕 《對當前文學批評的思索(下)——北京中年評論家一日談》,《文學自由談》
    1988 年第 2 期。

們已經在指導思想上完成了撥亂反正的艱巨任務，在各條戰線的
實際工作中取得了撥亂反正的重大勝利，實現了歷史性的偉大轉
變」。其首要標誌是「在思想上堅決衝破長期存在的教條主義和個
人崇拜的嚴重束縛，重新確立馬克思主義的實事求是的思想路
線，在各個工作領域獲得了生氣勃勃的創造力量」。文學批評就是
在這樣的歷史背景下取得了起死回生的轉變。也正如在整個思想
理論界不但「恢復了毛澤東思想的本來面目」，而且「在新的歷史
條件下堅持和發展了毛澤東思想」，文學批評也發生了歷史性的蛻
變，有了新的面目。〔註42〕

在此基礎上，「中年批評家」對於新時期文學的認識呈現出一些基本的
話語觀念，在思想主題上，伴隨「1978年以後在中国共產黨內以及一些馬克
思主義知識分子中出現的『眞正的社會主義』思潮，其主要的特徵是用人道
主義來改造馬克思主義」〔註43〕，反思「文學與政治」的關係，強調「文學
是人學」，與之相關的一些命題，如關於歌頌和暴露、寫眞實、生活眞實與
藝術的眞實，人性與人情、人性的共同性與社會性、階級性的問題等是常見
的關注對象；在創作方法上，「革命現實主義」仍然是一個關鍵術語，例如
蔣守謙在評價新時期的短篇小說時指出：「新時期短篇小說走向繁榮的第一
個標誌，是一九七七年下半年以《班主任》爲代表的一批被視爲恢復、發揚
了我國新文學革命現實主義傳統的作品的出現。不過，時隔一年多以後，我
們看到了另外一些在敘述方式、結構形態和描寫手法上同《班主任》等基本
上按傳統的現實主義方法寫出的作品大相異趣的作品，這就是茹志鵑的《剪
輯錯了的故事》，宗璞的《我是誰》、《蝸居》、《核桃樹的悲劇》，特別是王蒙
從《夜的眼》開始的那一組作品。當時，一些敏感的讀者和評論家在看到這
些作品的時候便立刻指出：西方現代主義文藝的形式和表現手法被引進來
了。隨著時間的推移，許多中青年作家都在進行著這種引進的嘗試，通過這
種引進和借鑒，推動小說寫法的變革，蔚然成風。我們不能說，從《班主任》
開始的我國新時期短篇小說的革命現實主義潮流已經泯滅，不，決不能這樣
說。許多用新形式新手法寫出來的而又受到廣大讀者歡迎的作品，就其創作

〔註42〕 朱寨：《歷史轉折中的文學批評──中國新文藝大系（1976～1982）理論二集
　　　　 導言》，《文學評論》1984年第4期。
〔註43〕 汪暉：《當代中國的思想狀況和現代性問題》，《天涯》，1997年第5期。

的根本精神實質來說，並沒有離開革命現實主義的軌道。」〔註 44〕而與之相
對立的，依然是現代主義創作潮流的警惕和排斥，例如仲呈祥對《崛起的詩
群》一文就表示：「當代青年審美信息的主潮，主要是由他們在四化建設和
整個社會結構中的歷史地位所決定的，而並不是所謂『直接干預生活的政治
性興奮消逝』了，更不是都醉心於那些所謂的『現代派詩美觀念』了。」「所
以，歸根結底，還是只有學習和掌握馬克思主義的辯證唯物論和歷史唯物論
這個當代最高明的見識，才能有效地抑止和糾正我們可能產生的思想偏見。」
〔註 45〕當然，單純地挖掘作品的社會學意義在新時期容易被視作是對政治標
準的老調重彈，在新的形勢下，「知識革新」成爲文學所批評家的共識：「『全
面開創社會主義現代化建設的新局面』的號召，不僅向我們提出了宏偉的建
設目標，而且大大地擴展了我們的思路和眼界。物質生產方面：爲了實現到
本世紀末工農業年總產值翻兩番的要求，有人倡議技術設備『更新換代』。
精神生產當然不能照搬這個口號，但這個倡議卻有啓發思考的意義。胡喬木
同志在閉幕不久的全國社會科學規劃會議上就向社會科學工作者提出了『需
要不斷地更新我們的知識，不斷地學習我們不知道的知識』的號召。對於我
們文藝理論批評來說，不僅需要更新，還需要補課，知識的更新和學習更加
突出和迫切」〔註 46〕，因此，在藝術標準上，既強調全面正確地理解馬克思
主義文藝理論，也要求有限度地改造、吸納其它文藝形態的審美觀念。

　　不難看出，文學所當代室的中年批評在形態和觀念上並沒有實現結構或
者說範式的根本轉型，很大程度上還是側重於社會歷史學意義上的傳統批
評，只不過評價依據在「革命」、「工農兵」之外，又漸次滲入了「現代化」
和「人」等元素，正如程光煒所看到的：「『十七年』某種意義上是任何中國
作家和批評家都無法繞過去的『中國當代史』（社會主義歷史經驗），『十七
年』變成他們批判、反思和敘述的對象，但與此同時『十七年』的精神生活
和文學規範又在暗中支配並影響著他們對自己所創制的『80 年代』和『90
年代』文學的理解」〔註 47〕，「中年批評家」及其批評在文學的根本理解上

〔註 44〕 蔣守謙：《研究新時期短篇小說藝術變革的一個參數》，《中州學刊》1986 年第
　　　　1 期。
〔註 45〕 仲呈祥：《準確把握當代青年的審美信息》，《文學評論》1983 年第 6 期。
〔註 46〕 朱寨：《知識要更新》，《文學評論》1983 年第 2 期。
〔註 47〕 程光煒：《新時期文學的「起源性」問題》，《中國人民大學學報》2009 年第 5
　　　　期。

與老一輩批評家及其批評的這種承繼關係不僅深刻影響著新時期文學格局的設想和規劃也深刻影響到了文學史的書寫，以下我們將對《六年》和《思潮》（主要對象爲第十一章和結語）進行進一步的細讀。

3.3　「新時期文學」的歷史化

　　通過歷史編撰的方式對歷史的演變進行合理性論證，是國家和社會的過渡轉型時期一項極爲重要的意識形態工程，而將剛剛過去或正在發生的事件演化爲教科書所宣講的歷史知識，則更是有利於營構新的主體想像和製造新的思想導向，這些任務都落在了歷史學家的身上，因爲「歷史學家是一些擔負對社會現實進行合理解釋的這種社會使命的人」〔註48〕，海登・懷特指出：「認爲歷史學家僅僅想講述有關過去的事實，這是一種錯覺。我堅持認爲，不管他們是否意識到這一點，他們也想，並且在任何情況下，他們都想賦予過去以意義」，而「賦予歷史事件意義的方法是敘述」〔註49〕。作爲歷史編撰的構成部分，「新時期文學」的歷史化也是以中年批評家爲主體的文學史家從當下出發重新組織並賦予所選擇的文學對象以意義的過程，因此也必定採用包含「不可避免的詩化──修辭成分」的敘述形式。從這個角度來看，文學史所呈現的「新時期文學」，或許可以將之理解爲一個「有明確的開頭、中間和結尾階段的故事」，其中的隱喻結構、演繹邏輯和道德寓意無不透露和回應著特定階段的歷史主題。

3.3.1　起源的意義

　　《六年》對「新時期文學」的開端是這樣描述的：

　　　　新時期雖然肇始於江青反革命集團的被粉碎，但六年文學的發端和序幕，卻應該追溯到「四・五」人民革命運動中出現的革命詩歌。

　　　　……

　　　　正是天安門革命詩歌所體現的那種憂國憂民的深沉思考，在很

〔註48〕伊曼紐爾・沃勒斯坦：《書寫歷史》，陳啓能、倪爲國主編：《書寫歷史》，上海：三聯書店，2003 年 7 月，第 37 頁。

〔註49〕海登・懷特：《舊事重提　歷史編撰是藝術還是科學》，陳啓能、倪爲國主編：《書寫歷史》，上海：三聯書店，2003 年 7 月，第 24 頁。

大程度上支配著新時期廣大作家的思緒，也在很大程度上支配著新時期六年文學主導的思想傾向。〔註50〕

與《六年》不同的是，《思潮》把這個起點延遲到了第四次文代會的召開，《思潮》認為，1976 年之後的很長一段時間：

「四人幫」誣指的所謂「文藝黑線」還沒有得到平反，文藝思想並沒有從根本上解除禁錮，那憤怒和歡樂，不過是幸存者動後餘生的感奮。一九七八年十二月召開黨的十一屆三中全會，才徹底糾正了指導思想上的錯誤，才「是建國以來我黨歷史上具有深遠意義的偉大轉折」。文藝思想上的真正撥亂反正，文藝創作有了新的突破也是在十一屆三中全會前後。貫徹十一屆三中全會精神的第四次全國文代會成為文藝史上轉折的里程碑。〔註51〕

從表面來看，兩個開端都將「新時期文學」視為「社會主義文藝」沿著「革命現實主義」道路的發展，《六年》指出：「天安門革命詩歌直面嚴峻人生，於沉沉黑夜中呼喚曙光，雖然橫遭查禁，卻流播甚廣，又充分驗證了革命現實主義生命力的強盛」〔註52〕，因而「不瞭解以天安門革命詩歌為光榮標誌的『四・五』人民革命運動，就很難理解新時期的中國社會主義文學。儘管天安門革命詩歌大多是急就章，難求藝術的精美，並且主要利用舊體詩詞的形式，但這些詩篇中跳腳的火焰、熾烈的激情，是深深紮根於受盡十年動亂歲月苦難的中國土地，噴發自人民嚮往光明未來的心坎。億萬群眾對歷史的巨大責任感，他們為保衛和創建真正的社會主義的堅定信心和決心，以及他們對於社會主義歷程和光明與黑暗嚴峻搏鬥的清醒認識，都凝結於雪片般的詩篇中，給予新時期全面復蘇的我國文學以深遠的影響」〔註53〕；《思潮》也認為：「同全國各條戰線一樣，一九七九年的中國文學戰線出現了空前的繁榮和活躍，革命現實主義的佳作迭出，產生了強烈的社會反響，顯示了強大的生命力和戰鬥力。文學理論探討也生氣勃勃，長期被視作『禁區』的如文

〔註50〕中國社會科學院當代文學研究室編：《新時期文學六年》，北京：中國社會科學出版社，1985 年 1 月，第 9 頁。

〔註51〕朱寨主編：《中國當代文學思潮史》，北京：人民文學出版社，1987 年 5 月，第 9 頁。

〔註52〕中國社會科學院當代文學研究室編：《新時期文學六年》，北京：中國社會科學出版社，1985 年 1 月，第 19 頁。

〔註53〕中國社會科學院當代文學研究室編：《新時期文學六年》，北京：中國社會科學出版社，1985 年 1 月，第 10 頁。

藝與政治的關係問題、『兩結合』創作方法問題、『中間人物』問題、人性問題‧悲劇問題等，都進行了大膽而有益的探親。革命現實主義文學思潮的呼嘯奔突，迅猛發展，無疑是偉大的思想解放運動的重要成果之一」，並將第四次文代會與第一次文代會並置起來：「如果說，第一次全國文代會標誌著新中國人民文藝的偉大開端；那麼，第四次全國文代會則預示著新時期社會主義文藝的偉大轉折。」〔註54〕正如保羅‧康納頓所看到的，人們試圖脫離回憶的因素來爲一個激進的開端劃出邊界是不可思議的，據此他認爲，建立開端就要回溯一種社會記憶模式。「新時期文學」與政治上的「新時期」一樣，其合法性來自於政權的延續性，同時，其本身的敘述又爲這種合法性提供了論證和說明。

但是，如果對這兩個開端進行仔細的審視，可以發現在彌合過去的努力之下同時又暗含了某種重要的轉向。這兩個開端可以說都與周揚當時產生了深遠影響的報告《三次偉大的思想解放運動》有著密切的聯繫。1979 年，中國社科院召開紀念「五四」運動六十週年學術討論會，周揚在報告中將五四運動、延安整風運動和正在進行的思想解放運動視作「本世紀以來中國人民經歷的三次偉大的思想解放運動」，在講到第三次思想解放運動的起源時，有這樣一段表述：

> 丙辰清明前後，人民群眾在悼念敬愛的周恩來同志的同時，憤怒揭起了聲討「四人幫」的戰旗。天安門事件這一轟轟烈烈的群眾運動，預示著我國革命史上又一次偉大的思想解放運動的即將到來。這次革命事件，雖然遭到了「四人幫」的鎮壓，但是反對「四人幫」的鬥爭，卻在黨中央的領導下取得了偉大的勝利。粉碎「四人幫」之後，兩年多來，黨中央領導我們，通過揭露和批判林彪、「四人幫」罪行的鬥爭，通過多次黨和國家的重要會議，特別是通過黨的十一屆三中全會和全會以前召開的中央工作會議，把這一場思想解放運動，蓬勃地開展起來了。〔註55〕

在這裡，「四五」運動與十一屆三中全會都在「第三次思想解放運動」的背景之下被賦予了意義，那麼二者與「三次思想解放運動」究竟存在如何的

〔註54〕朱寨主編：《中國當代文學思潮史》，北京：人民文學出版社，1987 年 5 月，第 560 頁，第 562 頁。

〔註55〕周揚：《三次偉大的思想解放運動》，《周揚集》，北京：中國社會科學出版社，2000 年 9 月，第 199 頁。

內在關聯呢？按照周揚自己的說法，第三次「思想解放運動的中心任務就是要在馬列主義、毛澤東思想指導下，徹底破除林彪、『四人幫』製造的現代迷信，堅決擺脫他們的所謂『句句是眞理』這種宗教教義式的新蒙昧主義的束縛，把馬列主義、毛澤東思想的普遍眞理，同在中國實現社會主義現代化這個新的革命實踐，緊密地結合起來。」〔註 56〕因此，第三次思想解放運動，簡單地來講，實際就是要爲「社會主義現代化」掃清障礙、開闢道路。從這樣的闡釋回過頭去考察，「四五」運動就可以說是其根本源頭，而十一屆三中全會則可以稱爲其直接動因，主要依據體現在兩個層次：一個層次是二者直觀呈現出來的推翻「四人幫」和推行「四個現代化」這樣的政治任務和主題；第二個層次是二者內在包含的「現代迷信」、「新蒙昧主義」與「社會主義現代化」的二元對立框架和歷史解釋模式。首先來看「四五」運動，1978 年 11 月 21 日，中共北京市委宣佈四五天安門事件是革命行動，一個月後，《人民日報》發表《人民萬歲——論天安門廣場群眾革命運動》正式爲其平反，文章對「四五」運動進行了全方位的闡釋，其中認爲「四五」爆發的根本原因在於「四人幫」和「四個現代化」的尖銳矛盾衝突——「中國向何處去？是沿著中國共產黨及其領袖毛澤東同志所指出的四個現代化的目標勝利前進，還是讓『四人幫』葬送革命的事業，把社會主義的中國重新拖回到半殖民地半封建的深淵？」「這樣，以黨和人民爲一方，以『四人幫』爲另一方，一場革命同反革命、光明同黑暗、科學社會主義同封建社會主義的決定中國前途和命運的殊死搏鬥，就在天安門廣場，在人民英雄紀念碑下爆發了」，同時，也說明了「四五」的現實意義和歷史意義：「不僅預示著『四人幫』的徹底垮臺，而且揭開了一個新的歷史轉變的序幕，標誌著我國的社會主義革命和社會主義建設從此轉入新的發展時期，即以實現四個現代化爲中心的持久地高速度地發展社會生產力，以及改革向生產力的發展不相適應的生產關係和上層建築的最偉大、最生動、最活躍的新時期。」〔註 57〕再來看十一屆三中全會，1978 年 12 月召開的十一屆三中全會被《關於建國以來黨的若干歷史問題的決議》評價爲「是建國以來我黨歷史上具有深遠意義的偉大轉折」，因爲它「果斷地停止使用『以階級鬥爭爲綱』這個不適用於社會主義社會的口號，

〔註 56〕周揚：《三次偉大的思想解放運動》，《周揚集》，北京：中國社會科學出版社，2000 年 9 月，第 197 頁。
〔註 57〕《人民日報》1978 年 11 月 21 日

作出了把工作重點轉移到社會主義現代化建設上來的戰略決策」〔註 58〕。正是在為「社會主義現代化」開闢道路的意義上,「四五」運動和十一屆三中全會都被納入到了第三次思想解放運動中來。

　　指出這兩個開端與第三次思想解放運動的關係在於進一步地說明其中的深層轉換。以周揚為代表的第三次思想解放運動的推動者被認為「為了對中國社會主義的歷史事件進行批判,一方面採用了一種隱喻式的方式,即把中國的社會主義實踐問題解釋為封建主義的問題,另一方面又利用了人道主義和異化概念的普遍主義特徵。這兩個方面都暗示了對現代價值觀、特別是啟蒙運動的價值觀的肯定。在這種解釋模式中,社會主義從未作為一種非資本主義的現代性形式進行檢討。相反,對社會主義歷史實踐的批判是對歐洲現代性價值觀的充分肯定」,這也就「催生了中國社會的『世俗化』運動——資本主義的市場化的發展」,最終轉換為「一種作為現代化的意識形態」。〔註 59〕但是,正如羅崗在談到新時期前三年的特徵時所看到的:「如果我們往後面看,隨著十一屆三中全會的召開,工作重點轉移到經濟工作上來,逐漸強化了『現代化敘述』,到了 1980 年代,這種漸趨單一的現代化敘述已經成為了主導型敘述,成為了所謂『改革共識』,具有溝通朝野的功能。但在『前三年』,卻不是『現代化敘述』獨大,儘管它當時已經是一種影響力逐漸加大的敘述,可那個年代卻不止有單一的現代化敘述,而是同時包含了各種相互矛盾、相互衝突的敘述,這些敘述被『壓縮』在『前三年』這一特定的歷史時空中,一方面壓制了許多敘述,另一方面還收編了不少敘述,還有則是以各種扭曲的方式催生出新的敘述……顯示出歷史的多種可能性。」〔註 60〕其實,不僅僅是「前三年」,甚至在 80 年代中前期,所謂的「現代化的意識形態」以及隨之生產出來的「現代化敘述」還不能說完全覆蓋了整個國家導向,或者可以這樣說,80 年代其實是存在兩種「現代化」認識的,一種是共產黨所主導的社會主義框架內的「四個現代化」,一種是汪暉所說的建立在對「歐洲現代性價值觀」肯定基礎上的「資本主義市場化」,80 年代中期以後,後

〔註 58〕中共中央文獻研究室編:《關於建國以來黨的若干歷史問題的決議》(注釋本),中共中央文獻研究室(北部發行),1983 年 6 月,第 41 頁。
〔註 59〕汪暉:《當代中國的思想狀況與現代性問題》《去政治化的政治　短 20 世紀的終結與 90 年代》,北京:三聯書店,2008 年 5 月,第 68～69 頁。
〔註 60〕蔡翔、羅崗、倪文尖:《當代文學六十年三人談》,《21 世紀經濟報導》,2009 年 2 月 16 日

者開始逐漸取代前者，不過，此一時期我們仍然要留意的是「現代化」之前的特殊限定——「社會主義」，批判反思和建構都是以不動搖社會主義的根本價值體系爲前提的，而同時，又必須要承認，一種區別於革命時代的新的意識形態的確正在形成之中，「社會主義現代化」在某種程度上扮演了類似於過渡或者中介的角色並佔據了意識形態的主導地位。

　　因此，選擇與之相關的天安門詩歌和隨之而來的第四次文代會作爲「新時期文學」的開端其實並不是隨意爲之的行爲，而帶有深刻的政治意味：一方面，通過打通過去而有效地樹立了自身的合法性；另一方面，也是更爲實質性的，配合和推動了國家與社會的轉型。在這樣的起源敘事下，我們可以預見到某種新舊混雜的解釋框架和評價標准將會出現在接下來的「新時期文學」之中。

3.3.2　「社會主義現代化」下的文學格局

　　如果繼續將文學史視爲一個敘事文本，那麼，參照懷特對歷史書寫作爲敘事行動 3 個階段的劃分：「史事編序」（即依時序排列史事）、「故事設定」（選取敘事體的主角，安排故事的起中結，使某一時限之內呈現爲一個過程）以及「情節編撰」（以某種爲讀者所熟悉的敘事模式去組織故事情節）〔註61〕，在開端確立之後，故事的中間和結尾將逐漸鋪陳開來。具體到「新時期文學」而言，就是對大量觸手可及的文獻資料做出選擇，闡釋，然後按照特定的順序進行排列組合，最終得以呈現福柯所說的某種「總體歷史」或「全面歷史」，即「旨在重建某一文明的整體形式，某一社會的——物質和精神的原則，某一時期全部現象所共有的意義，涉及這些現象的內聚力的規律——人們常比喻作某一時代的『面貌』」〔註62〕。所以，對文學史編寫者而言，一個必然面臨的問題就是選擇、闡釋、排列、組合的依據。對此，黑格爾曾認爲，「一種存在的特定歷史模式與再現的某種特定敘事模式相聯繫，其聯繫的紐帶是二者共有的『內部活力原則』。對他來說，這種原則只能是政治，而政治一方面是對充斥於歷史意識中的過去產生興趣的前提條件，一方面是生產和保存使

〔註61〕陳國球：《文學史書寫形態與文化政治》，北京：北京大學出版社，2004 年 3 月，第 184 頁。

〔註62〕米歇爾・福柯：《知識考古學》，謝強、馬月譯，北京：三聯書店，2007 年 4 月，第 9 頁。

歷史研究成爲可能的各種記錄的實用主義基礎」〔註 63〕，這一原則無疑也適用於文學史對「新時期」文學格局的建構，因爲可以觀察到的是，一切敘事都是從「社會主義現代化」這一前提出發的。

一、規範的替代：「文學理論批評」的功能

一個有意思的現象是，對於一個時期文學狀況和基本導向的總體描述，以往常見的以「文藝運動」、「文藝批判」或「文藝鬥爭」等帶有鮮明政治色彩的提法作爲章節標題的情況在兩本文學史的「新時期文學」描述中都沒有出現，取而代之的是「文學理論批評」這樣淡化意識形態特徵凸現科學客觀性質的詞彙。如果簡單地將之理解爲與詩歌、小說、散文並列的一種文學體裁或類型，那麼就很容易忽略其中可能傳達的微妙信息。

首先需要看到，事實上，「文藝運動」、「文藝批判」等在此一時期並不是已經完全消失而是依然存在。一些較大規模的運動和批判依次爲：對電影《苦戀》的批評、反對「精神污染」的運動、關於人道主義和異化問題的討論等，除此之外還包括對一些具體作品的批判，如《公開的情書》、《飛天》、《在社會檔案裏》、《人啊人》等，而且如程光煒所指出的：「集中在 1979 到 1985 年之間的『文學運動』，一定程度上還在延續『十七年』的那種批評方式。針對『有錯誤傾向』的文學現象，一般都在文藝性報刊或其它權威報刊發表『批評文章』、『社論』、『評論員文章』，形成對作家、作品的壓力。採用『座談會』的方式，對一些『越界』文學現象和作品加以定性。也就是把它們『孤立』在社會輿論和公眾倫理反感之中，通過『防止』『排斥』的手法使之成爲『非主流』現象，然後，再把文藝引向『健康』、『積極』的方向。對文學作品的認定，不是『文學標準』，而是『社會價值標準』，把一般文學問題向關係國家、民族存亡的核心價值體系的方面歸納、提升和並置起來。但值得注意的是，『十七年』文學運動中常見的兩種形態被廢止：如批判浪潮過後，會對被批判者採取『組織措施』，危及其生存尊嚴和日常生活（如胡風、馮雪峰、丁玲、艾青、王蒙等），但到『新時期』，很多人並未因遭到批評而影響到正常的工作和生活（如白樺、王若水、靳凡、禮平等）；另外，每場文學運動也未像過去那樣波及當事人的親屬和社會關係，它們被盡量限定在『文學範圍』

〔註63〕 海登・懷特：《形式的內容：敘事話語與歷史再現》，董立河譯，北京：文津出版社，2005 年 5 月，第 38 頁。

內，沒有推波助瀾，使之形成大的『社會運動』。」〔註64〕這種變化與當時整個的文藝環境是有關係的。以鄧小平的《祝詞》等一列領導人的文藝講話爲標誌，官方明顯願意爲文藝創作營造比較寬鬆的氛圍，同時，就文藝界內部的開明派而言，更是積極地促成和推動這種局面的形成，例如重新發表周恩來1961年《在文藝工作者座談會和故事片創作會議上的講話》，「以學習周恩來這個講話爲契機，文藝界開始對黨如何實行對文藝事業的領導，以及藝術民主、藝術規律等問題進行廣泛探討」〔註65〕，隨之而來的文藝理論批評座談會和一系列文藝與政治關係的討論文章都顯示出對文藝作爲政治／階級鬥爭的工具的反思與批判和對「雙百方針」的強調。當然這不是說，對文藝的監督和控制已經徹底放鬆了，無論是官方還是文藝界內部的保守派都對可能出現的偏移保持了充分的警惕，例如在文代會結束兩個多月後，鄧小平在中共中央召開的幹部會議上指出：「文藝界剛開了文代會，我們講，對寫什麼、怎麼寫，不要橫加干涉，這就加重了文藝工作者的責任和對自己的要求。我們堅持『雙百』方針和『三不主義』，不繼續提文藝從屬於政治這樣的口號，因爲這個口號容易成爲對文藝橫加干涉的理論根據，長期的實踐證明它對文藝的發展利少害多。但是，這當然不是說文藝可以脫離政治。文藝是不可能脫離政治的。任何進步的、革命的文藝工作者都不能不考慮作品的社會影響，不能不考慮人民的利益、國家的利益、黨的利益」〔註66〕，而文藝界的保守派也在諸多問題上和開明派發生了衝突。這就使得文藝運動和批判在新時期以來仍然持續出現，但又呈現出時緊時鬆的狀態，亦沒有釀成類似於「十七年」時期的嚴重後果。與之相應的，文學史對於這些運動和批判的態度也發生了變化，有些沒有進入文學史的視野，有些雖然在文學史裏出現了，但放置位置不太顯眼，佔據篇幅較爲有限，因此與以往在文學史的開頭就以劍拔弩張的姿態出現並在某種程度上起到震懾警醒效果的處理方式有了明顯不同。以「《苦戀》事件」爲例，《六年》僅在「電影文學」的章節中簡單提及這場歷時三年並驚動高層的風波，除了將之定性爲「嚴重的政治錯誤」之外，

〔註64〕 程光煒：《當代文學再八十年代的「轉型」》，《文學史的興起——程光煒自選集》開封：河南大學出版社，2009年4月，第221~222頁。

〔註65〕 劉錫誠：《在文壇邊緣上——編輯手記》，開封：河南大學出版社，2004年9月，第205頁。

〔註66〕 鄧小平：《目前的形勢和任務》，《鄧小平文選（1975~1982年）》，北京：人民出版社，1983年7月，第219~220頁。

編寫者僅引用了胡喬木的評價作爲說明：

　　　白樺、彭寧的《苦戀》和根據這個劇本攝製的影片《太陽和
人》，顯然存在著嚴重的政治錯誤。「它們歪曲地反映了我國社會
現實生活的歷史發展，實際上否定了社會主義的中國，否定了黨
的領導，而宣揚了資本主義世界的『自由』。無論是在《苦戀》還
是在《太陽和人》中，作者和編導部採用對比的手法，極力向人
們宣揚這樣一種觀點，似乎『四人幫』就是中國共產黨，十年內
亂就是社會主義；似乎在社會主義中國的人民並沒有得到解放和
幸福，而只有愚昧和迷信，似乎黨和人民並沒有對『四人幫』進
行鬥爭和取得歷史性的勝利，因而在中國看不見一點光明，一點
自由，知識分子的命運只是慘遭迫害和屈辱；似乎光明、自由只
存在於美國，存在於資本主義世界，那裡的知識分子自由生活的
命運才是令人羨慕的。」〔註67〕

可以追問的是，既然連《苦戀》這樣規模的文藝運動和批判都只零星散佈在各章節之中，那麼「文學理論批評」又究竟涉及一些什麼內容呢？仍舊以《六年》爲例，「文藝理論批評」主要由「歷程」、「實績」和「文學理論中幾個主要問題的探討」三個部分組成。第一個部分開頭似乎有意識地想要剝離「文學批評」在中國語境中歷來帶有的政治屬性，因而特別引用恩格斯的經典話語來凸顯其「理論」性質：「恩格斯曾經指出：『一個民族要想站在科學的最高峰，就一刻也不能沒有理論思維。』理論思維是科學進步和文化發展的基礎，它對於一個民族的自立和自強至關重要，理論思維落後的民族是可悲的。文學理論批評作爲文學現象中理論思維的反映，它在整個文學事業中的重要地位，也於此可見。」〔註68〕通過「理論思維」、「科學」、「文化」、「文學現象」等詞語，我們也就可以理解爲什麼編寫者不採用「文學批評」而使用了「文學理論批評」這一提法的用心所在。接下來指出了文學理論批評的重要作用及其在新時期的階段劃分：「新時期文學理論批評的戰鬥歷程，以具有歷史意義的黨的十一屆三中全會爲標誌，分爲前後兩個階段。前一階段，主要是揭露林彪、『四人幫』的反革命面目，批判他們所推行的極左文藝

〔註67〕中國社會科學院當代文學研究室編：《新時期文學六年》，北京：中國社會科
　　　　學出版社，1985 年 1 月，第 384～385 頁。
〔註68〕中國社會科學院當代文學研究室編：《新時期文學六年》，北京：中國社會科
　　　　學出版社，1985 年 1 月，第 38 頁。

路線、法西斯文化專制主義及其『陰謀文藝』。後一階段,則在黨的十一屆三中全會制定的馬克思主義路線、方針、政策的指引下,對一系列長期被顛倒的歷史事實和理論是非進行重新認識和評價,對三十年社會主義文藝發展的歷史經驗和教訓給予必要的總結,在既反對『左』的教條主義思想、又反對右的資產階級自由化傾向的兩條戰線鬥爭中,堅持和發展馬克思主義文藝理論和毛澤東文藝思想。」〔註 69〕眾所周知,以往的文學運動、批判和鬥爭其實也是由文學批評參與推動的,通過整肅異質因素從而指出社會主義文藝的「正確方向」。不難看出,新時期對「文藝理論批評」的認識仍然受到「鬥爭工具」思路的限制,其實透露出文學規訓的角色將繼續由「文學批評」承擔,只是被限定於在「理論」層面而非「實踐」層面發揮作用,因而可以說變成了文學「規範」。如果用海登・懷特的術語來解釋,那麼,「文藝理論批評」所扮演的角色和功能正由一種「闡釋的實踐」逐步轉變為一種更為隱秘的「闡釋的政治學」,他認為:「闡釋的政治學(politics of interpretation)不應該混同於闡釋的實踐(interpretative practices),後者是把政治學自身當作一種具體的興趣對象,包括政治理論、政治評論,或者整體、政黨、政治鬥爭的歷史,等等。因為在這些闡釋的實踐中,為他們提供知識和動力的政治學——政治價值觀和意識形態意義上的政治學比較容易理解,而且識別它也不需要特別的元闡釋的分析。另一方面,闡釋的政治學,則是源自那些表面上最遠離公開政治事務的闡釋的實踐,這些實踐是在以下不摻雜任何利害關係的探索或探索的支持下完成的,即,對真理的探索或對似乎沒有任何政治相關性的事務之本質的探究。這種政治學與闡釋者自己宣稱的權威有關,這種權威一方面與闡釋者作為其中一員的社會所確立的政治權威相對,另一方面也與他本人研究或考察領域內的其它闡釋者的權威相對,而且這種權威還是他本人權利和職責的基礎,即,處在一個真理專職追求者的地位上,他認為自己應該擁有的權利和感覺自己有義務履行的職責。這種闡釋衝突的政治學很難識別,原因在於:從傳統上講,起碼在我們的文化中,唯有闡釋者不訴諸職業政治家在其實踐中能夠會自然利用的工具,即,不求助於作為解決正義和衝突的手段的武力,唯有如此,闡釋才會被認為適當地發揮了作用。」〔註 70〕

〔註69〕 中國社會科學院當代文學研究室編:《新時期文學六年》,北京:中國社會科學出版社,1985 年 1 月,第 39 頁。

〔註70〕 海登・懷特:《形式的內容:敘事話語與歷史再現》,董立河譯,北京:文津出版社,2005 年 5 月,第 80～81 頁。

在他看來，文學批評就代表著一種典型的「闡釋的政治學」，而他關注此問題是「在人文社會科學研究領域之規範化的語境中」，「特別是在被計劃用來調節知識生產的現代社會制度的背景下（其中自然科學起一種所有認知規範之範式的作用），一個研究領域轉變成一種規範，其中牽涉到些什麼？」〔註71〕從這個角度來看第三部分，我們將更為清楚地理解「文學理論批評」何以作為新時期社會主義文學規範的表徵。第三部分「幾個主要問題」分別是「文藝與政治的關係問題」、「現實主義問題」、「文學中的人性、人道主義問題」以及「文學發展中的繼承、革新和借鑒西方現代派問題」，這些問題其實都是現實生活中已經或正在進行的一些文藝論爭。編寫者首先講明「以下幾個問題對我國社會主義文學發展關係較為重大」，接下來逐條進行說明，每一條都通過起因、論爭的陳述得出了相應的結論，例如對「文藝與政治」的關係就有這麼一段：

> 當然，文藝作為一種社會現象，從整體上看，它又確實是不能脫離政治的。因為政治影響到每一個人（包括作家、藝術家）的生活和情緒，便不可能不影響到文藝創作。任何作家藝術家都具有一定的政治觀點、立場、傾向和情緒。在階級鬥爭尖銳激烈的年代，文學成為社會階級和政治集團的意識形態——感情、企圖和希望——的形象化的表現，是很自然的。即使在某些情況下，作者的政治觀點、立場、傾向、情緒雖未在作品中明白流露，卻也影響他對於題材的選擇和處理。就某種意義上說，沒有傾向本身也正是一種傾向。所以，認為文藝可以脫離政治、遠離這些結論都成為社會主義文藝最為根本的目標政治，乃至「為藝術而藝術」，那也是不符合實際的。在社會主義時代，我們的政治是人民的政治，社會主義事業就是人民利益的最大體現。因此，確立文藝「為人民服務、為社會主義服務」的口號，不僅適應了文藝本身發展的規律和特點，而且也改變了過去那種在服務對象上捨本求末的做法，抓住了根本目標。……〔註72〕

類似的結論由於在每個問題的分析中都存在，不再列舉。這些結論其實

〔註71〕 海登‧懷特：《形式的內容：敘事話語與歷史再現》，董立河譯，北京：文津出版社，2005 年 5 月，第 82 頁。

〔註72〕 中國社會科學院當代文學研究室編：《新時期文學六年》，北京：中國社會科學出版社，1985 年 1 月，第 75～76 頁。

都在幫助文藝創作和理論批評工作者樹立正確的文藝觀和價值觀，顯示著文學「規範」力量的存在。當然，伴隨從「規訓」到「規範」，從「實踐」變為「理論」，從「工具」變為「學科」的這種轉變，文學史也在第二部分用很大篇幅對「文學理論批評」的理論著作實績、批評家隊伍以及藝術風格方面進行總結和評價，如：

> 據《全國新書目》的不完全統計，僅黨的十一屆三中全會以來，中央和各地方公開出版的文學理論批評專著已達二百餘種。《文藝報》（全國文聯委託中國作協主辦）、《文學評論》（中國社會科學院文學研究所主辦）、《文藝研究》（文化部藝術研究院主辦）、《文藝理論研究》（全國高等院校文藝理論研究會主辦）、《新文學論叢》（人民文學出版社編輯出版）、《當代文學研究叢刊》（中國當代文學研究會主辦）、《當代文學》（中國當代文學學會主辦）和《當代文藝思潮》（甘肅文聯主辦）、《文論報》（河北文聯主辦）等專門性的文藝理論報刊上刊登的論文，以及中央和地方各種報刊上發表的文學評論文章，更是數不勝數。
>
> ⋯⋯
>
> 經過批評家們的努力和實踐，雖不能說我們的文學批評的文體已徹底解放，但是正在日趨多樣化，卻是事實。我們的文學批評的文風，雖不能說已經達到了「或氣魄宏大、高瞻遠矚，或旁敲側擊、機智警奇或廣徵博引、浮想聯翩，或婉約深沉、寓理於情，或糾纏執著、窮其究裏，或從容點化、含而不露，或淋漓盡致，或遊刃有餘」（王蒙語）的地步，但批評風格正在百花齊放，卻也是事實。〔註73〕

這些描述無疑都有效地增強了讀者對「文藝理論批評」走上正常軌道的印象，也在某種程度上掩蓋了其作為社會主義文藝管理和監督機制以另一種方式繼續發揮作用的性質。

顯而易見，在「社會主義現代化」旗幟下，新時期的「文學理論批評」既保留了過去與國家意識形態緊密配合的某些功能，又隨著國家重心轉移到經濟建設上來而對文藝領域逐漸放鬆開始了某種轉化。這一時期，它在文學

〔註73〕中國社會科學院當代文學研究室編：《新時期文學六年》，北京：中國社會科學出版社，1985 年 1 月，第 54〜55 頁，第 67〜68 頁。

史中的地位和形象從一個側面說明了「新時期文學」中仍然存在的規範力量，儘管這一力量不可能再重現「十七年」時期的強度。

二、思潮的演進：傷痕・反思・改革

關於新時期文學的創作，兩本文學史都以一種興奮的口氣宣佈其所實現的「偉大歷史性轉變」，如《思潮》借用茅盾的話：「大河上下，長江南北，通都大邑，窮鄉僻壤，有口皆碑。建國三十年來，未曾有此盛事」〔註74〕為之注解；而《六年》則更是以長達 8 頁的篇幅，從文學出版物、各種體裁作品的創作數量、題材，人物形象的塑造、形式和風格、作家隊伍等方面詳細闡明了何以「新時期六年的文學，不僅是我國社會主義文學最繁榮的時期，也是六十年來我國新文學發展最為波瀾壯闊的時期」，其中單就各體裁的創作數量來說：

> 六年中，發表和出版的文學作品，詩歌以數萬首計。小說方面，僅據《小說月報》一九八二年所附全國三十七家主要文學期刊一年刊載的小說目錄，長篇就有 72 部，中篇有 343 部，而短篇則高達 3119 篇。截至一九八二年九月，六年間發表和出版的中篇小說近 1500 篇，長篇小說達 500 多部。一九七九年以來，戲劇、電影的年產量也連年增長。幾年來，兒童文學讀物也已出版 3000 餘種。如果加以比較，則六年新時期發表和出版的中篇小說篇數遠遠超過「文化大革命」前十七年的總和。而一九八一年長篇小說出版的部數，幾乎相當於五十年代產量最高的一九五九年的四倍。〔註75〕

面對如此豐富的文學創作成果，文學史家在進行具體敘述時，「他所能夠做的，無非是『一個連續不斷的把他的事實放進自己的解釋的模型中加以塑造，又把他的解釋放進自己的事實的模型中加以塑造的過程而已』」〔註76〕那麼，所謂的「模型」對於「新時期文學」而言究竟是什麼呢？

由於《思潮》涉及到此的篇幅較短，所以，一種高度凝練的概括很快為

〔註74〕 朱寨主編：《中國當代文學思潮史》，北京：人民文學出版社，1987 年 5 月，第 574 頁。

〔註75〕 中國社會科學院當代文學研究室編：《新時期文學六年》，北京：中國社會科學出版社，1985 年 1 月，第 2 頁。

〔註76〕 愛德華・霍列特・卡爾：《歷史是什麼》，北京：商務印書館，1981 年 2 月，第 28 頁。

我們理清了思路：

經過撥亂反正的新時期文學，呈現了嶄新的面貌。而這新貌無不與糾正過去的錯誤相聯繫。文學創作上的藝術個性和藝術風格的發揚，是從突破題材禁區和主題禁律開始的。首先是「傷痕文學」。它的意義，不僅是以飽蘸血淚的筆墨，揭露控訴了十年浩劫的罪孽，而且也是文學本身對於文化專制主義囚禁的強烈反叛，是對於過去把歌頌與暴露機械劃分和對立的否定。接著，「反思文學」在題材領域和主題範圍上，都作了開拓和縱深的伸延。當年一些年青的文學勇士，曾因越過雷區，干預了這片生活領域，而招致了政治上的滅頂之災從此在文壇上銷聲匿跡，致使後人不敢問津，造成文學題材、主題的大片荒地。「反思」是「傷痕」的必然結果。因爲「文化大革命」這個歷史的怪胎並不是自身繁殖，是積累以往「左」的錯誤由量到質的惡變。「反思文學」就是對於這個歷史怪胎的尋根探源。「反思文學」的尖銳鋒利，遠遠超過當年那些「於預生活」的作品。爲了與作品的內容相適應，而移植、採用了「意識流」、「荒誕」等藝術手法，如時空錯位，交插剪接，夢幻與眞實紛呈迭現，造成歷史與現實對應的強烈藝術效果，令人感慨沉吟！就不僅是突破禁區，而且是文學創作的新墾殖。這以後反映經濟體制改革的「改革文學」，也不同於過去描寫工農業戰線的作品；那些作品的場景往往被局限於田間、地頭、會議室裏，矛盾衝突糾纏在革新者與保守者技術方案之爭上。現今的經濟體制和管理制度的改革，涉及政治體制和領導問題，必然觸及某些制度和領導上的弊端陋習，所以「改革文學」所反映的是尖銳的現實矛盾，因而都具有廣闊的社會背景和時代氣氛，既寫了改革的艱難，也推出爲人們稱頌嚮往的眞正的「當代英雄」。以往表現工農業生產方面的作品，往往主題互相「撞車」，人物雷同，主要因爲迴避現實生活的複雜矛盾，而以政策條文的概念去選材寫人。「改革文學」從根本上糾正了公式化概念化的現象，使這一「痼疾」開始得到了根治。可以說，「改革文學」也是文學本身的改革。……〔註77〕

〔註77〕 朱寨主編：《中國當代文學思潮史》，北京：人民文學出版社，1987 年 5 月，第 575～576 頁。

在這樣的敘述中，以「傷痕文學」「揭露控訴了十年浩劫的罪孽」作爲「新時期文學」的開始逐漸發展到「反思文學」對「『左』的錯誤由量到質的惡變」的「尋根探源」，並在完成這樣的歷史清理之後把目光最終投向了正在進行的經濟體制改革從而催生出了「改革文學」，表面看來，這是一個遵循因果邏輯自然推進的層疊累積過程，但實際支撐這一圖式的基本模型其實是自五四以來就主導著中國文學史敘述的線性進化的文學史觀念，因爲在其中我們可以發現一種明顯的二元對立的解釋模式，每個思潮都有一個對立面爲之提供「控訴」、「反叛」、「否定」、「探源」「超過」、「糾正」和「根治」的契機，然後才能「突破」、「伸延」、「新墾殖」……如同杜贊奇所看到的：「線性進化史的新知識自身在一個被現存權力所專用的模式中生產了過去──它的知識的客體就此而言，這種知識──一個關於充滿意義的並由所指向的過去的知識──被捲入於其它時間和知識模式爭奪統治權的殘酷鬥爭之中，這種知識在思考現實的同時又對之進行了生產」〔註78〕，也就是說，從「傷痕」到「改革」文學的發展模式只有通過現在與過去之間的複雜交易才能形成，所謂「現在」就是指當時的歷史語境，對此，這段敘述從一開始就爲我們清楚地指明了：「無不與糾正過去的錯誤相聯繫」亦即「撥亂反正」，而所謂「過去」則正是指的「文革」或者更遠可以延伸至「十七年」的歷史時段。正是從「撥亂反正」出發，「文革」甚至於某種意義上的「十七年」被視作是一段不堪回首的「亂」的歷史，需要在不斷的反思、清理中實現斷裂和超越，最終爲「社會主義現代化」建設掃清障礙。由於文學的發展被視爲與政治同步的過程，因而對應與政治上的粉碎「四人幫」、平反冤假錯案和經濟建設的時代主題轉換而產生了「傷痕」、「反思」和「尋根」的文學思潮更迭。對此，楊慶祥認爲：「『進化論』的敘述同樣是一種『預設』的敘事，它與『新時期文學』這種命名一起，在話語上演繹著本時期的文學史敘事。」〔註79〕

以此來審視《六年》，可以更爲清晰地佐證這個演化趨勢與意識形態的關聯。《六年》是按「詩歌」、「小說」、「散文與報告文學」、「戲劇」、「電影文學」、「兒童文學與科學文藝」等體裁劃分章節的，其中小說又特別按「短中長」單獨設立了章節，一時難以看出明顯的規律和線索，但在編寫說明裏《六年》

〔註78〕 杜贊奇：《爲什麼歷史是反理論的？》，黃宗智主編《中國研究的範式問題討論》，北京：社會科學文獻出版社，2003 年 2 月，第 14 頁。
〔註79〕 楊慶祥：《如何理解「1980 年代文學」》，《文藝爭鳴》2009 年第 2 期。

特別指出：「本書沒有從一般文學史的角度來寫，而取以論帶史〔註80〕的分類綜論的方式。」〔註81〕這也就表明《六年》也是以「預設」的框架來組織材料的，而這個框架正是我們所說的線性進化的文學史觀念，我們可以以短篇小說為例做一個分析。

在對短篇小說進行總體描述之前，編者首先指出短篇小說與「革命現實主義」的聯繫：「六年來，進入新時期的我國社會主義文學，經歷了一個革命現實主義傳統從迅速恢復到發揚光大的過程。在這個過程中，特別是前期，短篇小說是發揮了『輕騎兵』和『突擊隊』作用的。」〔註82〕接著講述了以魯迅的《吶喊》、《彷徨》為開端的「革命現實主義」傳統怎樣在一九五七年之後被削弱直至在「文革」時期「喪失殆盡」的過程，在這個基礎上指出：「粉碎『四人幫』初期，我們國家的各條戰線，都面臨著一個撥亂反正、正本清源的艱巨任務。恢復和發揚被極左思潮所虐殺了的革命現實主義傳統，就成了當時文藝領域的當務之急。」〔註83〕這也就為接下來入選文學史的短篇小說設定了原則和標準，即在政治上是否有利於推動「撥亂反正、正本清源」，在文藝上是否有益於恢復和發揚革命現實主義傳統。據此標準，以劉心武的《班主任》、盧新華的《傷痕》等為代表的一批短篇小說漸次登場，「新時期

〔註80〕長期以來，「史」與「論」的關係一直是史學界關注的焦點，在 1958 年、1966 年以及 80 年代初期分別引起了幾場大的論爭，在論爭中大致呈現出三種思維模式，即「論從史出」、「以論帶史」以及「史論結合」。其中，根據蔣大椿的考察，以論帶史的主張大量地存在於 1958 年的「史學革命」中，當時《歷史教學》雜誌曾發表多篇文章，強調「以虛帶實」，「虛」即是論，主張用工人階級觀點、勞動觀點、群眾觀點、集體觀點和辯證唯物主義觀點來編排史實。而最早明確提出「以論帶史」的，是尹達發表於 1966 年的《必須把史學革命進行到底》一文，文章說：「我們提倡『以論帶史』，就是……必須以馬克思列寧主義、毛澤東思想為指導研究歷史，對於大量史實給予科學的分析，反對為史實而史實」。（參見蔣大椿：《近五十年來的史學理論研究》，《安徽大學學報》（哲社版）1999 年第 11 期）儘管「以論帶史」存在著不少爭議，但基本在改革開放之前基本是被倡導的主流史學觀點，亦成為建國後各種類型的歷史寫作的主導意識形態，而在 80 年代初的論爭中，「以論帶史」由於強調馬克思主義理論的指導作用，其地位仍然未曾撼動，自然也反映到文學史寫作中來。

〔註81〕中國社會科學院當代文學研究室編：《新時期文學六年》（前言），北京：中國社會科學出版社，1985 年 1 月，第 1 頁。

〔註82〕中國社會科學院當代文學研究室編：《新時期文學六年》，北京：中國社會科學出版社，1985 年 1 月，第 143 頁。

〔註83〕中國社會科學院當代文學研究室編：《新時期文學六年》，北京：中國社會科學出版社，1985 年 1 月，第 143 頁。

文學」的短篇小說敘述也逐步展開。從各節標題的設置上我們可以看出與《思潮》大致相近的創作潮流:「新時期小說的第一束報春花」、「反思建國以來的曲折道路」、「『四化建設』的交響樂」可以說分別對應了傷痕、反思和改革的文學思潮,同時,創作潮流間的轉化也遵循遞進的邏輯:

> 如果說,一九七八年前後我國人民的主要注意力都集中在揭批林彪、「四人幫」罪惡及其流毒方面,因而這個時期出現的同類題材的短篇小說往往都同這樣一個總的形勢相聯繫的話,那麼,一九七九年、一九八〇前後集中出現了一批把對林彪、「四人幫」極左路線的批判和對「文化大革命」前十七年生活的「反思」結合起來的作品,一九八〇年以後表現現實生活中新的矛盾、新的人物的作品的大量出現,並居於主導地位,則同樣清楚地表現了作家緊跟時代前進的步伐,敏銳地反映人民群眾心聲的革命現實主義精神。〔註84〕

這段敘述標出了幾個鮮明的界標:「一九七八年」、「一九七九年、一九八〇年前後」、「一九八〇年以後」,對於每個界標,事實上在每節都有具體說明:

> 《人民文學》編輯部於一九七七年十月召開的短篇小說創作問題座談會,到會的新老作家一致表示要徹底擺脫「四人幫」的幫規、幫法,肅清其流毒,表現了他們要盡快地把創作搞上去的強烈願望。關於「實踐是檢驗真理唯一標準」的討論,對於改變文學創作的這種局面,起了十分重要的作用。〔註85〕
>
> ……
>
> 胡耀邦同志在黨的「十二大」上所作的報告中指出:「十一屆三中全會的偉大歷史功績,就在於從根本上衝破了長期『左』傾錯誤的嚴重束縛,端正了黨的指導思想,重新確立了馬克思主義的思想路線、政治路線和組織路線。此後,黨從各方面總結歷史經驗,科學地闡述了許多從實踐中提出的有關建設社會主義的理論與政策問題。」黨的十一屆三中全會以後「黨從各方面總結歷史經驗」並

〔註84〕 中國社會科學院當代文學研究室編:《新時期文學六年》,北京:中國社會科學出版社,1985 年 1 月,第 156 頁。
〔註85〕 中國社會科學院當代文學研究室編:《新時期文學六年》,北京:中國社會科學出版社,1985 年 1 月,第 144 頁。

且在實際生活中產生了極其巨大而又深刻的影響。〔註86〕

……

隨著三中全會做出的把全黨工作重點轉移到社會主義現代化
建設軌道上來的偉大戰略決策付諸實施，我國的政治、經濟、文化、
人們的生活方式、心理狀態、相互關係等等，都相應地發生了愈來
愈深刻的變化。〔註87〕

可見，這種進化論的文學史敘述在當時已經成為一種普適性的話語，幫
助讀者建立起對新時期文學思潮的基本認識，最大限度地從文學角度為「社
會主義現代化」意識形態提供了合法性證明。

三、引導與收編：對異質因素的態度

從「傷痕文學」到「改革文學」的敘事線索為我們設定了理解「新時期
文學」的一個基本框架，然而，這種進化論式的敘述不可避免地包含著對歷
史的簡化和對不符合此一框架的歷史材料的壓制、忽略和清理。但這並不意
味著大量游離在外的支離破碎的材料就可以完全被繞過和置之不理，它們仍
有可能作為此起彼伏的異質因素不時挑戰和衝擊著一條起來相當連貫的進化
線索並因此形成了遍佈文學史的敘述的裂隙，而如何處理這些裂隙是新時期
文學格局建構不能迴避的又一個方面。

當然，討論這一問題不能不對「異質因素」有所界定。眾所周知，除了
「撥亂反正」，「文革」結束之後的中國還有一個不能忽視的歷史語境就是面
臨一個逐步敞開的世界圖景和重新加入到這一秩序的想像，這一變化使得我
們就不能完全按照十七年時期流行的以階級成分、社會制度、黨派等標準嚴
格劃分敵／友、正統／非正統、革命／反動陣營的方式來界定異質因素，但
是意識形態在某種意義上的延續又使這套常用修辭手段在某些時候依然有
效，正如程光煒所看到的：「當時，鄧小平對中國如何搞『現代化』有一個完
整的展望和規劃，這就是既要堅持『改革開放』又要堅持『四項基本原則』、
『一個中心、兩個基本點』的著名理論」〔註88〕，這也就是我們一直強調的

〔註86〕中國社會科學院當代文學研究室編：《新時期文學六年》，北京：中國社會科
學出版社，1985 年 1 月，第 157 頁。

〔註87〕中國社會科學院當代文學研究室編：《新時期文學六年》，北京：中國社會科
學出版社，1985 年 1 月，第 168～169 頁。

〔註88〕程光煒：《新時期文學的「起源性」問題》，《中國人民大學學報》2009 年第 5
期。

「社會主義現代化」的根本出發點，80 年代相繼發生的清除精神污染、反對
資產階級自由化等運動和批判都顯示出在一個很長時間內國家對社會主義制
度之外的不同社會形態在意識形態領域可能造成的影響保持了充分的警惕。
這就是說，所謂的「西方文化」在新時期仍然是異質因素的一個主要來源。
但是，值得注意的另一個方面又是在與「西方」的聯繫經歷了長時期的中斷
之後，「西方文化」迅速蔓延至日常生活的每個層面，「這一變遷表現在 80 年
代文學中，則是採取什麼方式對待奔湧而來的異族文化，在這些文化中選取
哪些因素作爲自己吸納的對象。相對於 50～70 年代當代文學對『世界』文化
採取嚴格選擇的挑選態度（這種挑選在『文革』期間演變爲對『封資修』文
化的全面批判），80 年代則表現了普遍的『世界主義』傾向。世界文化尤其是
20 世紀西方文化被當成『現代文化』受到熱情歡迎和廣泛吸收。」〔註89〕因
此，在各種體裁的文學創作中，我們都看到西方現代派藝術的滲透，這也在
80 年代的文藝領域引發了一系列的論爭，如「朦朧詩」論爭、關於「現代派」
藝術的論爭等等，在論爭中，不同的群體顯示了不同的態度，文藝界的領導
和文學史的這批編寫者更多從國家立場出發批判西方「現代派」的腐朽沒落，
被認爲偏於保守，尤其當他們把自己的觀點寫入負載著意識形態傳播功能的
文學史的時候就顯得更爲謹愼。所以，在這樣的語境下，關注文學史如何反
映和評價已經廣泛散佈於文學作品中的「西方現代派」藝術的影響，如何敘
述「朦朧詩」和建構他們心目中的「現代派」小說是非常必要的，因爲這已
經涉及到了「新時期文學」的根本性質和發展方向。

關於朦朧詩，《六年》沒有明確對之定義，只是將其稱爲「這些年來詩壇
出現的一些思想並非顯露、感情比較隱秘、形式上頗爲怪異的作品」〔註90〕，
並指出朦朧詩「並非多數詩人之追求，而是部分作者、尤其是一些青年人之
探索」，同時還補充說「青年作者也不是都寫『朦朧詩』」。然後，在分析了朦
朧詩的產生原因之後著重說明了讀者看不懂「朦朧詩」的幾種情形：

　　　　一種情形是，作者有較好的立意、構思和詩情，選擇了含蓄而
　　曲折的表達方式，一時難以爲人所理解。而其出一些「具象鮮明，
　　整體朦朧」的詩，從藝術上看是屬於將思考與想像留給讀者，給人

〔註89〕賀桂梅：《80 年代文學與五四傳統》，北京大學博士學位論文，第 75 頁。
〔註90〕中國社會科學院當代文學研究室編：《新時期文學六年》，北京：中國社會科
　　　　學出版社，1985 年 1 月，第 131 頁。

以一種「整體性期待」。一種情形是，作者儘管捕捉到較爲深刻、精彩的思想火花，但用某種故弄玄虛的筆墨去表達，而不是尋找與思想相適應的準確、形象、精練的形式。一種情形是，作者要表達的思想本身是含混的、模棱兩可或閃爍不定的，他沒有能力回答自己提出的問題，也就找不到恰當的藝術形式。還有一種情形是，作者對自己的題材雖有所思考，也捕捉了一些形象，但由於思考得不夠清楚，形象的內在邏輯性也沒有很好把握，一些時明時暗的東西糾纏在一起，寫出來也就爲讀者體味不到。更有一種情形是極少數青年作者缺乏生活閱歷、文學知識與藝術修養對時代沒有激情，想一鳴驚人，而盲目地從西方詩中尋章摘句，自以爲有「朦朧」的詩意而實際上是無病呻吟，那自然讓人難以捉摸了。〔註91〕

在 5 種情形中編寫者僅完全肯定了 1 種，其餘幾種基本都被認爲存在或大或小的問題。在敘述語氣中我們不難感覺到一種居高臨下的姿態，這種姿態幾乎貫穿了對朦朧詩的所有表態並透露出對朦朧詩前景的不看好，雖然編寫者也顯示出了某種程度的客觀和寬容：「我們並不一概地譴責『朦朧』或是不加區別地一律嘲諷藝術形式上的『古怪』。只要是內容健康，能比較正確地反映現實，那麼，就應當讓明朗與朦朧、豪放與婉約、『笑蓉出水』與『流風回雪』並存，讓百花獲得各自存在的價值讓群眾去檢驗與選擇」，最後編者認爲：「對於目前正在成長中的青年詩人，須有正確的引導。要使他們懂得，對於任何一個有志於文學創作的人來說，先進的世界觀、堅實的理論基礎和生活基礎至關重要，而不能僅僅滿足於向外國的流行作品吸取營養。要鼓勵和幫助他們站到時代思想的高峰以本民族獨特的風格和觀察生活的角度與藝術思維的方式，反映這個歷史時期的生活畫卷，而不囿於那種過於狹小的情感圈子」。〔註92〕在這段「引導」話語中，我們不難感覺到自 1942 年以來就不斷被強調的文藝創作者應該樹立正確的世界觀和人生觀的規訓制度依然在發揮作用，而且文藝的民族化問題也隨著西方文化的大量湧入所引發的焦慮感和緊迫感而再次被賦予了新的時代意義和被反覆提及，並且亦體現在對新時

〔註91〕中國社會科學院當代文學研究室編：《新時期文學六年》，北京：中國社會科學出版社，1985 年 1 月，第 133 頁。

〔註92〕中國社會科學院當代文學研究室編：《新時期文學六年》，北京：中國社會科學出版社，1985 年 1 月，第 133 頁。

期「現代派」小說的介紹和評價中。

　　這裡有個值得探討的悖論是，既然對於文學史編寫者而言，「現代派」在意識形態層面是一個明顯的「異質因素」，需要警惕與批判，那麼為什麼還要特別介紹一批「現代派」小說？對此，我們可以發現一種「分離對待」的做法，即將意識形態層面的「現代派」與藝術技巧層面的「現代派」相互分離開來，這就再次引入了「體」、「用」的概念，當時對應「文學的民族化」問題一個流行的說法就是「洋為中用」，比如在講到朦朧詩與「西方現代派」的關繫時，編寫者就曾說：「十餘年的文化禁錮和愚民政策，使一些青年渴望知道外國詩歌和藝術的現狀，甚至對西方庸俗、腐朽的詩作也予以吸收、模仿。這種對閉關鎖國思想的反撥，是可以理解的。但可以理解不等於承認其正確。對於西方現代詩歌，我們不贊成簡單地否定與排斥的做法，但確也不可採取囫圇吞棗、全盤吸收的態度，以至於飲鴆止渴。我們主張對『引進』的詩歌作品與詩歌理論進行認真而細緻的研究、分析和鑒別以真正達到『洋為中用』、藉以豐富和發展我們民族的藝術創造。」〔註93〕自晚清洋務運動以來，「洋為中用」就一直是中國應對西方的一種策略，通常是指在保證現有政權和制度不動搖的前提下吸收西方技術、制度層面的先進技術和理念，以推動自身的現代化的進程。「洋為中用」在 80 年代的再次重申顯然處於這樣一種思路，即認為「現代派」是與「現代化」相適應的一種藝術形態，在這個問題上被徵引最多的徐遲的觀點很能說明問題，徐遲在《現代化與現代派》一文中就指出：「西方現代派，作為西方物質生活的反映，不管你如何罵它，看來並沒有阻礙西方經濟的發展，確實倒是適應了它的」，而「現代派」藝術對中國的意義在於，「我們將實現社會的四個現代化，並且到時候會出現我們的現代派思想感情的文學藝術。」〔註94〕因此，如果說對朦朧詩的「引導」體現了社會主義文藝管理方式的延續和介入，容易被視為保守、封閉；那麼在文學史中展示「現代派」的創作實績則表現了對時代的積極回應和對現代化的某種開明態度。

　　不過，有意思的是，我們通常所認為的新時期現代派小說指的是劉索拉、徐星等人的創作，但在這批文學史寫作時，這些作品還沒有出來，那麼，這時期出現在文學史中的「現代派」小說又指的是什麼呢？需要說明的是，並

〔註93〕中國社會科學院當代文學研究室編：《新時期文學六年》，北京：中國社會科學出版社，1985 年 1 月，第 134 頁。

〔註94〕徐遲：《現代化與現代派》，《外國文學研究》1982 年第 1 期。

沒有出現直接用「現代派」小說命名的作品，與之相關的主要是「借鑒西方現代派文藝的一些表現手法上，諸如打破時空順序，採用復線式『放射線』式的心理結構，而不拘泥於一條主線」等的作品，被文學史列舉的比較有代表性的是：王蒙的《夜的眼》、《春之聲》、《海的夢》、《風箏飄帶》、《深的湖》以及中篇《布禮》、《蝴蝶》等，茹志鵑的《剪輯錯了的故事》，宗璞的《我是誰》、《蝸居》、《核桃樹的悲劇》、張賢亮的《靈與肉》、葉文玲的《心香》、李國文的《月食》、張潔的《仟悔》、李斌奎的《天出深處的「大兵」》、張承志的《綠夜》等。暫且不去爭論對這些作品是否是真正的「現代派」，我們關注的是文學史對這些作品的評價，在評價方式上，通常注重將作者的自我聲明與編寫者的評述相結合：

> 作者（王蒙）還多次談到，他所借鑒盼不只是西方藝術的某些表現手法，還有中國傳統藝術中的相聲，魯迅的雜文，李商隱、李賀的詩等等。〔註95〕
>
> ……
>
> 她（宗璞）說：「西方超現實主義流派中有些作品的意識脫離現實，非我所取。」「我的這一類創作，受到西方現代派手法影響，但我未有意識地學哪一家。」這正表現了她在吸收、借鑒外國文藝上的以我為主、洋為中用的正確態度。〔註96〕
>
> ……
>
> 張賢亮在談到《靈與肉》的寫作技巧時說：「我試用了一種不同於我過去使用過的技巧——中國式的意識流加中國式的拼貼畫。也就是說，意識流要流成情節，拼貼畫的畫面之間又要有故事聯繫。這樣，就成了目前讀者見到的東西。」……能不能把這些作品名之為「中國式的意識流加中國式的拼貼畫」，還可以討論。但是我們在讀這些作品的時候，確實一方面感到它們在形式和手法上比較新鮮活潑，另一方面又感到它們活而不亂，新而不怪，比較容易為中國讀者所接受。究其原因，乃是在於作家們「採用外國良規」的時候，是真正立足於中國的生活土壤，真正考慮了中國讀者的欣賞習慣，

〔註95〕中國社會科學院當代文學研究室編：《新時期文學六年》，北京：中國社會科學出版社，1985年1月，第196～197頁。

〔註96〕中國社會科學院當代文學研究室編：《新時期文學六年》，北京：中國社會科學出版社，1985年1月，第198頁。

　　　　眞正對外來藝術形式和手法下了一番改造、「發揮」的工夫，而不是
　　不顧群眾的審美習慣，採取那種「看不懂的可以不看嘛」的態度。
　　　　這是很不容易的事情。……〔註97〕

　　顯而易見，文學史的編寫者基本上爲讀者構建了一個非常民族化的「現代派」小說圖景。這種表述成爲歷史轉折時期非常獨特的一個現象，因爲它的深層資源其實基本還是來源於《講話》的，對此，可以在《六年》裏找到明確的依據：

　　　　　　文學的民族形式，既有其繼承性和相對穩定性的一面，也有其
　　隨著時代的前進而不斷推陳出新的一面。在這個問題上的藝術探
　　討，從根本上來說，是要解決文學如何更好地爲人民服務的問題，
　　是作家、藝術家如何深入地瞭解和適應本民族人民的審美習慣和審
　　美趣味的問題。應該承認，「五四」以來我國現代短篇小說的形式，
　　就其基本格局而言，乃是脫胎於西方文學而大不相同於中國傳統小
　　說的。這既有毋庸置疑的革新意義，也有一個讀者面狹窄、難於爲
　　更多的中國老百姓所習慣和喜聞樂見的問題，鑒於此，早在三、四
　　十年代，我們的文學前輩就在批判「全盤西化」的民族虛無主義的
　　同時，提出了「拿來」外國的東西必須實行民族化、大眾化。後來，
　　毛澤東同志又把「洋爲中用」作爲指導新中國社會主義文學工作的
　　方針提了出來。〔註98〕

對「現代派」的態度某種意義上是與主流意識形態對「現代化」的態度同步的，通過這種「洋爲中用」的策略，文學史很好地實現對異質因素的收編，並從另一個層面凸顯了對新時期文學的定位，即堅持社會主義文學「爲人民服務」的方向。

　　以上，我們從最具代表性的「朦朧詩」以及「現代派」小說入手，通過分析文學史的敘述來看編寫者是如何對異質因素建立起排斥吸納機制進而完善新時期的文學格局的，事實上除此之外，文學史還涉及了大量類似的問題，如自然主義傾向、抽象的人性、描寫自我等等，基本覆蓋和回應了當時文藝界所有的爭論。對此，「引導」與「收編」兩種策略都有效地消解了「錯誤傾

〔註97〕中國社會科學院當代文學研究室編：《新時期文學六年》，北京：中國社會科
　　　　學出版社，1985年1月，第198～199頁。
〔註98〕中國社會科學院當代文學研究室編：《新時期文學六年》，北京：中國社會科
　　　　學出版社，1985年1月，第207頁。

向」和「不利影響」，在文本層面彌合了一個完整的「社會主義現代化」意義下的「新時期文學」想像。

3.3.3　「終結」的敘事

我們最後來看兩本文學史是如何終結自己的「新時期文學」敘事的，就像敘事學理論所講的，「任何敘事都不是爲了到達終點，而是爲了使這根重複的線條、系列或者鏈條不斷向前發展。所有講故事的過程都以持續發展的方式，將死神擋在門外。」〔註 99〕兩本文學史都樂觀地呈現了一個正在進行時的開放式結尾，從中我們可以看到，儘管對「新時期文學」的講述暫告一個段落了，但「新時期文學」本身卻站在一個剛剛打開的起點之上：

　　《六年》：前事不忘，後事之師。回顧正是爲了前瞻，爲了更好地前進。我國各族人民在完成偉大的歷史性改變後，在黨的領導下已經進入全面開創社會主義現代化建設新局面的歷史時期。毫無疑問，在未來的歲月裏，黨和人民群眾對文學藝術的要求將會越來越高，而隨著社會主義建設的前進，我們的社會也將會爲文學藝術的繁榮創造更好的條件。我們固然要爲短短六年已經取得的文學成就感到自豪，因爲，它畢竟爲未來具有中國特色的社會主義文學的繼續發展，奠定了承前啓後的良好基礎。但是，我們也應當看到較之黨和人民的要求，較之歷史賦予社會主義文學藝術的崇高使命，現有的成績畢竟是初步的。在攀登社會主義文學藝術的高峰的征途上，我們還有很長的路要走。我們深信我國的文學工作者在回顧以往，瞻望未來時，一定會沉思和汲取歷史的經驗教訓，發揚成績，糾正缺點，以更辛勤的耕耘勞動去迎接社會主義文藝輝煌燦爛的明天。〔註100〕

　　《思潮》：通觀現當代文學思潮經歷的三十年艱難曲折的歷程，審視經過撥亂反正後的轉折和迎著光輝未來的奮進，關於當代文學思潮的新勢態，可以用魯迅先生的一句名言概括這就是「文學

〔註99〕J・希利斯・米勒：《解讀敘事》，申丹譯，北京：北京大學出版社，2002 年 5 月，第 225 頁。

〔註100〕中國社會科學院當代文學研究室編：《新時期文學六年》，北京：中國社會科學出版社，1985 年 1 月，第 37 頁。

自覺的時代」的到來！〔註101〕

　　儘管兩個結局類於某種「時間的神話」，其遠景都指向一個美好的將來，但是我們很容易會注意到其中存在的微妙差異，這個差異就是「美好將來」的具體所指。《六年》的修辭更容易讓我們聯想到「十七年」，其中反覆出現的「黨」、「人民」、「社會主義」等詞彙提醒我們，它所展望的理想文學形態始終是「在黨的領導下」的「社會主義文藝」；而稍晚出版的《思潮》則似乎更樂於構築一個更爲純粹的「文學自覺的時代」，那麼，我們是否就可以據此認爲《思潮》已經轉向了一種「純文學」的訴求呢？

　　首先還是回到「文學自覺的時代」這一說法，《思潮》明確指出這一說法借用自魯迅的《魏晉風度及文章與藥及酒之關係》一文，文中說：「他（曹丕）說詩賦不必寓教訓，反對當時那些寓訓勉於詩賦的見解，用近代的文學眼光看來，曹丕的一個時代可說是『文學的自覺時代』，或如近代所說是爲藝術而藝術（Art for Art's Sake）的一派。」〔註102〕有研究者指出魯迅並沒有斷言「文學自覺」是當時客觀現象，而「是用近代審美主義觀念來評價文學，是『站在五四運動要破除傳統文化中束縛人心的一面』，認爲文學獨立於政治教化、文學具有審美自律特性。」〔註103〕顯然，魯迅是從推動「五四」文學發展的現實語境和具體需求出發的而做出魏晉時期「文學自覺」的判斷的，可以追問的是，魏晉時期的「文學自覺」與新時期的「文學自覺」又有什麼聯繫？《思潮》又爲什麼會在 80 年代中期借用魯迅這一說法作爲對未來文學的展望？這無疑要提到李澤厚寫於 1979 年的《美的歷程》一書，在書中李澤厚極爲推崇魯迅的「魏晉自覺說」並爲之提供了「人的自覺說」作爲理論支撐，認爲「人的覺醒」在文藝創作上構成新內容「人的主題」並與作爲新形式的「文的自覺」密切結合適應而形成了魏晉新風〔註104〕。李澤厚的觀點在大力倡導「人道主義精神」的新時期不僅作爲一種學術資源也作爲一種思想資源產生了廣泛的影響，以「人的覺醒」對應「文的自覺」的思路亦構築了文學

〔註101〕朱寨主編：《中國當代文學思潮史》，北京：人民文學出版社，1987 年 5 月，第 578 頁。

〔註102〕魯迅：《魏晉風度及文章與藥及酒之關係》，《魯迅全集》（第三卷），北京：人民文學出版社，1981 年 1 月，第 504 頁。

〔註103〕劉科軍：《從「文學自覺」看文學史敘述的語境化立場》，《鄖陽師範高等專科學校學報》2008 年第 8 期。

〔註104〕李澤厚：《美的歷程》，北京：中國社會科學出版社，1984 年 7 月，第 118 頁。

研究的一種普遍性的認識裝置，而「文學自覺」的提法也在 80 年代被充分激活並成爲一個響亮的口號，當代文學的研究自然也不能游離於這股時代風潮之外。如果對《思潮》涉及「新時期文學」的整個結語部分做一個考查，我們可以發現，作爲鋪墊，在講到作品時，除根據政治形勢闡釋思潮演進之外，還有一條並行的線索就是考察從「傷痕」到「改革」對「文學本身」回歸；在講到作家時，主要強調作爲創作主題的中青年作家「他們思想解放，目光敏銳，富於藝術個性，都在自覺地尋找自己的文學位置，發現屬於自己的藝術世界。『尋找到自己』幾乎成了他們的一致的座右銘。」；在講到文學理論批評時，《思潮》認爲新時期的文學理論批評「恢復到眞正的『文學』的批評」，「『文學是人學』和『寫眞實』重新成爲響亮的創作口號；人性、人情、人道主義得到重視和自由討論；對創作方法提出了多元化的主張……」。〔註 105〕「文學本身」、「尋找到自己」、「眞正的『文學』的批評」等判斷顯然都預示著「文學自覺的時代」的到來，由此看來，《思潮》的結尾並不是偶然形成的。

關鍵的問題是，《思潮》是在怎樣的意義上來認識「文學自覺」的？所謂「自覺」辭海的解釋是「指人們認識並掌握一定客觀規律時的一種活動。這是人們有計劃的、有遠大目的的活動。在這種活動中，人們一般能預見其活動的後果。」〔註106〕如果把主語換成是「文學」，那麼「自覺」也就是承認文學內在的一種自有演化動力，即通常所說的「自律性」。這樣一來，也就在某種程度上將「文學」當作一個不證自明的概念，而事實上正如特里・伊格爾頓所看到的：「如果把文學看作一種『客觀的』描述的類型行不通的話，那麼說文學僅僅是人們憑臆想而選定稱作文學的寫作同樣行不通。因爲關於這種種的價值判斷根本不存在任何想入非非的東西：它們紮根於更深的信念結構，而這些信念結構顯然像帝國大廈一樣不可動搖。因此，我們迄今所揭示的，不僅是在眾說紛紜的意義上說文學並不存在，也不僅是它賴以構成的價值判斷可以歷史地發生變化，而且是這種價值判斷本身與社會思想意識有一種密切的關係。他們最終所指的不僅是個人的趣味，而且是某些社會集團藉以對他人運用和保持權力的假設。」〔註107〕因此，我們在確定《思潮》所指

〔註105〕朱寨主編：《中國當代文學思潮史》，北京：人民文學出版社，1987 年 5 月，第 575～578 頁。

〔註106〕《辭海》，上海：上海辭書出版社，1980 年 8 月，第 1894 頁。

〔註107〕特里・伊格爾頓：《現象學，闡釋學，接受理論——當代西方文藝理論》，王

的「文學」時，不能不借助於它所針對和排斥的對象。在新時期，我們很容易看到，當時「文學」最大的對立面就是「政治」，諸如「爲文藝正名」、「駁文藝是政治的工具說」等討論此起彼伏，從文藝／政治的二元對立結構出發，要求掙脫政治對文藝的束縛成了普遍的時代呼聲。因此，「文學回到自身在八十年代，曾經流傳過一個著名的比喻，意思是文學這駕馬車承載了太多的東西，現在應該把那些不屬於文學的東西從馬車上卸下來，而這些不屬於文學的東西自然是國家、社會、政治、意識形態，等等。這實際上就是對什麼是『文學本身』的一個極爲形象的概括。」〔註108〕

　　不過，正如並不存在一個確定不變的「文學」一樣，也不存在一個確定不變的「政治」，我們在追問什麼是《思潮》的「文學」所指的同時，也要追問思潮的「政治」內涵，這同樣是由具體的歷史語境所規定的，正如蔡翔所說：「那個時候，我們把意識形態僅僅理解爲一種主流意識形態，更具體一點說，就是極左政治的意識形態。這種意識形態不僅控制了我們的全部生活內容，同時也控制了文學寫作，使文學僅僅成爲某種政治主張的簡單的『宣傳機器』，而所謂的『再現』，只是再現了這種意識形態的虛假圖象而已。」〔註109〕所以，《思潮》的文學自覺是其實很大程度上是脫離了「極左」政治的「文藝自覺」。對此，程光煒認爲：《思潮》「這種『當代』文學的表述，雖然表面上與當時『去政治化』的文學思潮緊密匹配，反映出文學研究界的重要走向和價值追求，它仍然難被看做是所謂的『純文學』主張。這是因爲，這一文學建構的『說服力』，是通過對中國歷史國情的特殊分析來達到的，更重要的是，與它『重新評價』和『正本清源』的對象一樣，與現實的政治實踐聯繫在一起，並在『改革開放』政治運動的保證中，推動著這一『話語方式』在新的文化環境中『體制化』地實現。由此可見，這種『概念分離』最終實現的並不是『純文學』的訴求，而是『當代』文學的對上世紀三四十年代『革命現實主義』的歷史性回歸，它要縫合『十七年文學』、『文革文學』在這一歷史過程中所造成的『話語裂痕』，並在此基礎上重述什麼是他們所認爲的『當代』文學。因此，它更積極的目的是，清掃過去文學中的『錯誤觀點』，激活革命現實主義文學內部殘存的歷史活力，賦予它以新的含義，

　　　　逄振譯，南京：江蘇教育出版社，2006年3月，第15頁。
〔註108〕蔡翔：《何謂文學本身》，《當代作家評論》2002年第6期。
〔註109〕蔡翔：《何謂文學本身》，《當代作家評論》2002年第6期。

而作爲比『十七年文學』、『文革文學』更高階段的文學，也在這一文學史表述中被悄然地預設。」〔註110〕

　　在這一點上，《六年》和《思潮》對「新時期文學」根本方向的設定仍然是一致的，即在「革命現實主義」的話語體系下，推進社會主義文學的不斷向前發展；不過，隨著 80 年代對「現代化」的熱切想像和渴望，經濟體制改革被不斷推進，而與此同時，思想體制層面的探索和嘗試則開始被控制和延宕，導致某些社會主義資源和價值的漸次被摧毀和遺忘。在這種趨勢之下，通過形式主義、語言實驗和欲望寫作來填充和實踐的「文學自覺」的想像和內涵也發生了偏移，文學逐漸喪失著關注和應對重大問題的可能和能力，這一切最終引發了當代文學結構性的調整和轉換。在某種意義上，這些文學史作爲「社會主義現代化」意識形態下新舊交替的話語產物，其所預言的「新時期文學」成爲了歷史的飛地。

〔註110〕程光煒：《歷史重釋與「當代文學」》，《文學講稿：「八十年代」作爲方法》，
　　　　北京：北京大學出版社，2009 年 9 月，第 6 頁。

第 4 章　重建「當代文學」：一種 文化政治的視角

　　通過「十七年文藝」的重述和「新時期文學」的確立，這批 70 年代末 80 年代初完成的當代文學史伴隨著「當代文學」學科在 80 年代的重建，在一段時間內被相當數量的高校採用作為專業的教材或重要的參考，它們對於「當代文學」的講述已經在悄然之間轉換為「知識」形塑了人們對「當代文學」的基本看法，但是，在某種意義上，我更願意將這批文學史看作一種文化政治實踐的產物：即在中國社會的轉型時期，一批與「思想解放」潮流密切相關的知識分子參與和滲透到歷史書寫的細微環節中去，試圖重建一種社會主義框架下的「當代文學」的努力。重新回顧和反思他們的這種努力將豐富我們對於「當代文學」的認識以及推動當代文學史寫作的發展。

4.1　「當代文學」的危機與新的理論資源

　　根據約恩・呂森的說法：「我把『危機』理解為偶然的時間經驗。偶然是一個事件在人類生活的關聯中發生的一種方式。即它不符合對人類生活的目的來說是可以理解的預定的闡釋關聯。……偶然是一個時間的質，它顛倒了期待的視角。許多人類行動的結果都是偶然的，人們未能實現行動的目的，所發生的事出乎預料、甚至和目的截然相反。對於人類理解和詮釋的有序世界，偶然是混亂的、破壞性的。」〔註 1〕通常認為，在 1976～1978 年間的「權

〔註 1〕　約恩・呂森：《歷史思考的新途徑》，上海：上海世紀出版集團，2005 年 10 月，

力眞空」階段，社會主義正面臨著某種危機，正如吳國光所說：「當時，毛澤東等領導人相繼去世，毛的遺孀江青及其它三人被捕，接著是毛指定的接班人華國鋒被實際架空」〔註2〕，可以說，50～70年代的社會主義實踐自此被中斷。與此同時，這種中斷也釀成了內在於這種社會主義實踐的「當代文學」的危機。因為，「當代文學」的建構從一開始就是與這種「社會主義」實踐同步的——「對當代的『新的人民文藝』（社會主義文藝）的性質的敘述，通常這樣開始：新中國文學（當代文學）繼承了『五四』文學革命、尤其是延安文學的傳統，而在中國進入新的歷史階段之後，文學也進入新的歷史時期，而寫下了『嶄新的一頁』，文學變化為社會主義的性質」〔註3〕，因此，「當代文學」在很大程度上來說其實就是「社會主義文學」。

我在第二章中曾經簡要提及：從「人民的文藝」到「無產階級的文藝」的進化是毛澤東在不斷尋求社會主義文學的實現方式之下而對十七年文藝的基本設計或者說一次實驗探索，並在當時被認為是具有充分合理性的。這種合理性是40年代以來在「當代文學」生成的過程中就已經逐步被確立了起來，正如賀桂梅借助葛蘭西的霸權理論對當代文學的構造及其合法性依據進行了考察，她認為：「正如葛蘭西揭示出霸權（Hegemony）理論具有強制／同意的兩面一樣，除卻其借助政治強勢地位而施行的『類型』劃分的排斥話語機制之外，也和它有效地創造出一種贏得廣泛『同意』的話語機制相關。文藝施行的這種『同意』功能，在很大程度上與其建立起有效的階級／民族－國家的表述直接聯繫在一起。也就是說，『當代文學』的生成過程，既與階級鬥爭的論述聯繫在一起，更重要的是它構建了一種新的有關階級——國家的共同體想像。……『當代文學』在創建這種『政治社會』共同體的過程中起到了關鍵作用，並使自己超越了作為『國民文學』的『五四』新文藝傳統」〔註4〕。建國之後，這種以階級鬥爭和民族主義話語進行政治動員的方式在美帝國主義、蘇聯修正主義、資產階級當權派等指認背景中被不斷強化並滲透到對文學的整合中去，構成了社會主義文藝不斷向前推進的重要動力。儘管「即使

第145頁。
〔註2〕吳國光：《試論當代中國的政治危機周期》，《當代中國研究》1999年第4期。
〔註3〕洪子誠：《「當代文學」的概念》，《文學評論》1998年第6期。
〔註4〕賀桂梅：《「當代文學」的構造及其合法性依據》，《海南師範大學學報》1998年第6期。

是十七年和文革時期極端化了的階級鬥爭學說，也仍然具備某種眞實的依據」〔註5〕，但伴隨著自 70 年代以來中國對世界的逐步開放以及「文革」結束之後對階級和階級鬥爭的徹底否定，這種合理性基礎被極大地動搖以致最終不復存在，「當代文學」／「社會主義文學」的危機由此產生。

　　與危機的產生同時出現的是對危機的處理與克服，「當代文學」／「社會主義文學」的危機既然從根本上是與一套社會主義實踐機制相關聯的，那麼對之的處理和克服，也必然應該與政治領域的改革和更新相適應，正如蔡翔所說：「在某種意義上，任何一個社會結構同時也是危機的生產裝置，當危機被生產出來以後，這個社會有沒有能力來克服它以及克服它的資源是什麼，就構成了極其重要也是整個社會必須面對的問題。而對危機的克服，則往往提供了一種新的革命的可能性。中國的社會主義同樣也在生產自己的危機，包括對危機的克服。」〔註6〕我們可以看到，同樣是在 1976～1978 年間，「鄧小平等在文革中被逐的領導人返回權力核心，構成了一系列有關政治權威的危機及重建。同時，隨著新的領導集團的確立，隨著『四個現代化』的重新提出和所謂工作著重點向經濟建設的轉變，也隨著改革開放的提出，一系列舊有的政治規則遇到了危機，而新的領導集團引進了一整套新的政治規則。」〔註7〕與新的領導集團的形成同步呼應的是，政治經濟思想各個領域的知識分子對於中國社會未來道路的熱烈討論。由於「文革」派性鬥爭和暴力衝突所帶來的悲慘結局使 50～70 年代的社會主義實踐模式暴露了其深層的問題根源，已經不可能再繼續，那麼中國在轉入現代化建設之後又究竟應該沿著怎樣的道路發展呢？一個根本的前提還是對於中國革命和社會主義價值的堅持和肯定，畢竟危機被認爲僅僅是「實踐」模式的危機，而不是「制度」本身的危機，因此，在關於社會主義現代化道路和方案的討論中，社會主義自身的改革是最爲基本的方向，馬克思主義仍然是最爲主要的理論資源。汪暉曾指出了三種作爲現代化的意識形態的馬克思主義，其中一種是帶有空想社會主義特點的「人道主義」的馬克思主義，主要是指「1978 年以後在中國共產黨內以及一些馬克思主義知識分子中出現的『眞正的社會主義』思潮，其主要的特徵是用人道主義來改造馬克思主義，並以這種改造了的馬克思主義批

〔註 5〕　祝東力：《精神之旅》，北京：廣播電視出版社，1998 年 4 月，第 49 頁。
〔註 6〕　蔡翔：《社會主義的危機以及克服危機的努力》，《現代中文學刊》2009 年第 2 期。
〔註 7〕　吳國光：《試論當代中國的政治危機週期》，《當代中國研究》1999 年第 4 期。

判改革前的主導意識形態，從而爲當代社會主義改革運動提供理論上的依據。這個思潮是當時中國的『思想解放運動』的一部分。」〔註8〕

被引入的人道主義理論主要來源於青年馬克思時期的著作，包括《〈黑格爾法哲學批判〉導言》、《神聖家族》以及《1844年年經濟學一哲學手稿》等。「人道主義」的馬克思主義的工作主要集中於三個方面，一是論證馬克思主義與人道主義的關係，通過強調青年馬克思與成熟馬克思主義之間的理論連續性，將青年馬克思的人道主義話語納入到共產主義的譜系中來使其充分合法化；二是使用「異化」理論對「50至70年代的社會主義實踐尤其是『大躍進』和『文化大革命』中出現的社會問題」進行批判，「如『個人崇拜』、官僚主義國家政權對個人的壓抑、『階級鬥爭』造成的人與人關係的緊張，以及一些特定的社會群體如青年學生（主要是『知青』）、知識分子、被作爲『走資派』而受到衝擊的官員所遭受的社會傷害。在分析原因時，『階級鬥爭』被看作是造成『人性』受到摧殘、『人的本質』遭到『異化』的主要理論根源。」〔註9〕此外，還以「人性論」作爲歷史指歸，爲現代化建設提供相配套的價值觀念。正如阿爾杜塞1963年說到的：「人們驚奇地注意到，政治問題和倫理問題在蘇聯和大多數社會主義國家裏都占首要地位，西方各國的黨也經常考慮這些問題。人們以同樣的驚奇看到，關於這些問題的理論論述，即使不是經常，但至少有時運用著馬克思青年時期所使用的概念，即關於人的哲學概念，如異化、分裂、整體的人，等等。可是單就這些問題而言，它們實質上並不要求『人的哲學』的幫助，而是要製定出社會主義國家處在無產階級專政消亡或者已經過時的階段裏所應實行的政治生活、經濟生活和意識形態生活的新的組織形式。」〔註10〕如果說「人道主義」的馬克思主義試圖通過人道主義理論克服傳統的社會主義的危機的話，那麼，社會主義文學所面臨的危機也必然在這個過程中借助這個新的理論資源而獲得轉化和克服，因爲作爲某種意義上的一種意識形態話語，人道主義散佈於哲學、美學和文學等各個層面，我主要關注的是人道主義的價值體系如何成爲一種新的社會主義文學資源的可能的。

首先，根據祝東力的觀點，人道主義的主題在文學創作中的出現甚至早

〔註8〕 汪暉：《當代中國的思想狀況和現代性問題》，《天涯》，1997年第5期。

〔註9〕 賀桂梅：《「十九世紀的幽靈」——80年代人道主義思潮重讀》，《上海文學》2009年第1期。

〔註10〕路易·阿爾都塞：《保衛馬克思》，北京：商務印書館，2006年6月，第236頁。

於哲學理論界，「當時，在文學批評界看來，傷痕文學代表作（班主任）的意義，正在於把人們的目光從『神的世界』拉回到『人的世界』；同時，另一部代表作《傷痕》所正面揭露的對人性的扭曲和踐踏，則被認爲更具有『突破』意義。當時，1977 年和以後 3 年裏的創作——無論是對『文革』還是『十七年』的回顧，還是對現實的針砭和剖析，都被正確地總結爲一股『人道主義』的文學潮流。因此，我們可以把 1979 年前後有關人性、人道主義和異化的討論，看作是文學反思在理論領域的回響。」〔註11〕這種創作實踐先於理論倡導的現象事實上爲我們暗示了「文革」後一種知識分子普遍社會心理的存在，即如何有效地解釋「文革」所造成的巨大災難和講述他們的創傷記憶，而原有的「階級敘事」框架已經難以應對，對此，傷痕文學以一種見證文學的姿態出現無疑形成了打開的「人性」空間的契機，同時，它強烈的社會反響也爲「文革」文藝的「空白論」提供了充分的旁證，另外，文學批評界敏銳地捕捉了這些信息並爲之命名，使「人性」、「人道主義」等概念成爲新的批評標準和關鍵詞，此後人道主義的創作和批評一直相互呼應並在 80年代引發了持續的熱度；第二，新時期的人道主義討論使人道主義話語產生了廣泛的社會影響力，而討論的觸發點與朱光潛 1979 年發表的《關於人性、人道主義、人情美和共同美的問題》一文有密切關係，該文針對「階級論」所設置的禁區從馬克思主義經典著作出發對人性、人道主義、人情美和共同美等問題做了重新闡發用以批駁四人幫的「三突出」美學，此文在新時期之初無疑具有強烈的政治指向，但問題的提出基本是圍繞「文藝創作和美學」的範圍展開的，可以說，文藝界一直在推動和回應人道主義討論中扮演了重要而活躍的角色，就像賀桂梅所看到的：「70 年代後期 80 年代初期，在席卷整個知識界的人道主義潮流中，文學佔據了極爲重要的位置，並實際上承擔者建構文學話語的主要任務。這一點首先與當時的學科狀況有關。從 50 年代後期開始，人類學、心理學和社會學等，都作爲『僞科學』被取消。與『人性』相關的闡述，主要被當作建立在經濟基礎／上層建築模式中的意識形態的一部分來看待。這一學科歷史背景，使得 80 年代初期關於『人』的討論，首先是以重新認識馬克思主義理論的方式來展開的，並要求將人道主義思想作爲馬克思主義理論的核心內容。另一方面，由於人文學科建設的匱乏，在80 年代前期，實際上是由『文學』以超負荷方式承擔了『人學』的建構。」

〔註11〕祝東力：《精神之旅》，北京：廣播電視出版社，1998 年 4 月，第 52 頁。

〔註 12〕因此，在當時的語境中，人道主義話語很大程度上本身首先亦是一種文藝資源；第三，也是極為關鍵的一點，就是對文藝界具有重要影響力的周揚對人道主義的推動。儘管周揚在新時期對於人道主義與異化問題的探討並不是從文藝角度出發的，但由於他與文藝界的特殊關係，他的觀點不僅成為推動現代化建設的一種普遍的思想資源更是對文藝發展產生了極大的影響。1980 年 9 月，周揚在中央高級黨校的講話《思想解放和社會主義現代化建設》中就專門講到了人道主義和異化問題，他說：「對於人道主義在今天還能夠起的作用，就是革命人道主義或者無產階級人道主義的作用也估計得不夠」，並對「異化」的概念、理論淵源和分類作了說明，周揚反覆強調的是「我講的這幾個問題，只是把我的一些想法向同志們提出來，請同志們考慮、研究，請同志們批評。」〔註 13〕可以說，周揚當時進行的是一種理論倡導的工作，借助他的威望可以有效地促進當時已經在各領域出現的人道主義討論和人道主義話語的進一步傳播。

正如雷蒙德・威廉斯所提醒我們的：「霸權絕不僅僅作為一種主導而消極地存在（這一點非常關鍵，它提醒我們，這個概念有必要插進其它內容），霸權總是不斷地被更新、被再造，得到辯護，受到修飾；同時它也總是不斷地受到那些完全不是來自它自身的壓力的抵制、限制、改變和挑戰。」〔註 14〕如果說，之前以毛澤東的《講話》作為根本方向樹立的文學規範是唯一合法的社會主義文學資源，那麼在對社會主義文藝危機調適的過程中，人道主義在對一直以來流行的階級和階級鬥爭理論的強有力批判中登場，並生成了一種可替代的文藝資源在知識分子重獲社會地位的歷史轉變中開啓了新的「同意」機制，成為又一種強勢話語。當然，人道主義的問題在 80 年代的情況比較複雜，不僅涉及政治、經濟、哲學、美學等各個領域，也存在多種不同的思想資源和理論派別，並在 80 年代的不同階段呈現出不同的特徵。但在 70 年代末 80 年代初，這種資源很大程度上是從社會主義內部的問題邏輯中延伸出來的，即是對 50～70 年代被壓抑和忽略的資源的重新挖掘和討論，如對 1957 年受到批判的巴人、錢谷融等觀點的正名和重提，如周揚對 60 年代初

〔註 12〕賀桂梅：《80 年代文學與五四傳統》，北京大學博士學位論文，第 123 頁。
〔註 13〕周揚：《思想解放和社會主義現代化建設》，《周揚集》，北京：中國社會科學出版社，2000 年 9 月，第 338 頁，第 342 頁。
〔註 14〕雷蒙德・威廉斯：《馬克思主義與文學》，開封：河南大學出版社，2008 年 9 月，第 121 頁。

期就已涉及的「人道主義」和「異化」問題的修正和展開等等，就像汪暉看到的：「思想解放運動的理論綱領是從 50～70 年代的社會主義歷史中孕育出來的」〔註 15〕。也就說，與馬克思主義結合起來的人道主義是與「四個現代化」的社會主義方向相適應的一種激活社會主義的思想資源和文藝資源，顯而易見，它與傳統階級話語在 70 年代末 80 年代初的交叉混雜以致對後者的漸趨取代和覆蓋將涉及到諸多歷史問題的重評和改寫以及「新時期文藝」方向的規劃和引導，從而也就形成了重建「當代文學」的一種可能。

4.2　尋求可能性：重建與轉換

我們所考察的這批當代文學史無疑是當時重建「當代文學」最為重要的一個途徑，因為「歷史講述使得人類生活狀況的時間變遷變得有序，在這一秩序中，『批判性』地出現的偶然消融在整個人類世界變革的有意義的方案中。」〔註 16〕如果將這批當代文學史的講述視作是在保衛「社會主義」的根本前提下以人道主義的馬克思主義來重新整合的「當代文學」，那麼新的「當代文學」究竟包含了哪些特徵？在哪種意義上延續了社會主義的價值體系？又改寫了哪些既定的結論和觀念？讓我們再回到文學史的一些關鍵詞和關鍵問題之上。

正如我們一直試圖說明的：所謂「當代文學」的重建並不是指構造一個與過去截然斷裂的「當代文學」，而是指新的「當代文學」對「社會主義性質」這一基本前提的回歸和強調，這幾乎成為每本文學史展開敘述的基礎：

> 建國三十年來，我國當代文學走了一條曲折的道路，但就其總體來說是社會主義性質的。（《初稿》）〔註 17〕
>
> 中華人民共和國成立以後，隨著社會制度的根本變化，我國當代文學具有了鮮明的社會主義性質和內容，它是以共產主義思想為核心的社會主義文學。（《文學》）〔註 18〕

〔註 15〕　汪暉：《去政治化的政治、霸權的多重構成與 60 年代的消逝》，《去政治化的政治　短 20 世紀的終結與 90 年代》，北京：三聯書店，2008 年 5 月，第 22 頁。

〔註 16〕　約恩・呂森：《歷史思考的新途徑》，上海：上海世紀出版集團，2005 年 10 月，第 148 頁。

〔註 17〕　郭志剛主編：《中國當代文學史初稿》（上冊），北京：人民文學出版社，1980 年 12 月，第 8 頁。

〔註 18〕　華中師範學院《中國當代文學》編寫組：《中國當代文學》（第 1 冊），上海：

新時期六年文學作爲新中國文學的繼續，作爲社會主義文學在七十年代和八十年代之交的復興，它所取得的成績，從許多領域和方面看，超過了建國初的十七年。(《六年》) 〔註19〕

對於「社會主義性質」的界定當然不是憑空產生，主要依據的是毛澤東對中國革命發展階段的劃分：「中國革命的歷史進程，必須分爲兩步，其第一步是民主主義的革命，其第二步是社會主義的革命，這是性質不同的兩個革命過程」〔註20〕，而民主主義革命又分爲「新民主主義」和「舊民主主義」兩個階段，因此：

在新民主主義階段，我國革命文學雖然以科學社會主義作爲指導思想，但整個性質還不是社會主義的，因爲當時革命的基本任務是反帝反封建還不是以推翻資本主義爲目標的社會主義革命，當然也沒有形成社會主義的政治和經濟。那時文學作品所反映的主要是民族革命和民主革命的內容，或者說，作家們是以自己熟悉的各種題材和形式，爲這一鬥爭服務。那時，社會主義還沒有付諸實踐只是作爲一種思想體系和一種理想，照耀著我們前進的道路。因此，這個時期的革命文學的性質，屬於無產階級領導的新民主主義的範疇。

中華人民共和國的成立，標誌著新民主主義階段的基本結束和社會主義階段的開始。在社會主義階段，社會主義已經不只是一種思想體系或一種理想，而是逐步變成活生生的現實了。通過形象化的手段，反映並促進社會主義政治、經濟制度的建立、發展和不斷完善、鞏固，是我國當代文學的光榮使命。當我們的文學眞正肩負起這一歷史使命，並眞正爲有社會主義覺悟、有文化的廣大勞動者（包括腦力勞動者）所掌握的時候，就形成爲社會主義的文學了。〔註21〕（《初稿》）

大部分論者都看到了，這種劃分其實設定了「當代文學」高於「現代文

上海文藝出版社，1983 年 9 月，第 2 頁。
〔註19〕 中國社會科學院當代文學研究室編：《新時期文學六年》，北京：中國社會科學出版社，1985 年 1 月，第 6 頁。
〔註20〕 毛澤東：《新民主主義論》，北京：人民出版社，1975 年 12 月，第 5 頁。
〔註21〕 郭志剛主編：《中國當代文學史初稿》（上冊），北京：人民文學出版社，1980 年 12 月，第 7～8 頁。

學」的等級序列：「在新民主主義革命史的論述中，『新民主主義革命』是『社會主義革命』的準備，『社會主義革命』是比『新民主主義革命』更高級的革命階段，這一政治──歷史等級也就決定了相應的『文學史』等級」〔註22〕，這種等級序列反過來又印證和凸顯了社會主義的優越性和社會主義文學的正當性，所以，「社會主義性質」是「當代文學」與其它類型的文學區別開來的根本標誌，從而具有「嶄新」的特徵。洪子誠曾指出：「對『社會主義性質』的『當代文學』的『嶄新』特徵的說明，通常列舉的方面是：從『內容』上說，社會主義革命和社會主義建設成為主要表現對象，工農兵群眾成為創作的主人公；在藝術形式和風格上，則是民族化和大眾化的追求，肯定生活、歌頌生活的豪邁、樂觀的風格成為主導的風格；『作家隊伍』構成的變化，工人階級作家成為骨幹；文學與人民群眾建立了從未有過的密切聯繫，並在現實中發揮重要作用；等等。這種由周揚等創立的敘述模式，由最初之一的當代文學史（中國科學院文學研究所的《十年來的新中國文學》，1963）所採用」〔註23〕，同樣也在這批文學史中顯現出來，如《初稿》對「當代文學」所取得的「突出」「成就」和「鮮明特色」分為六個方面進行了描述：「一、作家和工農兵群眾進一步結合，文學創作和勞動人民進一步結合，從而形成了文學史上最深刻的革命」；「二、無產階級和勞動人民的新人形象在作品中佔有突出的位置。人民創造了歷史，我國當代文學創作成功地保證了無產階級和人民群眾在作品中的主人公地位」；「三、勞動人民不僅是文學作品的接收者，而且參與了文學創作事業」；「四、在創作方法上，雖然建國後曾受到了種種的干擾，但從整個傾向上看，充滿社會主義和共產主義理想的革命現實主義和革命浪漫主義的方法日益被廣大作家所接受，並佔了主導地位」；「五、在藝術風格方面，在民族化、群眾化的總的方向下，越來越多的作家逐步形成了各自獨特的風格」；「六、提供了多民族文學共同繁榮的現實可能性」。〔註24〕這些結論幾乎是原封不動地在原來的基礎上作了闡發，但是這並不意味著「重建」就是對過去的「當代文學」的「複製」，畢竟「文

〔註22〕 李楊：《文學史寫作中的現代性問題》，太原：山西教育出版社，2006 年 2 月，第 174 頁。

〔註23〕 洪子誠：《中國當代文學》，《當代文學關鍵詞》，桂林：廣西師範大學出版社，2002 年 2 月，第 5 頁。

〔註24〕 郭志剛主編：《中國當代文學史初稿》（上冊），北京：人民文學出版社，1980 年 12 月，第 9～13 頁。

革」和「十七年」時期的錯誤已經被當時的歷史反思所揭示出來，那麼，在「重建」中如何面對這些問題呢？

程光煒敏銳地指出其中一種「概念分離」的方式，例如「將『毛澤東同志』建國後的一些具體『文章和文件』與同一個作者建國前《講話》『其它一些重要命題』，以及『四人幫』的極端言論相剝離，將『始終與革命的政治思潮相聯繫』的現實主義與『受政治形式和政治運動制約』的現實主義加以區分的文學史表述，克服了當時歷史的『難度』，確實讓我們看到了另一個不同於以前的『當代』文學。」〔註 25〕的確，儘管「概念分離」體現著編寫者謹慎地維護社會主義的態度，但是文學史中頻頻出現的裂隙，卻暗示著「當代文學」無形之中已經發生的某種轉換。

我們還是從社會主義文藝「為什麼人」的經典問題出發，幾本文學史都指出「知識分子」再次成為「工農兵」的組成部分，隨之而來的還有寫作題材和寫作主體的轉變：

> 隨著時代的發展，人民文化、科學水平的提高和社會、經濟的巨大變革，所謂「工農兵」也不是一成不變的。在今天，為工農兵服務，就是為包括科學技術人員、知識分子和幹部在內的一切體力和腦力勞動者服務為全體人民服務。
>
> ……
>
> 知識分子是腦力勞動者，是工人階級的一部分，這個「主人公地位」，同樣也有他們的一份。但是，由於「左」的思潮的干擾，他們在我國當代文學創作中應占的地位，在一個時期內被忽視和被剝奪了，這是很不正常的。現在，事實越來越清楚地證明，由於他們所從事的工作的性質及其重要意義，使他們在當代文學創作中越來越受到了應有的重視。總之，文學服務的對象同時也成為了文學的主體這是當代文學所獲得的最重要的成果之一。與此相應，作家們所表現的題材領域也在不斷擴大，彌補了「五四」以後三十年間新文學創作的許多空白。如描寫工業題材、歷史題材、國際題材以及描寫老一代無產階級革命家的題材都先後提到了文學創作的議事日程並獲得了初步的成績。由於「左」的干擾，當代文學在題材

〔註25〕程光煒：《歷史重釋與「當代文學」》，《文學講稿：「八十年代」作為方法》，北京：北京大學出版社，2009 年 9 月，第 5 頁。

問題上，曾在不同的時期受到了各種程度不同的束縛，但總的看，較之建國前還是有很大的擴展。粉碎「四人幫」以後的幾年，許多題材「禁區」不斷地被突破，已初步呈現了百花齊放的繁榮局面。不管是描寫當代題材還是歷史題材，作者都力圖站在社會主義高度，用馬列主義和共產主義理想去「照耀」題材，提煉生活，塑造人物，使之顯示出嶄新的意義。我們相信，隨著當代文學創作的繼續發展，在上面提到的那些至今還涉獵不深的領域（如工業題材、科技題材等等），將會不斷地得到重視和描寫，取得更大的新成就。

（《初稿》）〔註26〕

表面看來，這是對原有的「工農兵」涵義的擴展，適應了從文藝「為工農兵服務」到「為人民服務」的轉變，但是從這個敘述中，我們已經可以預見到知識分子作為一個「新階級」在「四個現代化」建設中的地位上升，這必然會對「當代文學」的發展帶來很大的影響，正如蔡翔所看到的：「80 年代的『主體』不過是知識分子借助其話語權力建構起來的一種群體形象而已，在『苦難』的反覆書寫乃至不斷的複製過程中，個人經歷被有效地轉換為一種『集體記憶』。而在更多的時候，這種『集體記憶』常常超越了知識分子的特定的階層範圍，在書寫乃至接受過程中，常常會獲得一種類似於『民族志』的敘述效果。正是在這種類似於『民族志』的書寫方式中，知識分子的個人苦難被轉喻為整個的民族苦難，並暗合了當時的時代需要，包括國家政治的需要」〔註27〕，而社會主義主體構成的變化也會相應地帶來怎麼為「工農兵／人民」的問題，在這之前，毛澤東在 1938 年發表的《中国共產黨在民族戰爭中的地位》（即當時的《論新階段》）中的一段話：「馬克思主義的中國化，使之在其每一表現中都帶著中國的特性，即是說，按照中國的特點去應用它，成為全黨亟待瞭解並亟須解決的問題。洋八股必須廢止，空洞抽象的調頭必須少唱，教條主義必須休息。而代之於新鮮活潑的，為中國老百姓所喜聞樂見的中國作風和中國氣派」〔註28〕一直是關於此問題的最高依據，但

〔註26〕郭志剛主編：《中國當代文學史初稿》（上冊），北京：人民文學出版社，1980年 12 月，第 9～10 頁。

〔註27〕蔡翔：《專業主義和新意識形態——對當代文學史的另一種思考角度》，《當代作家評論》2004 年第 4 期。

〔註28〕毛澤東：《中国共產黨在民族戰爭中的地位》，北京：人民出版社，1975 年 12月，第 23 頁。

是如果承認「知識分子」是「工農兵」／「人民」的一員，那麼就不得不考慮他們的審美需求和習慣，由於西方「現代」文學的資源仍然沒有得到官方的正式認可和接納，那麼，「現實主義」傳統則受到了前所未有的強調和重視，因此我們可以注意到「革命現實主義」在這批文學史中被當作了「當代文學」的一個基本原則和創作方法，出現的頻率相當之高，也就成為新的「當代文學」最為重要的一個關鍵詞。

通常認為「革命現實主義」就是對「社會主義現實主義」的回歸，但是如果我們回顧一下不同時期中國「現實主義」主導概念的流變就會發現歷史書寫的某些秘密。據安敏成的說法：「在中國，現實主義的引進分為兩個階段：首先是在晚清救國運動的背景下，其次作為五四啟蒙運動的一個部分。……現實主義，一方面由於它的科學精神，一方面由於它比早先的貴族形式描寫更為寬廣的社會現象，被當成了最為先進的西方形式。中國知識分子認為，一旦現實主義被成功地引進，它就會激勵讀者投入到事關民族危亡的重大社會政治問題中去。」〔註29〕中國早期的現實主義資源較多地受到 19世紀歐洲批判現實主義的影響，但是，「在傳統世界秩序瓦解之後，舊現實主義最終似乎無力修補遍佈中國的文化裂隙，在召喚大眾小說及社會主義現實主義的聲浪中，……批判現實主義最終被當作一種殖民主義圈套被逐出中國。」〔註30〕繼之而起的是「作為蘇聯文學與蘇聯文學批評的基本方法」的「社會主義現實主義」，「要求藝術家從現實的革命發展中真實地、歷史地和具體地去描寫現實，同時藝術描寫的真實性和歷史具體性必須用社會主義精神從思想上改造和教育勞動人民的任務結合起來。」〔註31〕社會主義現實主義在 1933 年周揚的《關於「社會主義的現實主義與革命的浪漫主義」——「唯物辯證法的創作方法」之否定》中得到了全面介紹，此後逐漸成為中國文學的主潮，在 1953 年第二次文代會上更被指定為文學創作和批評的最高法則。1958 年，隨著中蘇關係開始破裂，「革命現實主義和革命浪漫主義相結合」的提法又取代了社會主義現實主義。文革結束之後不久，傾向於提倡

〔註29〕 安敏成：《現實主義的限制 革命時代的中國小說》，姜濤譯，南京：江蘇人
民出版社，2001 年 8 月，第 25 頁。
〔註30〕 安敏成：《現實主義的限制 革命時代的中國小說》，姜濤譯，南京：江蘇人
民出版社，2001 年 8 月，第 207 頁。
〔註31〕 孟繁華：《社會主義現實主義》，《當代文學關鍵詞》，桂林：廣西師範大學出
版社，2002 年 2 月，第 8 頁。

的則是「革命現實主義」，這一點透過文學史也可以很清晰地看到，稍早出版的《初稿》一書題的仍然是「兩結合」，而其餘幾本則相繼採用了「革命現實主義」的概念。革命現實主義被認爲「是在繼承現實主義優良傳統的基礎上，依靠馬克思主義的指導，伴隨無產階級革命鬥爭和文藝實踐產生、發展起來的。它把現實主義推到了一個嶄新的階段，具有著不同於一般現實主義的新的特徵」，包括：「第一，從現實的革命發展中眞實地描寫社會生活，並從發展中創造典型環境中的典型人物」；「第二，高度的藝術眞實性和無產階級黨性的統一」；「第三，用社會主義思想和共產主義精神教育人民群眾」〔註32〕，其實就是之前的社會主義現實主義。而「革命浪漫主義」在提法上的隱去固然與對「大躍進」和「文革」激進思潮的清算有關，但當時恢復現實主義傳統的呼聲很高，無疑是出於達到更好的批判目的，馮牧的觀點可以說是具有代表性的，在對《中國當代文學》一書的編寫進行指導時，他指出：

> 我主張不要再提「兩結合」，不要再作爲重要的主張去提它。
> 我覺得「兩結合」的創作方法的提出，帶有一種先驗的性質，先有這種主張，再讓大家去實驗。而三十年的實驗結果，沒有出現讓我們大家高興得滿意的結果，多半都是生拉硬扯的解釋，說得都相當勉強和生硬。〔註33〕

正是在這樣的背景下，50 年代關於社會主義現實主義的論爭，對於胡風文藝思想的批判，對秦兆陽《現實主義——廣闊的道路》等文章的批判，60 年代前期對「現實主義深化」論的批判同時包括「干預生活」、「寫眞實」等口號都被重新討論和評價，而許多曾經被視作「異端」資源的激活，使「當代文學」的發展已經遠遠超出了「社會主義現實主義」、「革命現實主義」的框架，《思潮》在這一點上走得最遠：

> 還應該看到我國新文學的現實主義傳統對於我國當代文學思潮的作用。這種現實主義的傳統不僅留存在以魯迅爲代表的新文學的作品和理論著作中，而且那一代作家大多數依然健在，並處於領導和骨幹的地位。在文學理論方面，建國後除了受蘇聯文學報刊理論文章的影響之外，主要是系統地翻譯介紹了車爾尼雪夫斯基、別

〔註32〕 袁興華：《試論革命現實主義與現實主義的區別》，《山西大學學報》，1981 年第 3 期。

〔註33〕 馮牧：《關於中國當代文學教材的編寫問題》，《馮牧文集 3》，北京：解放軍出版社，2002 年 1 月，第 140 頁。

林斯基、杜勃羅留波夫等俄國十九世紀現實主義理論大家的著作，他們的現實主義文學理論，對我國文學理論批評的建樹有更深刻的影響。因此，現實主義的傳統對於文學思潮一方面具有潛在的思想影響，另一方面又有實際的指導作用。建國後幾次大的文藝思想批判其實主要是在政治背景下的政治批判，確實挫傷了創作上的現實主義精神，助長了理論上的庸俗社會學，而每次批判鋒芒所指卻是「反現實主義」。在文藝界思想批判中形成的對立論爭的雙方，所持的都是現實主義理論武器，互相都以「反現實主義」·「庸俗社會學」問罪於對方，其實在堅持「眞實是藝術的生命」這一現實主義的基本點上是完全一致的。那種不共戴天的對立，主要是政治原因造成的，是在階級鬥爭擴大化的政治背景下現實主義理論的自相殘殺。最後被「四人幫」利用，用「文藝黑線」和「黑八論」一網打盡，這是現實主義的悲劇。通過這場現實悲劇的慘痛教訓，使結為仇怨的兄弟「泯恩仇」。十年浩劫過後，雙方都為恢復現實主義傳統而奮力吶喊。建國後頭十七年的文學創作的主流是現實主義的，產生了具有豐碑意義的現實主義代表作（如《青春之歌》、《紅旗譜》、《紅岩》等）；粉碎「四人幫」以後的三年現實主義傳統能夠迅速恢復並得到飛速地發展，也說明了這一點。〔註34〕

與「新文學現實主義傳統」的接續，對十九世紀現實主義理論的重提，不難讓我們感覺到一個隱而不彰的「五四」背景的浮現與之相關的「人道主義」話語復活的趨勢，或者說它作為一條「隱性線索」事實上已經潛伏於文學史的敘述之下，通過這樣一條通道，「當代文學」已然正朝著現代向度和世界向度敞開。

這當然不是在激烈的階級鬥爭中前行的「當代文學」，而是經過了 80 年代意義轉化的「當代文學」。這樣一來，這批文學史就不僅應被視作是對過去的簡單總結和評價，而更是對當下文學秩序的引導和規劃。由於 50～70 年代被壓抑的資源在「新時期文學」中得到了復活、釋放和實踐，「新時期文學」在事實上已經代表著新的「當代文學」的發展方向或者「當代文學」在經歷了錯誤與曲折之後的新的階段，而已經開始展露頭角並逐步壯大的知識分子主體將挾裹著人道主義話語進一步影響著文學格局的變動。所以，「儘管『當

〔註34〕朱寨主編：《中國當代文學思潮史》，北京：人民文學出版社，1987 年 5 月，第 7～8 頁。

代文學』的『社會主義文學性質』的界定還爲一些文學史著作所堅持，但與容納的對象和使用的評價標準卻發生嚴重衝突而陷於混亂之中。試圖賦予嚴格的學科含義的，則尋找新的解釋。有的論者將『當代文學』的時間界限，確立與 1949 年到 1978 年期間，認爲這段時間『在中國新文學史和新文學思潮史上，都具有相對獨立的階段性。』」〔註35〕也就是說，這批文學史在試圖挽救「當代文學」的同時，自身又已經面臨著新的危機。

4.3　消逝的風景與當代文學史寫作

1983 年 10 月下旬，「清除」精神污染運動在全國鋪開，波及範圍甚廣，「新聞、出版、廣播、電視要對發表、出版、播映過的文章、言論、圖書、節目進行清理，大學文科教材、學術研究機構的著作也要清理檢查」，《人民日報》頭版頭條號召積極開展對人道主義、異化論等的批評、鬥爭，11 月 6 日，周揚與新華社記者談話，對其在馬克思逝世一百週年學術報告會上發表的報告《關於馬克思主義的幾個理論問題的探討》進行檢討〔註36〕。這可以說是一個重要的事件，由於官方所推動的思想解放運動不斷暴露出其邊界，體制內的變革漸趨停滯，80 年代知識分子群體終於開始進一步分化，王曉明的回憶很能說明問題：

> 現在看來，80 年代大致可以分爲前後兩期，前期就是從 1979 年開始到 1982 年，那幾年基本上知識界所關心的是政治的民主化，文化的開放，思想的開放。至於經濟這方面，基本上不考慮。所以我們 80 年代初讀得最多的書，是東歐的馬克思主義者的，也就是歐洲社會民主主義的書，並沒有明確得要向西方、向英美倒，想得比較多的還是用改革來挽救社會主義，用民主來挽救社會主義。這是 80 年代前期，關心的主要是政治跟文化的，精神的。

> 到 80 年代中期開始轉了。轉的原因很複雜，一個是反自由化運動，反自由化運動導致了知識界對共產黨的失望。最早從鎮壓魏京生事件、鎮壓西單民主牆事件開始，然後到 1983 年，清污運動，反自由化運動，這一系列事情，把 80 年代早期要求政治民主的那個

〔註35〕洪子誠：《中國當代文學》，《當代文學關鍵詞》，桂林：廣西師範大學出版社，2002 年 2 月，第 7 頁。

〔註36〕顧驤：《晚年周揚》，上海：文匯出版社，2003 年 6 月，第 97 頁。

> 路就給封住了。大家就覺得這個共產黨看來好像是不能改革，它不行。那麼這樣就對社會主義非常懷疑。而就在這個時候，西方現代的思想理論大規模進來了，這與媒體的發展變化有關，比如電視成為一個主要的傳播媒介。〔註37〕

這段敘述無疑包含了諸多關鍵的歷史信息，從對「社會主義」的「挽救」到「懷疑」，從「東歐馬克思主義者」到「西方現代的思想理論」，中國近一個世紀的革命光環已然褪去，社會主義似乎也喪失了最終的活力，而與此同時，「西方現代的思想理論」的輸入則帶出了「新啟蒙主義」思潮以及「新啟蒙」知識群體登場的背景。「在整個80年代，中國思想界最有活力的是中國的『新啟蒙主義』思潮；最初，『新啟蒙主義』思潮是在馬克思主義人道主義的旗幟下活動的，但是，在80年代初期發生的針對馬克思主義人道主義的『清除精神污染』運動之後，『新啟蒙主義』思想運動逐漸地轉變為一種知識分子要求激進的社會改革運動，也越來越具有民間的、反正統的和西方化的傾向。」〔註38〕

其實重要的並不僅僅在於「新啟蒙」從「思想解放」群體中分離出來這一表面事件，而在於兩個知識分子群體所分別身處的知識譜系和這種分化所蘊含的深層歷史機制。對此，李陀曾做過相關的評述：

> 「新啟蒙」要幹什麼？這可以從很多方面去解釋（比如「文化熱」、「美學熱」都是可能進入的角度），還有，由於「新啟蒙」的確不是一個統一整體，構成相當多樣，很難一概而論，但是我覺得其中最激進、最核心的東西，是它想憑藉「援西入中」，也就是憑藉從「西方」「拿過來」的新的「西學」話語來重新解釋人，開闢一個新的論說人的語言空間，建立一套關於人的新的知識——這不僅要用一種新的語言來排斥、替代「階級鬥爭」的論說，更重要的，還要通過建立一套關於人的新的知識來佔有對人，對人和社會、歷史關係的解釋權。從這角度看，它當然要和「思想解放」發生嚴重的衝突和矛盾。「思想解放」要幹什麼？這也可從多方面去說明，不過，作為由國家主導的一個思想運動，它的目標就更具體、更明確，就是對「文革」進行清算和批判，並且在這樣的清算的基礎上建立以

〔註37〕王曉明、楊慶祥：《歷史視野中的「重寫文學史」》，《南方文壇》2009年第3期。
〔註38〕汪暉：《當代中國的思想狀況和現代性問題》，《天涯》，1997年第5期。

「四個現代化」為中心的政治、經濟以及文化思想上的新秩序。很
明顯，這和「新啟蒙」的要求差得很遠。〔註39〕

　　李陀在這裡已經觸及到「新啟蒙」運動的出現預示和強化的一種思想界
的結構性轉換，即「階級話語」逐漸被「人的話語」所取代，亦即「被阿里
夫・德里克最先恰當地描述為所謂從 20 世紀 60 年代中國現代史的『革命範
式』向 80 年代『現代化範式』的轉向，在第一個範式中 20 世紀革命的成功
或失敗是研究的標尺。而在後一個範式中革命被作為人類發展的一個野蠻的
失常狀態而邊緣化。」〔註40〕更進一步地說，這兩種「範式」可以說在 80 年
代中前期分別與「思想解放」與「新啟蒙」運動有關。

　　「範式」概念來源於庫恩，他認為「『範式』一詞無論實際上還是邏輯
上，都很接近於『科學共同體』這個詞。一種範式是、也僅僅是一個科學共
同體成員所共有的東西。反過來說，也正由於他們掌握了共有的範式才組成
了這個科學共同體，儘管這些成員在其它方面並無任何共同之處。」〔註41〕
「根據庫恩的說法，只有在大量的證據表明，許多重要問題都不能在現有範
式的範圍內得到解釋時，科學共同體才不會不情願的逐漸拋棄舊有的範式。
由對於一般公認的範式的反覆挑戰所產生的科學思想的『危機』最終由一次
『科學革命』而解決；當新的範式為科學共同體的大多數人所充分理解和掌
握的時候，那就是科學革命實現的時候。」〔註42〕布爾迪厄在評價範式理論
時指出庫恩在講這個概念時其實引入了「科學自治世界的概念」，而忽略了
「自治場」的「社會需求」〔註43〕，而阿里夫・德里克將「範式」用於中國
革命和歷史的考察時也注意到了這個問題，他說：「根據庫恩的看法，自然
科學領域的範式轉換是為回應科學研究的危機而發生的，而且只與從業的科
學家共同體直接相關。然而，社會和政治理論的範式是與他們的社會背景更

〔註39〕查建英：《八十年代訪談錄》，北京：三聯書店，2006 年 5 月，第 274 頁。
〔註40〕亞歷山大・伍思德：《在西方發展乏力時代中國和西方理論世界的調和》，黃
　　　宗智主編：《中國研究的範式問題討論》，北京：社會科學文獻出版社，2003
　　　年 2 月，第 28 頁。
〔註41〕庫恩：《必要的張力　科學的傳統和變革論文選》，紀樹立譯，廈門：福建人
　　　民出版社，1981 年 11 月，第 291 頁。
〔註42〕阿里夫・德里克：《革命與歷史》，翁賀凱譯，南京：江蘇人民出版社，2005
　　　年 1 月，第 6 頁。
〔註43〕皮埃爾・布爾迪厄：《科學之科學與反觀性》，陳聖生、涂釋文、梁亞紅等譯，
　　　桂林：廣西師範大學出版社，2006 年 4 月，第 29 頁。

爲緊密地聯繫在一起。社會和政治思想領域的主要範式轉換像是由現存社會系統的危機所引發的，而非只是新的思想問題的挑戰所引起的；新範式也不只是旨在減輕作爲整體的社會系統的危機。社會的範式在來源和結果上的『實踐的』維度，使得它們更容易受到政治意識形態的影響，這影響了它們的表達。」〔註44〕這就提醒我們兩點：第一，「現代化」範式／「新啓蒙」是在預設了「革命」範式／「思想解放」失效的基礎上出現的，這種思路不僅在當時存在，現在也依然存在：

> 思想解放運動，首先意味著從毛澤東和斯大林的傳統社會主義教條中解放出來。從這一意義上說，它可以被視作馬克思主義內部一場路德式的新教革命。
>
> ……
>
> 路德式的新教革命，常常是以梁啓超所說的「以復古爲解放」的方式實現的，主流意識形態的「復古」在當時的極限只能是馬克思、列寧或延安時期的毛澤東。但另外一批處於權力邊緣的馬克思主義者如周揚、王若水等，顯然走得更遠，他們不僅需要唯物論的科學主義論證已經發生的經濟改革，而且需要一種批判性的人道主義支持一場更重要的政治變革。他們的「復古」，幾乎走到了馬克思的盡頭，即長期以來被正統意識形態所忽略、而爲西方馬克思主義視作原典的早期馬克思──那個重視異化和充滿人道主義精神的馬克思。
>
> ……
>
> 然而，到了改革和開放加速發展的八十年代中期，人道主義的馬克思主義卻由於主客觀條件的限制，無法將思想解放動推向一個更廣、更深的境地。這首先是因爲周揚等人都是體制中人，雖然不再處在權力的中心，但不少人仍然居於體制的核心地帶，一方面眾所矚目，另一方面也是靶心所在，當1984年初主流意識形態以「清理精神污染」爲名對之打壓時，體制留給他們迴旋和發揮的空間便越來越狹隘。思想解放運動欲保持與發展自己的思想成果，必須在體制的邊緣和體制之外，開拓一個新的思想空間。其次，「以復古爲

〔註44〕阿里夫‧德里克：《革命與歷史》，翁賀凱譯，南京：江蘇人民出版社，2005年1月，第14頁。

解放」的思想解放運動，既然已經逼近了原典，那麼其內在的邏輯便決定了非從老祖宗那裡解放出來，便無法繼續向前發展。事實上，現代化改革實踐中提出的大量問題已經遠遠不是馬克思早期思想所能解決得了的。西方的馬克思主義後來與自由主義合流，演變爲社會民主主義。同樣，中國的人道主義的馬克思主義也面臨著一個與啓蒙思潮合流的問題。……

　　這樣，作爲思想解放運動邏輯和歷史發展順乎自然的結果，新啓蒙運動便呼之欲出了。〔註45〕

這種論述細緻而準確地梳理了從「思想解放」到「新啓蒙」運動的演化歷程，但是我們也不難感到其中對「新啓蒙」缺乏的是對「思想解放」價值體系和意識形態層面對等的反思，這就需要我們進入範式理論對我們的第二點啓示，即不能簡單地將範式的轉換視爲「科學共同體」自主領域的「知識」轉換，而更是對於當時中國社會變遷的回應。「新啓蒙」知識群體於 80 年代中期開始進行了大規模的翻譯活動，其中以甘陽等人爲代表的「文化叢書派」「主要從事西方現代哲學的翻譯與研究，並具體落實爲『現代西方學術文庫』和『新知文庫』兩套大型叢書。它當時的主要成員是北京大學和社會科學院研究現代西方哲學的年輕學者，強調一種『非政治』性的專業研究。不過，正是這種『非政治』的研究取向使得他們成爲 80 年代後期影響最大的社會思潮。」〔註46〕正如黃宗智所說：「在中國，學術理論與官方意識形態之間沒有區分，因此一個肯定會滲透到另一個之中，學術理論不可能，也沒有宣稱自己是一個自主的領域。理論公認是由政治思想左右的」〔註47〕，「新啓蒙」所強調的「非政治性」針對的是 50～70 年代以來一直強調的「政治性」，並以「西方資源」對「左翼資源」的擠佔極大地動搖了社會主義價值體系，其實爲當時最大的政治「現代化」意識形態鋪平了道路，在文學上則是參與了純文學意識形態的構造。

　　程光煒曾經指出「重返 80 年代」有多重途徑和研究的方法，但其中最爲

〔註45〕許紀霖：《啓蒙的命運——二十年來的中國思想界》，《二十一世紀》（香港）1998 年 12 月號。

〔註46〕賀桂梅：《「純文學」的知識譜系與意識形態——「文學性」問題在 1980 年代的發生》，《山東社會科學》2007 年第 2 期。

〔註47〕黃宗智：《學術理論與中國近現代史研究》，黃宗智主編：《中國研究的範式問題討論》，北京：社會科學文獻出版社，2003 年 2 月，第 102 頁。

重要的有兩點：一是「反思歷史」，另一是「走向世界」，如果說周揚、王若水等人的「思想解放」運動仍然試圖通過對左翼資源的激活而重新進入一個正確的社會主義軌道上來，而清除精神污染等一系列事件已經使知識分子喪失了這種「回到十七年」的可能與興趣，那麼「新啓蒙」運動則將目光投向了「西方」／「世界」，儘管「這種歷史活動仍然可以稱之爲是一次『回到』、『重返』。不過，它回到的不是『十七年』，而是重返了以晚清和五四爲代表的思考『現代化』的起點。」〔註48〕這就不僅意味著中國的社會主義實踐陷入困境，同時也意味著以革命爲線索組織起來的「當代文學」或「左翼文學」敘事陷入困境，這個困境自1985年開始逐步顯露出來。1985年，繼唐弢「當代文學不宜寫史」的呼籲之後，黃子平、陳平原、錢理群等三人提出「二十世紀中國文學」的概念標誌著「重寫文學史」運動的開端，而所謂「二十世紀中國文學」，「就是由上世紀末本世紀初開始的至今仍在繼續的一個文學進程，一個由古代中國文學向現代中國文學轉變、過渡並最終完成的進程，一個中國文學走向並彙入「世界文學」總體格局的進程，一個在東西方文化的大撞擊、大交流中從文學方面（與政治、道德等諸多方面一道）形成現代民族意識（包括審美意識）的進程，一個通過語言的藝術來折射並表現古老的中華民族及其靈魂在新舊嬗替的大時代中獲得新生並崛起的進程。」〔註49〕用陳平原自己的話說：「（二十世紀中國文學）就是用『現代化敘事』來取代前此一直沿用的階級鬥爭的眼光。」「以『革命』、『政治』、『階級鬥爭』作爲文學敘事的框架，這是有問題的。我們改用現代化進程，以及世界文學背景，來思考並定位近百年的中國文學。」〔註50〕同樣地，1988年，上海「重寫文學史」的倡導者陳思和也坦白說：「當然，『重寫』還有另一種比較狹義的理解，我不想否認，它包含著我們對過去那種統一的文學史模式的不滿和企圖更新的意思。」「具體地說，『重寫文學史』首先要解決的，不是要在現有的現代文學史著作行列裏再多出幾種新的文學史，也不是在現有的文學史基礎上再加幾個作家的專論，而是要改變這門學科原有的性質，實質從從屬於整

〔註48〕 程光煒：《一個被重構的「西方」──從「現代西方學術文庫」看80年代的知識立場》，《文學講稿：「八十年代」作爲方法》，北京：北京大學出版社，2009年9月，第5頁。

〔註49〕 黃子平、陳平原、錢理群：《論「二十世紀中國文學」》，《二十世紀中國文學三人談》，北京：人民文學出版社，1988年9月，第1頁。

〔註50〕 查建英：《八十年代訪談錄》，北京：三聯書店，2006年5月，第128頁。

個革命史傳統教育的狀態下擺脫出來，成爲一門獨立的、審美的文學史學科。」
〔註 51〕

　　正是在「重寫文學史」所設置的「現代化」認識裝置和審美話語規範之下，我們所探討這批思想解放氛圍下誕生的當代文學史一方面由於對社會主義的強調和大量殘存的革命遺跡，另一方面由於性質爲官方規劃的教科書而被認爲「一種轉型，如果只是在同一種模式的思想中發生，如果僅僅只是把同一種思想調整得與現實更爲貼近，那這種轉型必然是膚淺和表面的」〔註 52〕，並在九十年代後往往得到如下的評價：

> 教科書在講到中國當代文學的性質時，大都選用「中國當代文學是社會主義性質的文學」這樣的定義。……從政治角度上去定性，這是一致的。文學「被認爲是完全由一個國家的政治或社會革命決定」的文學史觀，不但在總體上決定了中國當代文學的分期，無形中也提供了選擇文學史事、評述作家作品的價值標準，無形中限制了文學自身的研究。文學史作爲當代政治史的補充，在實質上即以文學對政治的切合和適應程度來確定作家作品在文學史上的次序和位置。由於構建模式和審視視點相同，帶來了描述模式的基本相似。換句話說，中國當代文學的概念與人們約定俗成的政治概念、歷史分期緊密連在一起，形成了一種以政治事件發展爲重新的描述模式，這是造成當代文學史文本大同小異的根源。在這種描述中，實現的是文學與政治的直接關係和指導作用以及社會生活對文學創作的決定作用。其它方面，如文化對於文學的潛在作用、主體意識和生理體驗對於文學的創造作用、文學傳統對於文學的影響等等，均被淡化忽略了。文學史從總體上沒能反映出藝術發展變革的結構動態規律，在具體闡述上也缺乏文學的色彩，變得血肉不足，缺少深度與厚度。〔註 53〕

　　我們不能不承認，這批文學史連同被遮蔽的左翼歷史已經漸成一片消逝的風景，正在淡出人們的視線。

〔註 51〕陳思和：《關於「重寫文學史」專欄》，《筆走龍蛇》，濟南：山東友誼出版社，1997 年 5 月，第 108～109 頁。

〔註 52〕福柯：《權力的眼睛　福柯訪談錄》，嚴鋒譯，上海：上海人民出版社，1997 年 1 月，第 51 頁。

〔註 53〕劉克寬：《闡釋與重構　當代十七年文學沉思》，西安：山西人民出版社，2002 年 4 月，第 9 頁。

結　語

　　將 70 年代末 80 年代初的當代文學史寫作還原爲一次重建「當代文學」
的文化政治的實踐，以此來反思「當代文學」的發展和走向是本篇論文展開
的基本問題意識。我把研究對象劃定爲 4 部當代文學史：郭志剛等十所院校
的教師共同編寫的《中國當代文學史初稿》（以下簡稱《初稿》）、華中師範學
院《中國當代文學》編寫組編寫的《中國當代文學》（以下簡稱《文學》）、社
科院文學所張炯主編的《新時期文學六年》（以下簡稱《六年》）和朱寨主編
的《當代文學思潮史》（以下簡稱《思潮》），通過對其書寫主體、歷史敍事和
最終命運的考察說明一群與「思想解放」思潮密切相關的知識分子配合「社
會主義現代化」的國家規劃參與設計的「當代文學」在 80 年代中前期經歷了
怎樣的延續和轉換，又最終伴隨「新啓蒙」思潮的興起而逐漸淡出歷史的過
程，在揭示社會主義文學命運的同時呈現整個時代的變遷以及文學史與權力
的相互糾纏。在對這次「重建」進行簡單回顧的同時，我希望進一步釐清一
些基本的陳述和判斷。

　　首先，關於重建「當代文學」展開的前提，其實亦是中國在保持政權延
續性的同時而經濟不斷向前發展展開的前提，即建設「社會主義現代化」，它
不能迴避的是兩個重要的現實問題：第一個問題就是「社會主義」的危機，
我在正文部分也講到過，在此可以補充一個事例，1980 年，胡耀邦劇本創作
座談會上對當時盛傳的「三信危機」做了回應：「現在有一種說法，我們的國
家出現了危機，一個叫信仰危機，一個叫信心危機，一個叫信任危機。……
如果說有危機，我覺得一九七六年粉碎『四人幫』以前可以說是一次危機。
粉碎『四人幫』，我們挽救了黨，挽救了革命，也就是說我們擺脫了這個危機。

當然，我們現在還到處可以碰上這個危機帶來的後遺症。但現在我們是不是還處在危機之中呢？危機這個話是不能輕易地說的。危機者，搖搖欲墜，快完蛋之謂也。我們的黨，我們的社會主義，我們的馬克思主義搖搖欲墜了？快完蛋了？我不相信。我說我們的黨現在不是什麼危機，恰恰相反，我們是恢復了生機！充滿著生機！」〔註1〕胡耀邦此番講話儘管承認了「危機」的存在，但卻指出「危機」的根源在於「四人幫」而非黨和社會主義，並且通過「四人幫」的粉碎明確向社會傳達了「危機已經克服」的信息；第二個問題是知識分子的情緒，作爲在歷次批判運動和「文革」受迫害最大的階層，其情緒需要得到安撫，否則國家將很難有效地動員其在「四個現代化」中發揮中堅作用，知識分子的創傷被轉嫁爲整個民族的創傷，被反覆地放大和書寫，並通過平反冤假錯案和「尊重知識，尊重人才」的口號重新樹立了知識分子的重要地位。

那麼，這兩個問題反映到此時期文學史的建構中也相應地表現爲我們所揭示的兩方面：一方面就是對當代文學「社會主義」性質的堅持和「革命現實主義」傳統的發揚，反映在描述歷次文藝批判和運動時，爲維護社會主義文藝的正統性，而把錯誤歸結爲「左」傾思潮的發展；另一方面就是以知識分子的眼光和立場重構了「十七年文藝」以及規劃了「新時期文學」，就前者而言，群眾文藝或工農兵業餘創作被壓縮到極爲有限的空間，甚至完全被取消，就後者而言，傷痕、反思、改革文學的敘事線索不斷向前推進，知識分子的創作比重其實已經越來越大，從分享知識分子的苦難到推崇知識分子的能力以及文學史本身對於回到文學自身和作家回到自身的展望已經預示了「純文學」的發展路向。這樣一來，就造成了很大的悖論，即「社會主義」是強調工農兵的主體地位的，但是「現代化」建設又越來越倚重知識分子，知識分子的地位在不斷提升，具體到文學而言，工農兵與知識分子的審美趣味是不能一概而論的，因此，我們在文學史中不難發現諸多分裂的敘事，如既強調「文藝不是政治的工具」又強調「文藝要爲人民服務、爲社會主義服務」，既提倡創作自由又要發揮文學批評的規範作用，既肯定西方文學潮流不可阻擋又以「洋爲中用」將之收編……

這種悖論的根源還要追溯到重建「社會主義文學」的主體即以周揚、陳荒煤、馮牧爲主導（包括與其關係密切或受其影響較深）的一批知識分子的

〔註1〕《紅旗》1980 年 12 月 13 日。

雙重身份上來，一方面，他們絕大部分有過參加革命的經歷或是社會主義培養的知識分子，因而有著堅定的社會主義信仰或者用馬克思主義的術語說是有著鮮明的「立場」和「黨性」，但另一方面他們又大多經歷過迫害或劫難，所以他們在文學史中為知識分子翻案的同時又警惕社會主義的變質。因此，這批文學史至今讀來仍然能感覺到在國家對諸多重大問題尚未表態時，那種謹慎的敘述姿態和力圖在社會主義和現代化之間達到最大平衡的煞費苦心。不過，作為「思想解放」運動的搖旗吶喊者，他們很快被「新啓蒙」群體認為是保守和充滿限度的，他們所設計的以人道主義的馬克思主義為基礎的「當代文學」也在 1985 年前後伴隨「尋根文學」的登場而被宣佈業已終結，而他們所編寫的這批文學史更是在「重寫文學史」思潮之後顯得不合時宜，開始逐漸淡出人們的視線。我的考察事實上並未到此結束，重建「當代文學」的實踐還應該被放到一個更長的時段來看才能見出意義。

　　「新啓蒙」思潮的興起及其所引進的理論資源與中國社會的結構性轉型是互為關聯的，「社會主義現代化」事實上已經開始滑向資本主義市場經濟的軌道，而知識分子在 80 年代實現了與工農兵的剝離，這種局面亦最終在 90 年代得以鞏固。按照汪暉的說法：「中國『新啓蒙』思想的基本立場和歷史意義，就在於它是為整個國家的改革實踐提供意識形態的基礎的。……當代啓蒙思想從西方的（主要是自由主義的）經濟學、政治學、法學和其它知識領域獲得思想的靈感，並以之與正統的馬克思主義意識形態對抗，是因為由國家推動的社會變革正在經由市場化過程向全球化的歷史邁進。在這個意義上，『新啓蒙知識分子』與正統派的對抗不能簡單地及時為民間知識分子與國家的對抗，恰恰相反，從總的方面看，他們的思想努力與國家目標大體一致。1980 年代中國思想界和文化界的活躍知識分子，大多是深受中庸的國家研究機構或大學的領導者，其中的一部分在 1990 年代成為中國國家立法機構的高級官員。」〔註 2〕而問題的另一面誠如沃林對自由主義的揭露和批判，「他認為自由與民主的是內在衝突的，自由強調的是個人權利的獲得，但是卻不會去調整結果的不平等，擁有財富的群體會獲得更大的力量來維護自己的利益；民主則強調的是政治參與的價值，也就是要用民主決策的方式去糾正這種不平等，更關鍵的是，不能讓利益勢力的高低起落影響公民的政治參與，

〔註 2〕　汪暉：《當代中國的思想狀況與現代性問題》，《去政治化的政治　短 20 世紀的終結與 90 年代》，北京：三聯書店，2008 年 5 月，第 70～71 頁。

否則，所謂的自由民主體制，實際上是以法律規則保護有權者、壓抑弱勢群體。」〔註3〕

　　這種轉換對「當代文學」的發展和「當代文學史」的發展自然也造成了很大的影響。就「當代文學」的發展而言，隨著尋根文學、先鋒文學的陸續興起，一種「純文學」的意識形態或者特里·伊格爾頓所說的「審美意識形態」成了區分「好的」和「不好的」文學的標準，革命現實主義的衰落和退場使文學徹底喪失了反映和介入現實生活的能力。而「當『美』成為一個超越性的中心時，歷史性勢必被邊緣化，甚至被『美』排除（至此，『美』也成為一種暴力）。不僅如此，為了這形式主義的暴力的成立，就必須準備一個同樣是非歷史性的『醜』。柄谷行人在某處曾引用過本尼迪克·安德遜的一句話，意謂美學性與民族總是在一種隱蔽性的共謀關係之中。其實不僅僅民族的問題是如此，因為美學性不僅是知識分子，也是知識分子所向往的大眾最特殊的興奮劑。它尤其對於知識分子有著難以言喻的誘惑性。」〔註4〕當這種意識形態通過「重寫文學史」思潮介入到「當代文學史」的寫作時，我們發現在「美」的名義下，社會主義文藝的實踐和經驗連同一個漸趨弱勢的工農兵階級在「文學」史中被極大地簡化甚至粗暴地空白化，這樣的當代文學史已經從一種制度逐漸轉向了一門學科。

　　正是在這樣的意義上，當我們回看這批文學史時，會在突然之間明白那些曾經讓我們覺得粗糙空洞的「教條」的意義和價值──「必須破除那些脫離生活，迴避矛盾，主張離現實遠一些、甚至愈遠愈好的理論和實踐，遵照毛澤東同志的教導，鼓勵作家們全心全意地投身到生活激流中去，到火熱的鬥爭中去，到唯一的最廣大最豐富的源泉中去，『觀察、體驗、研究、分析一切人，一切階級，一切群眾，一切生動的生活形式和鬥爭形式，一切文學藝術的原始材料』，真正和人民群眾在思想感情上打成一片。」〔註5〕或許，今天應該做的工作是重建「當代文學史」的政治維度，我所謂的「政治」不是具體的黨派或權力的呈現，也不是回到原來的文學史的立場和敘述上去，而是一種開放的「政治」，「政治乃是人的言談與行動的實踐、施為，以及行

〔註3〕沃林：《如何認真面對「政治」》，參見當代文化研究網
〔註4〕林少陽：《「文」與日本的現代性》，北京：中央編譯出版社，2004 年 7 月，第
　　　　322 頁。
〔註5〕中國社會科學院當代文學研究室編：《新時期文學六年》，北京：中國社會科
　　　　學出版社，1985 年 1 月，第 207 頁。

動主體隨這言行之施爲而做的自我的彰顯。任何施爲、展現都必須有一展現
的領域或空間，或者所爲『表象的空間』，以及『人間公共事務』的領域。」
〔註6〕這也爲我們呈現出重建「當代文學」的又一種可能。

〔註6〕 蔡英文：《政治實踐與公共空間——阿倫特的政治思想》，北京：新星出版社，
　　　　2006 年 3 月，第 60 頁。

參考文獻

一、專 著

1. 《文藝界撥亂反正的一次盛會——中國文學藝術界聯合會第三屆全國委員會第三次擴大會議文件發言集》，人民文學出版社，1979 年 1 月。

2. J・希利斯・米勒：《解讀敘事》，申丹譯，北京：北京大學出版社，2002 年 5 月。

3. M・阿爾普、L・克麗蒂安－史密斯主編：《教科書政治學》，侯定凱譯，上海：華東師範大學出版社，2005 年 8 月。

4. R・麥克法誇爾、費正清編：《劍橋中華人民共和國史 上卷 革命的中國的興起 1949～1965 年》，北京：中國社會科學出版社，1990 年 8 月。

5. R・麥克法誇爾、費正清編：《劍橋中華人民共和國史 下卷 中國革命內部的革命 1966～1982 年》，北京：中國社會科學出版社，1992 年 8 月。

6. 阿里夫・德里克：《革命與歷史》，翁賀凱譯，南京：江蘇人民出版社，2005 年 1 月。

7. 愛德華・霍列特・卡爾：《歷史是什麼》，北京：商務印書館，1981 年 2 月。

8. 愛德華・賽義德：《世界・文本・批評家》，李自修譯，北京：三聯書店，2009 年 8 月。

9. 安敏成：《現實主義的限制 革命時代的中國小說》，姜濤譯，南京：江蘇人民出版社，2001 年 8 月。

10. 柄谷行人：《馬克思，其可能性的中心》，中田友美譯，北京：中央編譯出版社，2006 年 7 月。

11. 布爾迪厄：《實踐與反思——反思社會學導引》，李猛、李康譯，中央：

中央編譯出版社，1998 年 2 月。

12. 蔡英文：《政治實踐與公共空間——阿倫特的政治思想》，北京：新星出版社，2006 年 3 月。

13. 查建英：《八十年代訪談錄》，北京：三聯書店，2006 年 5 月。

14. 陳登科：《陳登科文集》第 8 卷，北京：燕山出版社，2003 年 10 月。

15. 陳國球：《文學史書寫形態與文化政治》，北京：北京大學出版社，2004 年 3 月。

16. 陳荒煤：《荒煤評論選》，長沙：湖南人民出版社，1983 年 3 月。

17. 陳啟能、倪爲國主編：《書寫歷史》，上海：三聯書店，2003 年 7 月。

18. 陳思和：《筆走龍蛇》，濟南：山東友誼出版社，1997 年 5 月。

19. 程光煒：《文學講稿：「八十年代」作爲方法》，北京：北京大學出版社，2009 年 9 月。

20. 程光煒：《文學史的興起——程光煒自選集》，開封：河南大學出版社，2009 年 4 月。

21. 程光煒：《文學想像與文學國家——中國當代文學研究（1949～1976）》，開封：河南大學出版社，2005 年 5 月。

22. 戴維・斯沃茨：《文化與權力 布爾迪厄的社會學》，陶東風譯，上海：上海譯文出版社，2006 年 5 月。

23. 單德興：《反動與重演 美國文學史與文化批評》，臺北：書林出版有限公司，2001 年 10 月。

24. 鄧小平：《鄧小平文選（1975～1982 年）》，北京：人民出版社，1983 年 7 月。

25. 馮牧：《馮牧文集 3》，北京：解放軍出版社，2002 年 1 月。

26. 弗雷德里克・詹姆遜：《現代性、後現代性和全球化》，北京：中國人民大學出版社，2004 年 6 月。

27. 福柯：《權力的眼睛 福柯訪談錄》，嚴鋒譯，上海：上海人民出版社，1997 年 1 月。

28. 顧驤：《晚年周揚》，上海：文匯出版社，2003 年 6 月。

29. 郭志剛主編：《中國當代文學史初稿》（上冊），北京：人民文學出版社，1980 年 12 月。

30. 郭志剛主編：《中國當代文學史初稿》（下冊），北京：人民文學出版社，1980 年 12 月。

31. 海登・懷特：《後現代歷史敘事學》陳永國、張萬娟譯，北京：中國社會科學出版社，2003 年 6 月。

32. 海登・懷特：《形式的內容：敘事話語與歷史再現》，董立河譯，北京：

文津出版社，2005 年 5 月。

33. 洪子誠：《文學與歷史敘述》，開封：河南大學出版社，2005 年 10 月。

34. 洪子誠主編：《當代文學關鍵詞》，桂林：廣西師範大學出版社，2002 年 2 月。

35. 胡采主編：《文學運動・理論編 1》，重慶：重慶出版社，1992 年 3 月。

36. 華勒斯坦等著：《學科・知識・權力》，北京：三聯書店，1999 年 3 月。

37. 華中師範學院《中國當代文學》編寫組：《中國當代文學》（第 2 冊），上海：上海文藝出版社，1984 年 11 月。

38. 華中師範學院《中國當代文學》編寫組：《中國當代文學》（第 1 冊），上海：上海文藝出版社，1983 年 9 月。

39. 華中師範學院中國語言文學系編著：《中國當代文學史稿》，北京：科學出版社，1962 年 9 月。

40. 黃子平、陳平原、錢理群：《二十世紀中國文學三人談》，北京：人民文學出版社，1988 年 9 月。

41. 黃子平、陳平原、錢理群：《論「二十世紀中國文學」》，《二十世紀中國文學三人談》，北京：人民文學出版社，1988 年 9 月。

42. 黃宗智主編：《中國研究的範式問題討論》，北京：社會科學文獻出版社，2003 年 2 月。

43. 吉爾伯特・羅茲曼：《中國的現代化》，國家社會科學基金「比較現代化」課題組譯，南京：江蘇人民出版社，2003 年 8 月。

44. 庫恩：《必要的張力　科學的傳統和變革論文選》，紀樹立譯，廈門：福建人民出版社，1981 年 11 月。

45. 勒內・韋勒克、奧斯汀・沃倫：《文學理論》，劉象愚、邢培明、陳聖生譯，南京：江蘇教育出版社，2005 年 8 月。

46. 雷蒙德・威廉斯：《馬克思主義與文學》，開封：河南大學出版社，2008 年 9 月。

47. 李潔非：《典型文壇》，武漢：湖北人民出版社，2008 年 8 月。

48. 李楊：《文學史寫作中的現代性問題》，太原：山西教育出版社，2006 年 2 月。

49. 李澤厚：《美的歷程》，北京：中國社會科學出版社，1984 年 7 月。

50. 林默涵：《林默涵劫後文集》，北京：文化藝術出版社，1987 年 6 月。

51. 林榮曰：《制度變遷中的權力博弈──以轉型期中國高等教育制度爲研究重點》，上海：復旦大學出版社，2007 年 10 月。

52. 林少陽：《「文」與日本的現代性》，北京：中央編譯出版社，2004 年 7 月。

53. 劉禾：《跨語際實踐——文學，民族文化與被譯介的現代性（中國，1900 ～1937）》，北京：三聯書店，2002 年 6 月。

54. 劉克寬：《闡釋與重構　當代十七年文學沉思》，西安：山西人民出版社，2002 年 4 月。

55. 劉錫誠：《文壇舊事》，武漢：武漢出版社，2005 年 5 月。

56. 劉錫誠：《在文壇邊緣上——編輯手記》，開封：河南大學出版社，2004 年 9 月。

57. 魯迅：《魯迅全集》（第三卷），北京：人民文學出版社，1981 年 1 月。

58. 路易·阿爾都塞：《保衛馬克思》，北京：商務印書館，2006 年 6 月。

59. 羅平漢：《春天 1978 年的中國知識界》，北京：人民出版社，2008 年 9 月。

60. 毛澤東：《新民主主義論》，北京：人民出版社，1975 年 12 月。

61. 毛澤東：《在在延安文藝座談會上的講話》，北京：人民出版社，1975 年 12 月。

62. 毛澤東：《中國共產黨在民族戰爭中的地位》，北京：人民出版社，1975 年 12 月。

63. 米歇爾·福柯：《知識考古學》，謝強、馬月譯，北京：三聯書店，2007 年 4 月。

64. 皮埃爾·布迪厄：《藝術的法則　文學場的生成和結構》，劉暉譯，北京：中央編譯出版社，2001 年 3 月。

65. 皮埃爾·布爾迪厄：《科學的社會用途——寫給科學場的臨床社會學》，劉成富、張艷譯，南京：南京大學出版社，2005 年 8 月。

66. 皮埃爾·布爾迪厄：《科學之科學與反觀性》，陳聖生、涂釋文、梁亞紅等譯，桂林：廣西師範大學出版社，2006 年 4 月。

67. 皮埃爾·布爾迪厄：《文化資本與社會煉金術——布爾迪厄訪談錄》，包亞明譯，上海：上海人民出版社，1997 年 1 月。

68. 唐小兵編：《再解讀　大眾文藝與意識形態》，北京：北京大學出版社，2007 年 5 月。

69. 陶東風：《文學理論的公共性——重建政治批評》，福州：福建教育出版社，2008 年 9 月。

70. 特雷·伊格爾頓：《二十世紀西方文學理論》，伍曉明譯，北京：北京大學出版社，2007 年 1 月。

71. 特里·伊格爾頓：《沃爾特·本雅明或走向革命批評》，郭國良、陸漢臻譯，南京：譯林出版社，2005 年 10 月。

72. 汪暉：《去政治化的政治　短 20 世紀的終結與 90 年代》，北京：生活·

讀書‧新知三聯書店，2008 年 5 月。

73. 王本朝：《中國當代文學制度研究》，北京：新星出版社，2007 年 6 月。

74. 王春榮、吳玉傑主編：《文學史話語權威的確立與發展》，瀋陽：遼寧人民出版社，2007 年 11 月。

75. 王蒙、袁鷹主編：《憶周揚》，呼和浩特：內蒙古人民出版社，1998 年 4 月。

76. 溫儒敏、李憲瑜、賀桂梅、姜濤：《中國現當代文學學科概要》，北京：北京大學出版社，2005 年 1 月。

77. 謝立等編寫：《新時期總任務講話》，香港：生活‧讀書‧新知三聯書店，1978 年 11 月。

78. 謝冕、洪子誠主編：《中國當代文學史料選》，北京：北京大學出版社，1995 年 12 月。

79. 徐慶全：《風雨送春歸——新時期文壇思想解放運動紀事》，開封：河南大學，2005 年 12 月。

80. 許紀霖、宋宏編：《史華茲論中國》，北京：新星出版社，2006 年 11 月。

81. 許美德：《中國大學 1895～1995 一個文化衝突的世紀》，許潔英主譯，北京：教育科學出版社，2000 年 2 月。

82. 楊念群、黃興濤、毛丹主編：《新史學多學科對話的圖景　上下》，北京：中國人民大學出版社，2003 年 10 月。

83. 於可訓：《當代文學的建構與闡釋》，武漢：武漢大學出版社，2005 年 4 月。

84. 約恩‧呂森：《歷史思考的新途徑》，上海：上海世紀出版集團，2005 年 10 月。

85. 詹姆斯‧R‧湯森、布蘭特利‧沃馬克：《中國政治》，顧速、董方譯，南京：江蘇人民出版社，2007 年 5 月。

86. 中共中央文獻研究室編：《關於建國以來黨的若干歷史問題的決議》（注釋本），中共中央文獻研究室（內部發行），1983 年 6 月。

87. 中國科學院文學研究所《十年來的新中國文學》編寫組：《十年來的新中國文學》，北京：作家出版社，1963 年 11 月。

88. 中國社會科學院當代文學研究室編：《新時期文學六年》，北京：中國社會科學出版社，1985 年 1 月。

89. 中國社會科學院文學研究所編：《歲月熔金　文學研究所 50 年記事》，北京：中國社會科學出版社，2003 年 5 月。

90. 中國文學藝術界聯合會編：《中國文學藝術工作者第四次代表大會文集》，成都：四川人民出版社，1980 年 7 月。

91. 中華全國文學藝術工作者代表大會宣傳處編輯：《中華全國文學藝術工作者代表大會紀念文集》，北京：新華書店，1950 年 3 月。

92. 中央教育科學研究所編：《中華人民共和國教育大事記 1949～1982》，北京：教育科學出版社，1984 年 1 月。

93. 周揚：《周揚集》，北京：社會科學出版社，2000 年 9 月。

94. 朱寨主編：《中國當代文學思潮史》，北京：人民文學出版社，1987 年 5 月。

95. 竹內好：《近代的超克》，李冬木、趙京華、孫歌譯，北京：三聯書店，2005 年 3 月。

96. 祝東力：《精神之旅》，北京：廣播電視出版社，1998 年 4 月。

97. 子安宣邦：《國家與祭祀》，董炳月譯，北京：三聯書店，2007 年 5 月。

二、論　文

1. 《〈中國當代文學〉審稿會在武昌舉行》：《華中師範大學學報》（哲社版）1982 年第 5 期。

2. 《當代文學學術討論會在長春召開》，《東北師大學報（哲學社會科學版）》1979 年第 3 期。

3. 《對當前文學批評的思索（下）——北京中年評論家一日談》，《文學自由談》1988 年第 2 期。

4. 《關於中國當代文學教材的編寫問題——在華中師院〈中國當代文學〉教材審稿會上的講話》，《華中師範大學學報》（哲社版）1982 年第 6 期。

5. 《印發〈關於調整和發展高等學校文科教育的幾點意見〉的通知》，《中國高等教育》1984 年第 7 期。

6. 《中國當代文學學術討論會在長春舉行》，《吉林大學社會科學學報》1979 年第 5 期。

7. 《中國文聯第三屆全國委員會第三次擴大會議決議》，《文藝報》1978 年第 1 期。

8. 本刊評論員：《撥亂反正　辦好文科——高等學校文科座談會述評》，《人民教育》1978 年第 8 期。

9. 蔡翔、羅崗、倪文尖：《當代文學六十年三人談》，《21 世紀經濟報導》，2009 年 2 月 16 日。

10. 蔡翔：《何謂文學本身》，《當代作家評論》2002 年第 6 期。

11. 蔡翔：《社會主義的危機以及克服危機的努力》，《現代中文學刊》2009 年第 2 期。

12. 蔡翔：《專業主義和新意識形態——對當代文學史的另一種思考角度》，

《當代作家評論》2004 年第 4 期。

13. 昌切、李永中：《論十七年文學的文學史敘述——從〈中國當代文學史稿〉到〈中國當代文學史〉》，《中國文學研究》2004 年第 2 期。

14. 陳晉：《「兩個批示」的由來及其影響》，《毛澤東思想研究》1997 年第 5 期。

15. 陳曉明：《開創與驅逐：新中國初期的文學運動——中國當代文學史的發生學研究》，《學術月刊》2009 年第 5 期。

16. 程光煒：《「四次文代會」與 1979 年的多重接受》，《花城》2008 年第 1 期。

17. 程光煒：《新時期文學的「起源性」問題》，《中國人民大學學報》2009 年第 5 期。

18. 程光煒：《新時期文學的「起源性」問題》，《中國人民大學學報》2009 年第 5 期。

19. 樊駿：《編撰〈中國現代文學史〉的若干背景材料》，《新文學史料》2003 年第 2 期。

20. 樊星：《深化當代文學史的研究——中國當代文學史學術討論會紀要》，《文學評論》1992 年第 4 期。

21. 馮立三：《再論中年評論家》，《文學自由談》1995 年第 2 期。

22. 傅書華：《重新審視「十七年」文學》，《理論與創作》2004 年第 2 期。

23. 韓毓海：《「漫長的革命」——毛澤東與文化領導權問題（上）》，《文藝理論與批評》2008 年第 1 期。

24. 郝懷明：《周揚為高校文科教材建設立軍令狀》，《炎黃春秋》2007 年 12 期。

25. 何國權：《科學的文學史觀的呼喚——談近年中國現、當代文學史學論爭兼評》，《浙江師大學報》（社會科學版）1993 年第 4 期。

26. 何西來：《追憶荒煤到文學所的「施政演說」》，《新文學史料》2003 年第 4 期。

27. 賀桂梅：《「純文學」的知識譜系與意識形態——「文學性」問題在 1980 年代的發生》，《山東社會科學》2007 年第 2 期。

28. 賀桂梅：《「當代文學」的構造及其合法性依據》，《海南師範大學學報》1998 年第 6 期。

29. 賀桂梅：《「十九世紀的幽靈」——80 年代人道主義思潮重讀》，《上海文學》2009 年第 1 期。

30. 賀桂梅：《「現代文學」的確立與 50～60 年代的大學教育體制》，《教育學報》第 1 卷第 3 期。

31. 賀桂梅:《80 年代、「五四」傳統與「現代化範式」的耦合——知識社會學視角的考察》,《文藝爭鳴》2009 年第 6 期。

32. 賀桂梅:《80 年代文學與五四傳統》,北京大學博士學位論文

33. 洪子誠:《「當代文學」的概念》,《文學評論》1998 年第 6 期。

34. 蔣守謙:《研究新時期短篇小説藝術變革的一個參數》,《中州學刊》1986 年第 1 期。

35. 曠新年:《「當代文學」的建構與崩潰》,《讀書》2006 年第 5 期。

36. 李炳銀:《新時期文序的促生與護衛者》,《文學自由談》1995 年第 2 期。

37. 李江源:《論我國大學制度變遷的「路徑依賴」》,《高教探索》2004 年第 2 期。

38. 李松:《馴化與猶疑:建國後十七年經典化文學批評群體的身份認同》,《探索與爭鳴》2009 年第 12 期。

39. 劉小冬:《從哲學的高度反觀自身——對中國當代文學史研究中幾個基本觀念的思考》,《中國文學評論》1986 年第 2 期。

40. 孟繁華:《新世紀:文學經典的終結》,《文藝爭鳴》2005 年第 5 期。

41. 錢鋼:《劉白羽先生瑣記》,《南方周末》2005 年 9 月 15 日

42. 任楠楠:《新時期文學重評現象研究》,中國人民大學博士學位論文

43. 雙傳學:《建國後毛澤東資本主義觀的演變歷程及其特點》,《江海學刊》2006 年第 4 期。

44. 斯炎偉:《全國第一次文代會與「十七年」文學體制的生成》,《世界文學評論》2008 年第 1 期。

45. 陶東風:《精英化——去精英化與文學經典建構機制的轉換》,《文藝研究》2007 年第 12 期。

46. 汪暉:《當代中國的思想狀況和現代性問題》,《天涯》,1997 年第 5 期。

47. 王本朝:《第一次文代會與中國當代文學的發生》,《廣東社會科學》2008 年第 4 期。

48. 王東明等:《評四部中國當代文學史》,《文學評論》1984 年第 5 期。

49. 王光明:《與時代互動的知識分子——張炯先生印象》,《南方文壇》2007 年第 4 期。

50. 王蒙:《難忘馮牧》,《中國作家》1995 年第 6 期。

51. 王曉明、楊慶祥:《歷史視野中的「重寫文學史」》,《南方文壇》2009 年第 3 期。

52. 王堯:《承受之重〈文藝報〉》,《美文(上半月)》,2006 年第 3 期。

53. 吳國光:《改革的終結與歷史的接續》,《二十一世紀》(香港)2002 年 6 月號。

54. 吳國光:《試論當代中國的政治危機周期》,《當代中國研究》1999 年第 4 期。

55. 蕭劍南:《胡耀邦與第四次文代會》,《福建黨史月刊》2002 年第 2 期。

56. 謝俊:《可疑的起點——〈班主任〉的考古學探究》,《當代作家評論》2008 年第 2 期。

57. 徐賁:《文化「場域」中的福樓拜》,《中國比較文學》2003 年第 4 期。

58. 徐遲:《現代化與現代派》,《外國文學研究》1982 年第 1 期。

59. 徐友漁:《社會轉型與政治文化》,《二十一世紀》(香港)2002 年 6 月號

60. 許紀霖:《啓蒙的命運——二十年來的中國思想界》,《二十一世紀》(香港)1998 年 12 月號

61. 閻綱:《從〈人民文學〉的爭奪到〈文藝報〉的復刊》,《文藝爭鳴》2009 年第 10 期。

62. 顏水生、田文兵、廖述務、康艷琴:《文學史觀與文學史寫作——對三部新型當代文學史的閱讀與比較》,《海南師範大學學報》2005 年第 4 期。

63. 楊匡滿:《我和馮牧》,《鴨綠江》(上半月)2006 年第 7 期。

64. 楊慶祥:《如何理解 1980 年代文學》,《文藝爭鳴》2009 年第 2 期。

65. 於光遠:《我在中宣部工作時對周揚的一些瞭解》,《炎黃春秋》1997 年第 9 期。

66. 袁興華:《試論革命現實主義與現實主義的區別》,《山西大學學報》,1981 年第 3 期。

67. 曾鎮南:《瞭解他,學習他——記林默涵同志》,《文藝理論與批評》1994 年第 1 期。

68. 張光年:《駁「文藝黑線」論》,《人民日報》1978 年 12 月 19 日

69. 張光年:《談周揚——張光年、李輝對話錄》,《新文學史料》1996 年第 2 期。

70. 張蜀津:《「國家史」的編纂與民族國家集體記憶的建構　論「十七年電影」中的民國敘述》,《北京電影學院學報》2008 年第 5 期。

71. 張頤武、王寧、秦晉:《關於文學批評的對話》,《作家》19995 年第 10 期。

72. 仲呈祥:《準確把握當代青年的審美信息》,《文學評論》1983 年第 6 期。

73. 朱彥明:《布爾迪厄的「科學場」觀念》,《自然辯證法研究》2007 年第 1 期。

74. 朱寨:《伴隨著時代的行吟——記荒煤同志》,《中國作家》1992 年第 6 期。

75. 朱寨:《歷史轉折中的文學批評——中國新文藝大系(1976～1982)理論

二集導言》,《文學評論》1984 年第 4 期。

76. 朱寨：《序〈探尋者的心蹤〉》,《當代文壇》1984 年第 1 期。

77. 朱寨：《知識要更新》,《文學評論》1983 年第 2 期。